HEYNE BÜCHER

SCIENCE FICTION

Herausgegeben
von Wolfgang Jeschke

Von **Lois McMaster Bujold** erschienen in der Reihe
HEYNE SCIENCE FICTION & FANTASY:

Die Quaddies von Cay Habitat · 0605243

DER BARRAYAR-ZYKLUS:

Scherben der Ehre · 0604968
Barrayar · 0605061
Der Kadett · 0605020
Der Prinz und der Söldner · 0605109
Ethan von Athos · 0605293
Grenzen der Unendlichkeit · (in Vorb.)
Waffenbrüder · (in Vorb.)
Spiegeltanz · (in Vorb.)

Lois McMaster Bujold

ETHAN VON ATHOS

Fünfter Roman des
BARRAYAR-ZYKLUS

Aus dem Amerikanischen übersetzt
von
MICHAEL MORGENTAL

Deutsche Erstausgabe

WILHELM HEYNE VERLAG
MÜNCHEN

HEYNE SCIENCE FICTION & FANTASY
Band 0605293

Titel der amerikanischen Originalausgabe
ETHAN OF ATHOS
Deutsche Übersetzung von Michael Morgental
Das Umschlagbild malte Michael Hasted

Redaktion: Wolfgang Jeschke

Printed in Germany 1995
Umschlaggestaltung: Atelier Ingrid Schütz, München
Technische Betreuung: M. Spinola
Satz: Schaber Satz- und Datentechnik, Wels
Druck und Bindung: Elsnerdruck, Berlin

ISBN 3-453-08569-8

KAPITEL 1

Die Geburt verlief normal. Ethans lange Finger lösten vorsichtig die winzige Kanüle von ihrer Klammer.

»Geben Sie mir jetzt die Hormonlösung C«, wies er den Medizintechniker an, der neben ihm stand.

»Hier, Dr. Urquhart.«

Ethan drückte das Hypospray gegen die kreisförmige Endmembran der Kanüle und verabreichte die abgemessene Dosis. Er überprüfte seine Instrumente: die Plazenta straffte sich schön und zog sich von dem Nährbett zurück, das sie die letzten neun Monate getragen hatte. Jetzt!

Schnell brach er die Siegel, nahm den Deckel von dem Behälter ab und durchschnitt mit dem Vibraskalpell den dichten Filz der mikroskopisch kleinen Stoffwechselröhrchen. Er teilte die schwammartige Masse; der Medtech klemmte sie beiseite und schloß den Absperrhahn, der sie mit der Sauerstoff-Nährlösung versorgt hatte. Nur ein paar klare gelbe Tröpfchen landeten wie Perlen auf Ethans behandschuhten Händen. Die Sterilisierung war offensichtlich unbeeinträchtigt, stellte Ethan mit Befriedigung fest, und seine Berührung mit dem Skalpell war so zart gewesen, daß der silbrige amniotische Beutel unter dem Röhrchengeflecht unverletzt geblieben war. Darinnen zappelte ungeduldig eine rosafarbene Gestalt. »Es dauert nicht mehr lange«, versprach er gutgelaunt.

Ein zweiter Schnitt, und er hob das nasse und mit der Fruchtschmiere bedeckte Neugeborene aus seinem ersten Heim. »Sauger!«

Der Medtech drückte ihm den birnenförmigen Saugkopf in die Hand, und er reinigte Nase und Mund des Babys von der Flüssigkeit, bevor es seinen ersten überraschten Atemzug tat. Das Kind schnappte nach Luft, protestierte lautstark, blinzelte und gurrte in Ethans sicherem und sanftem Griff. Der Medtech rollte den Kinderwagen nahe heran, Ethan legte das Kind unter das wärmende Licht, klemmte die Nabelschnur ab und schnitt sie durch. »Jetzt bist du auf dich gestellt, mein Kleiner«, sagte er zu dem Baby.

Der wartende Ingenieurtechniker stürzte sich auf den Uterusreplikator, der den Fötus ein dreiviertel Jahr so zuverlässig ausgebrütet hatte. Die vielen Anzeigelämpchen der Maschine waren jetzt alle erloschen; der Techniker löste die Verbindungen des Replikators mit der Reihe seiner ›Kollegen‹, um ihn zur Reinigung und Neuprogrammierung ins Untergeschoß zu bringen.

Ethan wandte sich dem Vater des Kindes zu, der bisher gewartet hatte. »Gutes Gewicht, gute Farbe, gute Reflexe. Ich würde Ihrem Sohn die Note Eins-plus geben, Sir.«

Der Mann grinste und schniefte und lachte und wischte sich verstohlen eine Träne aus dem Augenwinkel. »Es ist ein Wunder, Dr. Urquhart.«

»Ein Wunder, das hier in Sevarin etwa zehnmal am Tag geschieht«, sagte Ethan mit einem Lächeln.

»Wird Ihnen das nie langweilig?«

Ethan blickte vergnügt auf den winzigen Buben, der sich in seinem Korbwagen streckte und die kleinen Fäuste schwenkte. »Nein. Niemals.«

Ethan machte sich Sorgen um den CJB-9. Er beschleunigte seinen Schritt durch die stillen, sauberen Korridore des Distriktsreproduktionszentrums von Sevarin. Er war dem Schichtwechsel voraus, da er besonders früh eingetroffen war, um sich um die Geburt zu kümmern. In der letzten halben Stunde der Nachtschicht erreichte die Geschäftigkeit ihren Höhepunkt in einem Crescendo des Ausfüllens der Dienstbücher und der Übergabe der Verantwortung an die gähnenden Neuankömmlinge. Ethan gähnte nicht, aber er hielt an, um sich zwei Tassen schwarzen Kaffees aus dem Automaten im rückwärtigen Bereich der Medtech-Station zu holen, bevor er den Leiter der Nachtschicht in dessen Überwachungskabine aufsuchte.

Georos hob grüßend die Hand und griff dann mit ihr geschmeidig nach der angebotenen Tasse. »Danke, Sir. Wie war der Urlaub?«

»Schön. Mein Bruder bekam gleichzeitig eine Woche Urlaub von seiner Armee-Einheit, so daß wir zur Abwechslung einmal beide zusammen zu Hause waren. In der Südprovinz. Das hat unseren alten Herrn unendlich gefreut. Mein Bruder wurde befördert – er ist jetzt erster Pikkoloflötist in seiner Regimentskapelle.«

»Bleibt er dann länger dabei, über die beiden Pflichtjahre hinaus?«

»Ich glaube schon. Wenigstens weitere zwei Jahre. Er erweitert sein musikalisches Können, woran ihm sowieso wirklich gelegen ist, und diese Extramenge an Sozialdienstpunkten, die er einsackt, schadet ihm überhaupt nicht.«

»Mm«, stimmte Georos zu. »Südprovinz, wie? Ich hatte mich schon gewundert, warum Sie uns nicht in unserer dienstfreien Zeit heimgesucht haben.«

»Nur so kann ich wirklich Urlaub machen – ich muß aus der Stadt abhauen«, gab Ethan sarkastisch zu. Er blickte auf die Reihen von Anzeigen, die die Kabine säumten. Der Leiter der Nachtschicht schwieg, nippte an seinem Kaffee und beobachtete Ethan über den Tassenrand hinweg, beunruhigend stumm, nachdem das Thema erschöpft war.

Jetzt wurde Reihe 1 der Uterusreplikatoren angezeigt. Ethan rief direkt Reihe 16 auf, wo sich der CJB-9-Embryo befand.

»Ach, verdammt.« Er stieß einen langen Seufzer aus. »Das hatte ich befürchtet.«

»Jaa«, stimmte Georos zu und schürzte mitfühlend

die Lippen. »Überhaupt nicht lebensfähig, keine Frage. Ich habe vorletzte Nacht ein Sonar gemacht – das ist nur ein Haufen von Zellen.«

»Hätte man das nicht schon letzte Woche melden können? Warum ist der Replikator nicht recycelt worden? Da warten doch noch andere, weiß Gott.«

»Man wartet auf die väterliche Erlaubnis, den Embryo auszuspülen.« Georos räusperte sich. »Roachie hat eingeplant, daß der Vater heute vormittag zu Ihnen zu einer Besprechung kommt.«

»Oh ...« Ethan fuhr sich mit der Hand durch das kurze dunkle Haar und brachte seine ordentliche, professionelle Frisur durcheinander. »Erinnern Sie mich, daß ich mich bei unserem lieben Chef bedanke. Haben Sie noch eine weitere wunderbare Drecksarbeit für mich aufgehoben?«

»Bloß ein paar genetische Reparaturen an 5-B – möglicherweise Enzymmangel. Aber wir haben uns vorgestellt, daß Sie das selbst machen wollten.«

»Ganz recht.«

Der Leiter der Nachtschicht begann mit seinem Routinebericht.

Zur Besprechung mit dem Vater des CJB kam Ethan fast zu spät. Während der Morgeninspektion hatte er in einer Replikatorenkammer den diensthabenden Techniker dabei ertappt, wie er während der Ausübung seiner Pflichten fröhlich zu den lauten und heiseren Klängen von ›Let's Stay Up All Night‹ tanzte, einer zur Zeit in den Kreisen der Nichtdesignierten populären schrillen Tanzmelodie, die aus den Stimu-Lautsprechern dröhnte. Der jagende Rhythmus machte Ethan kribbelig; dies konnte kaum die ideale vorgeburtliche Klangstimulation für die wachsenden Föten sein. Als Ethan den Raum wieder verließ, tönten sanft die beruhigenden Klänge der klassischen Hymne ›Gott Unserer Väter, Erleuchte den Weg‹ durch den Raum, gespielt vom

Kammerorchester der Vereinigten Bruderschaften, und der mißmutige Techniker gähnte anzüglich.

In der nächsten Kammer fand er eine Reihe von Uterusreplikatoren, die schon zu 75 % mit den Ausscheidungstoxinen gesättigt waren, die von der Austauschlösung weggetragen wurden; der diensthabende Techniker erklärte, er habe gewartet, bis die vorgeschriebenen 80 % erreicht wären, bevor er die obligatorischen Filterwechsel durchführte. Ethan erklärte deutlich und nachdrücklich den Unterschied zwischen Minimum und Optimum und überwachte die Filterwechsel und den nachfolgenden Rückgang der Sättigung auf eher tragbare 45 %.

Der Mann an der Aufnahme mußte ihn zweimal anpiepsen, bis er den Vortrag unterbrach, den er dem Techniker über die genaue Nuance der zitronengelben, kristallklaren Helligkeit hielt, die man von einer Sauerstoff- und Nährstoffaustauschlösung bei Spitzenleistung erwartete. Er eilte in die Büroetage hinauf und blieb einen Moment lang keuchend vor seiner Tür stehen, um die Würde eines Sprechers des Reproduktionszentrums mit der Unhöflichkeit, einen Gast warten zu lassen, ins Gleichgewicht zu bringen. Er holte tief Luft, was nichts mit seinem Galopp die Treppe hinauf zu tun hatte, setzte ein freundliches Lächeln auf und öffnete die Tür, auf deren elfenbeinfarbener Plastikfläche in erhabenen Goldbuchstaben zu lesen war:

DR. ETHAN URQUHART
LEITER DER ABTEILUNG REPRODUKTIVE BIOLOGIE.

»Bruder Haas? Ich bin Dr. Urquhart. Nein, nein – bleiben Sie sitzen, machen Sie es sich bequem«, fügte Ethan an, als der Mann nervös aufsprang und ihn mit einer Verneigung begrüßte. Ethan umrundete ihn und nahm an seinem Schreibtisch Platz, wo er sich absurderweise geschützt vorkam.

Der Mann war riesig wie ein Bär, von langen Tagen in Sonne und Wind gerötet; die Hände, die seine Kappe immerzu herumdrehten, waren muskulös und voller Schwielen. Er starrte Ethan an. »Ich hatte einen älteren Herrn erwartet«, brummte er.

Ethan faßte sich ans rasierte Kinn, wurde sich dann der Geste bewußt und ließ hastig die Hand fallen. Wenn er nur einen Bart oder wenigstens einen Schnurrbart hätte, dann würden die Leute ihn nicht ständig für einen Zwanzigjährigen halten, trotz seiner Größe von sechs Fuß. Bruder Haas trug einen Bart, der sich – etwa zwei Wochen alt – stoppelig ausnahm im Vergleich zu dem üppigen Schnurrbart, der verkündete, daß es sich bei seinem Träger um einen seit langer Zeit designierten stellvertretenden Vater handelte. Einen soliden Bürger. Ethan seufzte. »Setzen Sie sich, setzen Sie sich«, bedeutete er ihm erneut.

Der Mann setzte sich auf den Rand des Stuhls und hielt seine Kopfbedeckung umklammert wie jemand, der eine ernste Bitte vorbringt. Seine förmliche Kleidung war altmodisch und saß nicht mehr richtig, war jedoch sorgsam saubergehalten und ordentlich; Ethan überlegte, wie lange der Kerl sich wohl an diesem Morgen hatte schrubben müssen, bis er *jedes bißchen* Dreck unter diesen hornigen Fingernägeln wegbekommen hatte.

Bruder Haas klatschte seine Kappe zerstreut auf seinen Schenkel. »Mein Junge, Doktor, ist ... ist etwas mit meinem Sohn?«

»Hm – hat man Ihnen nichts über den Kommunikator mitgeteilt?«

»Nein, Sir. Man hat mir nur gesagt, daß ich kommen soll. Deshalb habe ich mir im Motorpool meiner Kommune den Bodenwagen geben lassen, und hier bin ich jetzt.«

Ethan blickte auf das Dossier auf dem Schreibtisch. »Sie sind heute morgen die ganze Strecke von Crystal Springs hierher gefahren?«

Der Bär lächelte. »Ich bin ein Bauer. Ich bin ans frühe Aufstehen gewöhnt. Und für meinen Jungen ist mir nichts zu viel. Er ist mein erster, wissen Sie ...« Er fuhr sich mit der Hand übers Kinn und lachte: »Na ja, das ist wahrscheinlich offensichtlich.«

»Wie sind Sie eigentlich hier in Sevarin gelandet, anstatt in Ihrem Distriktreproduktionszentrum in Las Sands?« fragte Ethan neugierig.

»Es war wegen des CJB. In Las Sands sagte man mir, sie hätten keinen CJB.«

»Ich verstehe.« Ethan räusperte sich. »Gibt es einen besonderen Grund, warum Sie sich für den CJB-Stamm entschieden haben?«

Der Bauer nickte nachdrücklich. »Der Unfall bei der letzten Ernte hat den Ausschlag gegeben. Einer unserer Burschen verhedderte sich verkehrt herum in einer Dreschmaschine – verlor einen Arm. Ein typischer Farmunfall, aber es hieß, wenn er nur eher zu einem Arzt gebracht worden wäre, dann hätte der Arm vielleicht gerettet werden können. Die Kommune wächst. Wir befinden uns direkt am Rand der Terraformung. Wir brauchen einen eigenen Doktor. Jedermann weiß, daß CJBs die besten Ärzte abgeben. Wer weiß, wann ich genügend Sozialdienstpunkte für einen zweiten Sohn oder einen dritten bekomme? Meine Absicht war, das Beste zu bekommen.«

»Nicht alle Ärzte sind CJBs«, sagte Ethan. »Und ganz sicher sind nicht alle CJBs Ärzte.«

Haas lächelte höflich, war aber nicht einverstanden. »Was sind Sie, Dr. Urquhart?«

Ethan räusperte sich erneut. »Nun – ich bin in der Tat ein CJB-8.«

Der Bauer nickte bestätigend. »Man hat gesagt, Sie seien der Beste.« Er blickte den Reproduktionsarzt sehnsüchtig an, als könnte er in Ethans Gesicht die Züge seines Traumsohnes entdecken.

Ethan faltete die Hände über dem Schreibtisch und

versuchte, freundlich und kompetent zugleich zu wirken. »Nun ja, es tut mir leid, daß man Ihnen über den Kommunikator nicht mehr gesagt hat – es gab keinen Grund, Sie im Ungewissen zu lassen. Wie Sie zweifellos schon vermutet haben, *gibt* es ein Problem mit Ihrem … hm … Conceptus.«

Haas blickte auf. »Mit meinem Sohn.«

»Hm – nein. Ich fürchte, nein. Nicht diesmal.« Ethan neigte mitfühlend den Kopf.

Haas machte ein langes Gesicht, dann blickte er wieder auf, mit hoffnungsvoll zusammengepreßten Lippen. »Ist es etwas, das Sie beheben können? Ich weiß, daß Sie genetische Reparaturen durchführen – wenn es die Kosten sind, nun, dann werden mich meine Brüder in der Kommune unterstützen – ich kann die Schulden rechtzeitig zurückzahlen …«

Ethan schüttelte den Kopf. »Es gibt nur ein paar Dutzend allgemeine Störungen, bei denen wir etwas ausrichten können – einige Typen von Diabetes zum Beispiel, die durch die Einfügung eines Gens in eine kleine Gruppe von Zellen repariert werden können, wenn man sie im genau richtigen Stadium der Entwicklung erwischt. Einige können sogar aus der Spermaprobe herausgeholt werden, wenn wir den Teil ausfiltern, der die defekten X-Chromosomen trägt. Es gibt viele mehr, die bei einer frühen Prüfung entdeckt werden können, bevor die Blastula in das Replikatorbett verpflanzt wird und ihre Plazenta zu bilden beginnt. Wir entnehmen dann routinemäßig eine Zelle und unterziehen sie einer automatischen Überprüfung. Aber die automatische Überprüfung findet nur solche Probleme, für die sie programmiert ist – die etwa hundert allgemeinsten Geburtsfehler. Es ist nicht unmöglich, daß ihr etwas Subtiles oder Seltenes entgeht – das kommt ein halbdutzendmal im Jahr vor. Also sind Sie nicht allein. Für gewöhnlich brechen wir ab und befruchten einfach ein anderes Ei – das ist die kosteneffektivste Lösung, zu diesem Zeitpunkt sind nur sechs Tage investiert.«

Haas seufzte. »Also fangen wir noch mal an.« Er rieb sich das Kinn. »Dag sagte, es bringe kein Glück, wenn man sich den Vaterbart vor dem Geburtstag wachsen läßt. Vermutlich hatte er recht.«

»Es geht nur um eine Verzögerung«, sagte Ethan beruhigend, als er den verzweifelten Blick sah. »Da die Quelle der Schwierigkeiten im Ei lag und nicht im Sperma, wird das Zentrum Ihnen nicht einmal etwas berechnen für den Monat im Replikator.« Er machte sich schnell eine diesbezügliche Notiz für das Dossier.

»Wollen Sie, daß ich jetzt zur Vaterschaftsstation hinuntergehe, für eine neue Probe?« fragte Haas ergeben.

»Ach ja – bevor Sie gehen, gewiß. Das erspart Ihnen eine weitere lange Fahrt. Aber da gibt es ein anderes kleines Problem, das zuerst geklärt werden muß.« Ethan hüstelte. »Ich fürchte, wir können keinen CJB-Stamm mehr anbieten.«

»Aber ich bin genau wegen dem CJB den ganzen Weg hierher gekommen!« protestierte Haas. »Verdammt – ich habe ein Recht zu wählen!« Seine Hände krampften sich besorgniserregend zusammen. »Warum nicht?«

»Nun …« Ethan hielt inne und überdachte eine vorsichtige Formulierung. »Ihre Schwierigkeit ist nicht die erste, die wir in letzter Zeit mit dem CJB hatten. Die Kultur scheint … äh … zu entarten. Tatsächlich haben wir uns sehr große Mühe gegeben – alle Eier, die sie in einer Woche produzierte, wurden für Ihren Auftrag verwendet.« Es war nicht nötig, Haas zu erzählen, wie erschreckend gering diese Produktion war. »Meine besten Techniker haben es versucht, ich habe es versucht – ein Grund, weshalb wir bei dem gegenwärtigen Conceptus es versucht haben, lag darin, daß uns damit die einzige Befruchtung gelang, die nach der vierten Zellteilung noch lebensfähig war. Seitdem hat unser CJB überhaupt aufgehört, noch etwas zu produzieren, fürchte ich.«

»Oh.« Haas verstummte enttäuscht, dann erwachte in ihm eine neue Entschlossenheit. »Wer macht's dann? Es macht mir nichts aus, wenn ich den ganzen Kontinent überqueren muß. Ich will einen CJB haben.«

Ethan fragte sich bedrückt, warum Entschlossenheit als Tugend angesehen wurde. Eine weitere verdammte Nervensäge. Er holte tief Luft und sagte das, was er gehofft hatte vermeiden zu können: »Niemand, fürchte ich, Bruder Haas. Unsere CJB-Kultur war die letzte funktionierende auf Athos.«

Haas blickte erschrocken drein. »Keine CJBs mehr? Aber woher werden wir unsere Ärzte bekommen, unsere Medtechs ...«

»Die CJB-Gene sind nicht verloren«, warf Ethan schnell ein. »Es gibt auf dem ganzen Planeten Männer, die sie in sich tragen und die sie an ihre Söhne weitergeben werden.«

»Aber was ist mit den ... den Kulturen passiert? Warum funktionieren sie nicht mehr?« fragte Haas verwirrt. »Sie sind doch nicht – vergiftet worden oder so was, oder? Verdammter Vandalismus von Leuten aus den Ödländern etwa ...«

»Nein, nein!« sagte Ethan. Ihr Götter, was für einen Aufruhr ein solches Gerücht auslösen könnte! »Es ist vollkommen natürlich. Die erste CJB-Kultur wurde von den Gründervätern mitgebracht, als Athos besiedelt wurde – sie ist fast zweihundert Jahre alt. Zweihundert Jahre hat sie ausgezeichnet ihren Dienst getan. Sie ist einfach – gealtert. Alt. Erschöpft. Verbraucht. Hat das Ende ihres Lebenszyklus erreicht, schon dutzendemal länger als sie in einer ... äh ...« – es war kein obszönes Wort, er war schließlich Arzt und es gehörte zur korrekten medizinischen Terminologie – »... Frau gelebt hätte.« Er machte schnell weiter, bevor Haas die nächste logische Verbindung herstellen konnte. »Jetzt mache ich Ihnen einen Vorschlag, Bruder Haas. Mein bester Medtech – macht hervorragende Arbeit, äußerst gewissenhaft – ist ein JJY-7. Nun haben wir hier in Sevarin zufällig eine sehr schöne JJY-8-Kultur, die wir Ihnen anbieten können. Es würde mir nichts ausmachen, selbst einen JJY zu haben, wenn nur ...« Ethan brach abrupt ab, damit er nicht in einen persönlichen Morast kippte und sich darin vor seinem Gast wälzte. »Ich denke, Sie wären sehr zufrieden.«

Haas ließ sich widerstrebend zu diesem Ersatz überreden und wurde in den Probenraum geschickt, den er vor einem Monat mit so großen Hoffnungen zum erstenmal betreten hatte. Ethan seufzte, blieb an seinem Schreibtisch sitzen, nachdem sein Gast gegangen war, und rieb sich an den Schläfen. Diese Bewegung schien seine Spannung eher zu erhöhen als aufzulösen. Die nächste logische Verbindung ...

Jede Eierstockkultur auf Athos stammte von denen ab, die die Gründerväter mitgebracht hatten. Seit mehr als zwei Jahren war es in den Reproduktionszentren ein offenes Geheimnis gewesen – wie lange konnte es noch dauern, bis die Öffentlichkeit die Sache aufgriff? CJB war nicht die erste Kultur, die in letzter Zeit abgestorben war. Eine Art Glockenkurve, wie Ethan vermutete; sie befanden sich auf der ansteigenden Kurve, und die stieg schwindelerregend an. Sechzig Prozent der Kinder, die da gemütlich heranwuchsen, auf Plazentas, die drunten in den Replikatoren in ihren weichen Nestern aus mikroskopisch kleinen Stoffwechselröhrchen steckten, kamen von gerade mal acht Kulturen. Wenn seine geheimen Berechnungen recht hatten, dann würde es nächstes Jahr noch schlimmer werden. Wie lange dauerte es noch, bis nicht mehr genug Eierstockmaterial für das Wachstum da war – oder nicht einmal für die Auffüllung der Bevölkerung? Ethan stöhnte und stellte sich seine zukünftige Arbeitslosigkeit vor – falls er nicht schon zuvor von wütenden Scharen bärenhafter Nicht-Väter in Stücke gerissen wurde …

Er schüttelte sich und rappelte sich aus seiner Niedergeschlagenheit heraus. Gewiß würde etwas geschehen, bevor die Dinge so weit gerieten. Es *mußte* etwas geschehen.

In den nächsten drei Monaten seit seiner Rückkehr aus dem Urlaub bildete diese Sorge eine ominöse Baßbegleitstimme zur Ethans angenehmer Routinearbeit. Eine andere Eierstockkultur, LMS-10, kringelte sich zusammen und starb ganz und gar ab, und die Eizellenproduktion von EEH-9 ging um die Hälfte zurück. Sie würde als nächste den Bach hinabgehen, rechnete Ethan. Die erste Unterbrechung der Abwärtsbewegung kam unerwartet.

»Ethan?« Die Stimme von Personalchef Desroches klang seltsam nervös, sogar über das Intercom. Sein Gesicht zeigte einen eigentümlich zerstreuten Ausdruck; seine Lippen, eingerahmt von seinem glänzenden schwarzen Vollbart, zuckten beständig in den Mundwinkeln. Das war ganz und gar nicht der mürrische Schmollmund, von dem im vergangenen Jahr zu befürchten gewesen war, er würde zu einem Dauerzug in Desroches' Gesicht werden. Ethan war neugierig; er legte vorsichtig seine Mikropipette ab und trat an den Schirm.

»Ja, Sir?«

»Ich hätte gern, daß Sie mal auf der Stelle zu mir ins Büro hochkommen.«

»Ich habe gerade eine Befruchtung begonnen …«

»Dann kommen Sie, sobald Sie fertig sind«, gestand ihm Desroches mit einer Handbewegung zu.

»Um was geht es?«

»Das jährliche Zensusschiff hat gestern angelegt.« Desroches zeigte nach oben, obwohl Athos' einzige

Raumstation in einem synchronen Orbit über einem anderen Quadranten des Planeten stand. »Die Post ist gekommen. Die Zensurbehörde hat Ihre Magazine genehmigt – Sie haben einen Stapel mit den Nummern eines ganzen Jahres hier auf meinem Schreibtisch. Und noch etwas anderes.«

»Etwas anderes? Aber ich habe nur das Journal bestellt...«

»Das andere ist nicht Ihr persönliches Eigentum. Etwas für das Reproduktionszentrum.« Desroches' weiße Zähne glänzten. »Machen Sie fertig und kommen Sie es sich anschauen.« Der Schirm erlosch.

Natürlich, die gesammelten Nummern eines Jahres des *Betanischen Journals für Reproduktive Medizin,* deren Import schrecklich viel kostete, würden wohl kaum Desroches' schwarze Augen vor Freude tanzen lassen, obwohl sie von höchstem Interesse waren. Ethan beeilte sich, wenn auch peinlich genau, mit der Befruchtung, legte den Behälter in die Brutkammer, aus der in sechs oder sieben Tagen, wenn alles gut ging, die Blastula in einen der Uterusreplikatoren im Nachbarraum übertragen werden würde, und sauste nach oben.

Auf einer Ecke des Komkonsolenpults des Personalchefs war tatsächlich ein Dutzend bunt etikettierter Datendisketten gestapelt. Die andere Ecke war besetzt mit einem Holokubus, der zwei dunkelhaarige Jungen zeigte, die auf einem gefleckten Pony ritten. Für beides hatte Ethan kaum einen Blick übrig, da seine Aufmerksamkeit sofort von dem großen weißen Kühlbehälter in Beschlag genommen wurde, der in der Mitte thronte. Die Lämpchen seiner Kontrollanzeigen leuchteten mit einem stetigen, beruhigenden Grün.

›L. Bharaputra & Söhne, Biologischer Bedarf, Jackson's Whole‹, stand auf dem Frachtetikett. ›Inhalt: Gefrorenes Gewebe menschlicher Eierstöcke, 50 Einheiten. Ohne Blockierung der Hitzeaustauscheinheit zu lagern. Diese Seite oben.‹

»Wir *haben* sie!« rief Ethan erfreut und klatschte in die Hände. Er hatte sofort erkannt, worum es ging.

»Endlich«, grinste Desroches. »Der Bevölkerungsrat wird bestimmt heute abend eine tolle Party feiern – welche Erleichterung! Wenn ich an die Suche nach Lieferanten denke – den Kampf um die Devisen – eine Zeitlang hatte ich gedacht, wir müßten einen armen Kerl höchstpersönlich losschicken, um sie zu besorgen.«

Ethan schauderte, dann lachte er. »Huch! Dem Vater sei Dank, daß niemand *das* auf sich nehmen mußte.« Er fuhr mit der Hand über den großen Plastikkasten, voller Eifer und Ehrfurcht. »Da wird es hier ein paar neue Gesichter geben.«

Desroches lächelte nachdenklich und zufrieden. »In der Tat. Nun – sie gehören alle Ihnen, Dr. Urquhart. Übergeben Sie Ihre Routinearbeiten im Labor an Ihre Techniker und sorgen Sie dafür, daß die hier in ihrem neuen Zuhause untergebracht werden. Das hat jetzt Priorität.«

»Das möchte ich wohl meinen!«

Ethan setzte den Karton sanft auf einer Bank im Kulturlabor ab und stellte die Steuerung so ein, daß die innere Temperatur etwas erhöht wurde. Dann würde er warten müssen. An diesem Tag würde er nur zwölf auftauen, um die Kulturträgereinheiten aufzufüllen, die schon kalt und leer auf neues Leben warteten. Nüchtern berührte er die verdunkelte Scheibe, hinter der die CJB-9-Kultur so lang und so fruchtbar residiert hatte. Er fühlte sich traurig und auf seltsame Weise hilflos.

Der Rest des Gewebes mußte mit dem Auftauen warten, bis die Technikabteilung die Reihe neuer Einheiten entlang der gegenüberliegenden Wand eingerichtet hatte. Er grinste, als er an die hektische Aktivität dachte, die jetzt die gefällige Routine dieser Abteilung verdrängt haben mußte, die sich sonst nur mit Reinigung und Reparatur befaßte. Etwas Bewegung würde diesen Brüdern guttun.

Während er wartete, trug er seine neuen Journale zur Komkonsole, um sie einmal durchzuschauen. Er zögerte. Mit seiner Beförderung zum Abteilungsleiter im letzten Jahr war sein Zensurstatus auf Unbedenklichkeitsgrad A angehoben worden. Dies war die erste Gelegenheit, wo er davon Gebrauch machen konnte; die erste Chance, um die Reife und das Urteilsvermögen unter Beweis zu stellen, die für den Umgang mit völlig ungekürzten und unzensierten galaktischen Publikationen als notwendig erachtet wurden. Er befeuchtete seine Lippen und nahm sich vor zu beweisen, daß dieses Vertrauen in ihn gerechtfertigt war.

Er wählte willkürlich eine Diskette aus, steckte sie in den Leseschlitz und rief das Inhaltsverzeichnis auf. Die meisten der etwa zwei Dutzend Artikel befaßten sich, wie vorherzusehen war, ihn aber dennoch enttäuschte, mit Problemen der Reproduktion in vivo bei der menschlichen Frau, was wohl kaum angemessen war. Tugendhaft unterdrückte er den Impuls, in diese Artikel hineinzugucken. Aber da war ein Artikel über die Früherkennung einer obskuren Krebsart am Samenleiter und, noch besser, einer mit dem Titel ›Über eine Verbesserung in der Durchlässigkeit von Austauschmembranen im Uterusreplikator‹. Der Uterusreplikator war ursprünglich für den Gebrauch in medizinischen Notfällen auf Kolonie Beta erfunden worden, das seit langem berühmt war für seine führenden Technologien. Die meisten seiner Verbesserungen schienen immer noch von dort zu kommen, selbst jetzt noch, eine Tatsache, die auf Athos nicht sonderlich zur Kenntnis genommen wurde.

Ethan rief die Einleitung auf und las sie begierig. Es schien sich vor allem um eine Art teuflisch cleverer molekularer Vernetzung von Lipoproteinen und Polymeren zu handeln, die Ethans geometrisches Denken erfreute, zumindest beim zweiten Lesen, als er es endlich begriff. Eine Zeitlang verlor er sich in Berechnungen, was es kosten würde, die Arbeit hier auf Sevarin zu wiederholen. Er würde mit dem Leiter der Ingenieurabteilung reden müssen …

Während er in Gedanken die zur Verfügung stehenden Ressourcen durchging, rief er beiläufig die Seite mit den Angaben über die Autoren auf. ›Über eine Verbesserung …‹ kam von einer Universitätsklinik in einer Stadt namens Silica – Ethan wußte wenig über die Geographie anderer Planeten, aber dieser Name klang richtig betanisch. Was für logisch denkende Köpfe und geschickte Hände waren nötig, um eine solche Idee zu präsentieren …

»Kara Burton, M.D., Ph.D., und Elizabeth Naismith, M.S. Biotechnik …« Er bemerkte plötzlich, daß er auf dem Schirm auf zwei der fremdartigsten Gesichter schaute, die er je gesehen hatte.

Bartlos, wie Männer ohne Söhne, oder wie Jungen, aber es fehlte ihnen die blühende Jugend von Jungen. Blasse, weiche, zartknochige Gesichter, aber mit Falten und von der Zeit gezeichnet; das Haar der Ingenieurin war fast weiß. Die andere Autorin war kräftig und wirkte massig in einem blaßblauen Laborkittel.

Ethan zitterte und wartete darauf, daß ihm aus ihren gleichmütigen, medusenhaften Blicken der Wahnsinn entgegenschlüge. Nichts geschah. Nach einer Weile ließ er den Tischrand los, den er umklammert hatte. Vielleicht wurde dann die Verrücktheit, die die galaktischen Männer, die Sklaven dieser Kreaturen, gefangenhielt, nur durch fleischliche Berührung übertragen. Eine unberechenbare telepathische Aura? Mutig hob er seinen Blick erneut zu den Gestalten auf dem Schirm.

Also, das war eine Frau – zwei Frauen sogar. Er wartete auf seine eigene Reaktion; zu seiner ungeheuren

Erleichterung schien er zutiefst unberührt zu sein. Gleichgültigkeit, sogar eine leichte Abscheu. Der Pfuhl der Sünde schien seine Seele nach dem bloßen Anblick nicht ins Verderben zu ziehen, immer vorausgesetzt, daß er eine Seele besaß. Er schaltete den Schirm aus und hatte dabei kein stärkeres Gefühl als frustrierte Neugier. Um seine Entschlossenheit zu prüfen, würde er an diesem Tag dieser Neugier nicht weiter nachgeben. Er legte die Datendiskette sorgfältig mit den anderen zusammen beiseite.

Die Gefrierbox hatte jetzt fast die gewünschte Temperatur erreicht. Er richtete die Bäder mit den frischen Pufferlösungen her und stellte sie auf Superkühlung ein, damit sie der derzeitigen Temperatur des Inhalts der Box entsprachen. Dann zog er Isolierhandschuhe an, brach die Verschlüsse auf und hob den Deckel.

Schrumpfpackung? *Schrumpfpackung?*

Er blickte erstaunt in die Box. Sicher hätte jede Gewebeprobe individuell in ihrem eigenen Stickstoffbad enthalten sein sollen. Diese seltsamen grauen Klumpen waren abgepackt wie so viele Portionen kaltes Fleisch für Lunch. Sein Herz geriet in Schrecken und Verwirrung.

Warte, warte, keine Panik – vielleicht war das eine neue galaktische Technologie, von der er noch nichts gehört hatte. Vorsichtig durchsuchte er die Box nach Instruktionen und stöberte sogar zwischen den Packungen selbst herum. Nichts. Zeit zum Schauen und zum Überlegen.

Er starrte auf die kleinen Klumpen und erkannte endlich, daß dies überhaupt keine Gewebekulturen waren, sondern das Rohmaterial selbst. Die Kulturen würde er persönlich selbst züchten müssen. Er schluckte. Nicht unmöglich, beruhigte er sich selbst.

Er nahm eine Schere, schnitt die oberste Packung auf und ließ ihren Inhalt, plopp, in ein wartendes Pufferbad fallen. Er betrachtete den Klumpen mit einem leichten Schrecken. Vielleicht sollte man ihn segmentieren, damit die Nährlösung maximal eindringen konnte – nein, noch nicht, das würde die Zellstruktur in ihrem gefrorenen Zustand zerstören. Zuerst auftauen.

Er stocherte in den anderen herum, von einem wachsenden Unbehagen getrieben. Seltsam, seltsam. Hier war etwas, das war sechsmal größer als die anderen kleinen eiförmigen Körper, glasig und rund. Da war etwas, das auf abscheuliche Weise wie ein Klumpen Hüttenkäse aussah. Plötzlich kam ihm ein Verdacht und er zählte die Packungen. Achtundreißig. Und diese großen am Boden – einmal, während des Armeedienstes in seiner Jugend, hatte er freiwillig Küchendienst in der Metzgerabteilung gemacht, schon damals fasziniert von vergleichender Anatomie. Jetzt kam ihm blitzartig die Erkenntnis.

»Das«, zischte er wütend, »ist der Eierstock einer *Kuh*!«

Die intensive, gründliche Untersuchung dauerte den ganzen Nachmittag. Als er fertig war, sah sein Labor aus, als hätte hier ein erster Studienjahrgang in Zoologie allerhand Sektionen durchgeführt, aber er war sich ganz, ganz sicher.

Er stieß praktisch die Tür zu Desroches' Büro auf und blieb dort mit geballten Fäusten stehen, bemüht, seinen heftigen Atem unter Kontrolle zu bringen.

Desroches war gerade dabei, seinen Mantel anzuziehen; in Gedanken war er schon zu Hause. Er schaltete den Holokubus nie aus, bevor er für den Tag fertig war. Er starrte Ethan an, der mit zerzaustem Haar vor ihm stand. »Mein Gott, Ethan, was ist los?«

»Abfall von Hysterektomien. Überreste von Autopsien, soweit ich weiß. Ein Viertel von ihnen ist deutlich mit Krebs behaftet, die Hälfte ist verkümmert, fünf sind nicht einmal *menschlich*, um Himmels willen! *Und jede einzelne Probe ist tot!*«

»Was?« Desroches hielt den Atem an, sein Gesicht wurde bleich. »Sie haben keinen Fehler beim Auftauen gemacht, oder? Sie doch nicht ...!«

»Kommen Sie und schauen Sie sich das an! Kommen Sie nur und schauen Sie«, sprudelte Ethan hervor. Er drehte sich auf den Absätzen um und rief über die Schulter: »Ich weiß nicht, was der Bevölkerungsrat für diesen Mist gezahlt hat, aber wir sind *reingelegt* worden.«

KAPITEL 2

»Vielleicht«, sagte der ältere Delegierte des Bevölkerungsrates aus Las Sands hoffnungsvoll, »war es ehrlich ein Fehler. Vielleicht hat man gedacht, das Material sei für Medizinstudenten oder so was gedacht.«

Ethan fragte sich, warum Roachie ihn zu dieser Sondersitzung mitgeschleift hatte. Als sachkundigen Zeugen? Zu anderer Zeit hätte ihn diese erhabene Umgebung beeindruckt: die dicken Teppiche, der schöne Ausblick auf die Hauptstadt, der lange, polierte Tisch aus Rippelholz und die ernsten, bärtigen Gesichter der Ältesten, die sich darin spiegelten. Jetzt war er aber so verärgert, daß er das alles kaum wahrnahm. »Das erklärt aber nicht, warum in einer Box mit der Aufschrift 50 nur 38 waren«, versetzte er. »Oder diese verdammten Eierstöcke von Kühen – meinen die wohl, daß wir hier Minotauren züchten?«

Der Junior-Repräsentant von Deleara bemerkte nachdenklich: »Unsere Box war völlig leer.«

»Pah!« sagte Ethan. »Etwas, das so komplett verpfuscht ist, kann weder ehrlich noch ein Fehler sein…« Desroches, der wütend wirkte, winkte ihm, er solle sich setzen, und Ethan gab nach. »Das muß bewußte Sabotage sein«, flüsterte ihm Ethan zu.

»Später«, versprach Desroches. »Wir kommen darauf später zurück.«

Der Vorsitzende schloß die Aufzeichnung der Inventurberichte von allen neun Reproduktionszentren ab, speicherte sie in seiner Komkonsole und seufzte. »Wie, zum Teufel, haben wir diesen Lieferanten überhaupt ausgewählt?« fragte er, halb rhetorisch.

Der Leiter des Unterkomitees für Beschaffung ließ zwei Tabletten in ein Glas mit Wasser fallen und stützte den Kopf auf die Arme, um das Sprudeln im

Glas zu beobachten. »Diese Firma hat das billigste Angebot eingereicht«, sagte er mürrisch.

»Sie legen die Zukunft von Athos in die Hände dessen, der das billigste Angebot einreicht?« knurrte ein anderes Mitglied des Rates.

»Sie haben alle zugestimmt, erinnern Sie sich?« erwiderte der Leiter der Beschaffung pikiert. »Sie haben sogar darauf bestanden, als Sie herausfanden, daß der nächste Anbieter zum gleichen Preis nur dreißig schicken würde. Fünfzig verschiedene Kulturen waren für jedes Reproduktionszentrum versprochen – Sie haben sich vor Freude fast in die Hosen gepinkelt, wie ich mich erinnere …«

»Wollen wir bei diesen Erörterungen doch die Form wahren, bitte«, warnte der Vorsitzende. »Wir dürfen keine Zeit damit vergeuden, daß wir Schuld zuweisen oder von uns schieben. Das galaktische Zensusschiff verläßt in vier Tagen den Orbit, und das ist der einzige Vektor für unsere Entscheidungen bis zum nächsten Jahr.«

»Wir sollten unsere eigenen Sprungschiffe haben«, bemerkte ein Ratsmitglied. »Dann säßen wir nicht so in der Klemme und wären nicht von ihrem Flugplan abhängig.«

»Das Militär bettelt darum schon seit Jahren«, sagte ein anderer.

»Welches Reproduktionszentrum wollen Sie dann eintauschen, um dafür zahlen zu können?« fragte ein dritter sarkastisch. »Wir und das Militär sind die beiden größten Posten im Budget, nach der Terraformung, die die Lebensmittel erbringt, die unsere Kinder essen, während sie wachsen – wollen Sie sich hinstellen und den Leuten sagen, daß ihre Zuteilungen für die Kinder halbiert werden müssen, um diesen Clowns einen Haufen Spielzeuge zu geben, die ihrerseits nichts für unsere Wirtschaft produzieren?«

»Nichts – bis jetzt«, murmelte der zweite Sprecher mit zwingender Logik.

»Ganz zu schweigen von der Technologie, die wir importieren müßten – und was sollen wir, bitteschön, exportieren, um dafür zu bezahlen? Es hat unseren ganzen Überschuß gebraucht, um...«

»Dann lassen Sie doch die Sprungschiffe für sich selber zahlen. Wenn wir sie hätten, dann könnten wir etwas exportieren und genügend galaktische Währung bekommen, um...«

»Es würde den Absichten der Gründerväter absolut widersprechen, Kontakt mit dieser verseuchten Kultur zu suchen«, warf ein vierter Mann ein. »Sie haben uns doch überhaupt so weit weg von den anderen gebracht, um uns gerade zu schützen vor...«

Der Vorsitzende klopfte energisch auf den Tisch. »Debatten über umfassendere Themen gehören in den Allgemeinen Rat, meine Herren. Wir sind heute zusammengekommen, um uns mit einem konkreten Problem zu befassen, und das schnell.« Sein gereizter Ton duldete keinen Widerspruch. Alle rückten sich zurecht, fingerten an ihren Notizen herum oder strafften den Rücken.

Der Junior-Ratsvertreter von Barca, den sein älterer Kollege anstieß, räusperte sich. »Es gibt eine mögliche Lösung, ohne daß jemand den Planeten verläßt. Wir könnten unsere eigenen züchten.«

»Es ist doch gerade, weil unsere Kulturen *nicht mehr* wachsen, daß wir...«, begann ein anderer Mann.

»Nein, nein, das verstehe ich schon durchaus«, sagte der Mann von Barca schnell, ein Personalchef wie Desroches. »Ich meinte, äh...« Er räusperte sich erneut. »Ein paar eigene weibliche Föten züchten. Sie müßten nicht einmal voll auswachsen. Dann könnten wir von ihnen das Eierstockmaterial nehmen und... hm... neu beginnen.«

Um den Tisch herrschte empörtes Schweigen. Der

Vorsitzende sah aus, als hätte er in eine Zitrone gebissen. Das Mitglied von Barca ließ sich auf seinen Stuhl sinken.

Endlich ergriff der Vorsitzende das Wort: »So verzweifelt sind wir noch nicht. Obwohl es gut sein mag, ausgesprochen zu haben, woran andere gewiß am Ende denken werden.«

»Das sollte nicht an die Öffentlichkeit gelangen«, schlug der Mann von Barca vor.

»Hoffentlich nicht«, stimmte der Vorsitzende trocken zu. »Die Möglichkeit wird zur Kenntnis genommen. Die Mitglieder werden diesen Teil des Protokolls vertraulich behandeln. Aber ich möchte alle darauf hinweisen, daß dieser Vorschlag nicht das andere, andauernde Problem löst, mit dem dieser Rat und Athos konfrontiert sind: die Aufrechterhaltung genetischer Vielfalt. Das hat unsere Generation – bis jetzt – nicht belastet, aber wir alle haben gewußt, daß man in der Zukunft ihm gegenüberstehen würde.« Sein Ton wurde sanfter. »Wir würden uns vor unserer Verantwortung drücken, wenn wir es jetzt ignorierten und statt dessen unseren Enkeln als Krise hinterließen.«

Um den Tisch erklang ein Gemurmel der Erleichterung, da die Logik die gefühlsmäßige Überzeugung sicher stützte. Sogar das Juniormitglied von Barca sah zufriedener drein. »Ganz richtig.« »Exakt.« »Genau so...« »Lieber zwei Fliegen mit einer Klappe erwischen, wenn wir können...«

»Einwanderung würde helfen«, warf ein anderes Mitglied ein, das eine Woche im Jahr auch als Athos' Behörde für Einwanderung und Einbürgerung aushalf. »Wenn wir noch mehr bekommen könnten.«

»Wie viele Einwanderer kamen mit dem diesjährigen Schiff?« fragte der Mann, der ihm gegenübersaß.

»Drei.«

»Verdammt. Ist das die bisher niedrigste Zahl?«

»Nein, im vorletzten Jahr waren es nur zwei. Und

zwei Jahre zuvor waren es überhaupt keine.« Der Mann von der Einwanderungsbehörde seufzte. »Von rechts wegen sollten wir von Flüchtlingen überflutet werden. Vielleicht waren die Gründerväter einfach zu gründlich, als sie einen Planeten auswählten, der so weit abseits liegt. Ich frage mich manchmal, ob dort draußen überhaupt jemand von uns gehört hat.«

»Vielleicht wird das Wissen über uns unterdrückt, von *ihnen* – Sie wissen schon.«

»Vielleicht werden die Männer, die hierherzukommen versuchen, auf Station Kline zurückgewiesen«, vermutete Desroches. »Vielleicht wird nur wenigen erlaubt, sozusagen tröpfchenweise hierherzukommen.«

»Das ist wahr«, stimmte ihm der Mann von der Einwanderungsbehörde zu. »Diejenigen, die wir bekommen, sind alle ein bißchen – nun ja – komisch.«

»Kein Wunder, wenn man bedenkt, daß sie alle Produkte dieser traumatischen Genese sind. Das ist nicht ihre Schuld.«

Der Vorsitzende klopfte wieder auf den Tisch. »Wir werden dies später fortsetzen. Wir stimmen dann also darin überein, unsere erste Entscheidung weiterzuverfolgen, von einem anderen Planeten Nachschub an Gewebekulturen zu bekommen ...«

Ethan, immer noch aufgebracht, machte sich Luft. »Meine Herren! Sie denken doch nicht daran, wieder zu diesen Spekulanten zu gehen ...« Desroches zog ihn nachdrücklich wieder auf seinen Stuhl.

»Aus einer respektableren Quelle«, schloß der Vorsitzende und warf Ethan einen eigenartigen Blick zu. Keine Mißbilligung, eine Art von lächelnder, glatter Selbstzufriedenheit. »Meine Herren Delegierten?«

Am Tisch ertönte zustimmendes Gemurmel.

»Ich sehe allgemeine Zustimmung; somit ist der Vorschlag angenommen. Ich denke, wir sind auch einer Meinung, daß wir nicht den gleichen Fehler zweimal begehen; kein Kauf mehr, ohne die Ware gesehen zu haben. Daraus folgt, daß wir jetzt einen Beauftragten wählen müssen. Dr. Desroches?«

Desroches stand auf. »Danke, Herr Vorsitzender. Ich habe mir über dieses Problem einige Gedanken gemacht. Natürlich muß der ideale Beauftragte vor allem über das technische Wissen verfügen, um die Kulturen beurteilen, auswählen, verpacken und transportieren zu können. Das engt die mögliche Auswahl beträchtlich ein. Er muß auch ein Mann von erwiesener Integrität sein, nicht nur, weil er für fast die gesamten ausländischen Devisen verantwortlich sein wird, die Athos in diesem Jahr aufbieten kann ...«

»Die gesamten«, korrigierte der Vorsitzende leise. »Der Allgemeine Rat hat heute vormittag zugestimmt.«

Desroches nickte. »Und nicht nur, weil die ganze Zukunft von Athos von seinem richtigen Urteil abhängt, sondern auch, weil er die moralische Festigkeit haben muß, alldem zu widerstehen ... hm ... das ihm dort draußen ... äh ... begegnen mag.«

Frauen, natürlich, und was immer sie den Männern antaten. Meldete sich Roachie freiwillig? überlegte Ethan. Er kannte sich sicherlich in den technischen Dingen aus. Ethan bewunderte seinen Mut, selbst, wenn seine Selbstbeschreibung schon leicht aufgeblasen klang. Ethan nahm es ihm nicht übel. Für Desroches bedeutete es schon etwas, seine beiden Söhne, die er sehr liebte, ein ganzes Jahr alleinzulassen.

»Er sollte auch ein Mann ohne Verantwortung für eine Familie sein, damit seine Abwesenheit seinem designierten Stellvertreter keine allzu große Last aufbürdet«, fuhr Desroches fort.

Jedes bärtige Gesicht am Tisch nickte verständnisvoll.

»... und schließlich sollte er ein Mann mit Energie und Überzeugung sein, der durchhält, ungeachtet der Hindernisse, die das Schicksal oder ... hm ... was auch immer ihm in den Weg stellen mag.« Desroches' Hand packte Ethans Schulter fest; der Ausdruck selbstzufriedener Zustimmung auf dem Gesicht des Vorsitzenden wurde zu einem breiten Lächeln.

Ethan blieben seine halbformulierten Worte des Glückwunsches und des Bedauerns im Hals stecken. Durch sein vorher so wütendes Hirn lief nur ein hilfloser Satz, der sich immer wiederholte: *Das werde ich Ihnen heimzahlen, Roachie ...*

»Meine Herren, ich schlage Ihnen Dr. Urquhart vor.« Desroches setzte sich und grinste Ethan fröhlich zu. »Stehen Sie *jetzt* auf und reden Sie«, drängte er ihn.

Auf der Rückfahrt nach Sevarin herrschte in Desroches' Bodenwagen lange ein verdrossenes Schweigen, das Desroches endlich etwas nervös brach. »Sind Sie schon bereit zuzugeben, daß Sie das schaffen?«

»Sie haben mich da reingelegt«, knurrte Ethan schließlich. »Sie und der Vorsitzende hatten alles zuvor abgekartet.«

»Wir mußten. Ich rechnete damit, daß Sie zu bescheiden wären, um sich freiwillig zu melden.«

»Bescheiden, verdammt. Sie haben bloß gerechnet, daß ich leichter festzunageln wäre, wenn ich kein bewegliches Ziel darstellte.«

»Ich dachte, Sie seien der beste Mann für die Aufgabe. Wenn man den Rat seinen eigenen Überlegungen hätte folgen lassen, dann weiß Gott der Vater, wen man ausgewählt hätte. Vielleicht diesen Idioten Frankin von Barca. Würden Sie die Zukunft von Athos in seine Hände legen wollen?«

»Nein«, stimmte Ethan widerstrebend zu, dann wurde er hart. »Ja doch! Lassen Sie *ihn* dort draußen verlorengehen.«

Desroches grinste, seine Zähne glitzerten von den Lichtern auf dem Armaturenbrett. »Aber die Sozialdienstpunkte, die Sie bekommen – denken Sie daran!

Drei Söhne, soviel, wie Sie bei normalem Lauf der Ereignisse in einem Jahrzehnt ansammeln, verdienen Sie jetzt in nur einem Jahr. Das ist großzügig, meine ich.«

Ethan hatte plötzlich eine ergreifende Vision von einem Holokubus auf seinem eigenen Schreibtisch, erfüllt mit Leben und Lachen. Ponys, ja wirklich, und lange Ferien mit Segelfahrten im Sonnenschein, bei denen er die Feinheiten von Wind und Wasser weitergab, wie sein Vater sie ihn gelehrt hatte, und das Durcheinander, den Lärm und das Chaos eines Heims, in dem die Zukunft sich tummelte... Aber er sagte niedergeschlagen: »*Falls* ich Erfolg habe, und *falls* ich zurückkomme. Und ich habe sowieso genügend Sozialdienstpunkte für anderthalb Söhne. Es hätte verdammt mehr bedeutet, wenn man genügend Punkte rausgerückt hätte, um meinen designierten Stellvertreter zu qualifizieren.«

»Wenn Sie mir meine Offenheit verzeihen, Leute wie Ihr Pflegebruder sind gerade der Grund, weshalb Sozialdienstpunkte nicht übertragbar sind«, sagte Desroches. »Er ist ein charmanter junger Mann, Ethan, aber selbst Sie müssen zugeben, daß er völlig unverantwortlich ist.«

»Er ist jung«, argumentierte Ethan mit Unbehagen. »Er braucht bloß ein bißchen mehr Zeit, um zur Ruhe zu kommen.«

»Drei Jahre jünger als Sie, habe ich recht? Das ist doch Unfug. Er wird nie zur Ruhe kommen, solange er bei Ihnen schmarotzen kann. Ich glaube, Sie würden sich selber einen viel besseren Dienst erweisen, wenn Sie sich einen qualifizierten D.S. suchten und ihn zu ihrem Partner machten, anstatt zu versuchen, aus Janos einen D.S. zu machen.«

»Lassen wir mein Privatleben aus dieser Sache draußen, ja?« versetzte Ethan, der insgeheim getroffen war; dann fügte er etwas inkonsequent an: »Diese Mission wird es sowieso total durcheinanderbringen, nebenbei bemerkt. Tausend Dank.« Er kauerte sich auf dem Beifahrersitz zusammen, während der Wagen durch die Nacht sauste.

»Es könnte schlimmer sein«, sagte Desroches. »Wir hätten wirklich Ihren Reservistenstatus bei der Armee aktivieren, das Ganze zu einem militärischen Befehl machen und Sie mit dem Sold eines Sanitäters hinausschicken können. Glücklicherweise waren Sie einsichtig.«

»Ich hatte nicht geglaubt, daß Sie blufften.«

»Das taten wir auch nicht.« Desroches seufzte und wurde ernster. »Wir haben Sie nicht zufällig ausgewählt, Ethan. Sie werden in Sevarin nicht leicht zu ersetzen sein.«

Desroches setzte Ethan vor dem Gartenappartement ab, das dieser mit seinem Pflegebruder teilte, und bevor er weiterfuhr, zur Stadt hinaus, erinnerte er ihn daran, daß sie morgen im Reproduktionszentrum früh beginnen wollten. Ethan nahm es seufzend zur Kenntnis. Vier Tage. Nur zwei hatte er zur Verfügung, um seinen Oberassistenten in die neuen Pflichten einzuweisen, die ihm plötzlich zugefallen waren, und um seine persönlichen Angelegenheiten zu regeln – sollte er ein Testament machen? –, ein Tag blieb für die Unterrichtung in der Hauptstadt durch den Bevölkerungsrat, und dann sollte er sich im Raumhafen melden. Ethan erschien es unmöglich, dies alles in dieser kurzen Zeit zu erledigen.

Im Reproduktionszentrum mußte vieles einfach liegengelassen werden. Ihm fiel plötzlich der JJY-Sohn von Bruder Haas ein, mit dem es vor drei Monaten erfolgreich angefangen hatte. Ethan hatte geplant, persönlich bei dessen Geburt seines Amtes zu walten, so, wie er persönlich die Befruchtung durchgeführt hatte; Alpha und Omega, um – wenn auch nur kurz und stellvertretend – die erfreulichen Früchte seiner Bemühungen zu genießen. Nun würde er schon lange vor diesem Datum weg sein.

Als er sich seiner Tür näherte, stolperte er über Janos' Elektrobike, das achtlos zwischen den Blumenkübeln hingeworfen lag. So sehr Ethan auch Janos' schöne idealistische Gleichgültigkeit gegenüber materiellem Besitz bewunderte, wünschte er sich doch, Janos würde sorgfältiger mit seinen Sachen umgehen – aber es war immer so gewesen.

Janos war der Sohn des D.S. von Ethans eigenem Vater; die beiden hatten alle ihre Söhne zusammen aufgezogen, so, wie sie auch ihr Geschäft miteinander geführt hatten, eine Fischfarm an der Küste der Südprovinz, die zunächst ein Experiment gewesen, dann aber letztlich erfolgreich geworden war. Sie hatten ihrer beider Leben nahtlos miteinander verschmolzen. Zwischen Sohn und Pflegesohn war nie eine Grenze gezogen worden. Ethan, der Älteste, belesen und wißbegierig, war von Geburt an für höhere Bildung und höheren Dienst bestimmt gewesen; Steve und Stanislaus waren mit einer Woche Abstand voneinander geboren worden, beide aus dem Eierstockkulturstamm des Partners ihres Vaters gezüchtet; Janos, dessen Energie keine Grenzen kannte und der eine quecksilbrige Intelligenz besaß; Bret, das Nesthäkchen, der Musikalische. Das war Ethans Familie. Sie hatten ihm schmerzlich gefehlt, in seiner Armeezeit, während des Studiums, bei seiner neuen Stelle in Sevarin, die zu gut war, als daß er sie hätte sausen lassen können.

Als Janos Ethan nach Sevarin gefolgt war, begierig, das Landleben mit dem Leben in der Stadt zu vertauschen, hatte Ethan sich getröstet gefühlt. Es spielte keine Rolle, daß dadurch seine tastenden gesellschaftlichen Experimente unterbrochen worden waren. Ethan, der trotz allem, was er erreicht hatte, schüchtern war, verabscheute die Szene der Singles und war froh über eine Ausrede, um ihr zu entgehen. Sie waren bequem in die Gewohnheit ihrer sexuellen Vertrautheit aus den frühen Teenagerjahren zurückgefallen. An diesem Abend suchte Ethan Trost, denn er fürchtete sich innerlich mehr, als sein sarkastisches Geplänkel mit Desroches hatte erkennen lassen.

Das Appartement war dunkel, zu ruhig. Ethan ging schnell durch alle Räume, dann schaute er widerstrebend in die Garage.

Sein Leichtflieger war weg. Es handelte sich um eine Einzelanfertigung, erste Frucht der Ersparnisse eines Jahres von seinem kürzlich erhöhten Gehalt als Abteilungsleiter; Ethan besaß ihn erst seit zwei Wochen. Er fluchte, dann schluckte er den Fluch hinunter. Er hatte wirklich die Absicht gehabt, Janos ihn einmal ausprobieren zu lassen, sobald er nicht mehr neu gewesen wäre. Jetzt war zu wenig Zeit übrig, um wegen Kleinigkeiten einen Streit vom Zaun zu brechen.

Er kehrte ins Appartement zurück und erwog pflichtbewußt, zu Bett zu gehen. Nein – zu wenig Zeit. Er sah an der Komkonsole nach. Keine Nachricht, natürlich. Janos hatte zweifellos vorgehabt, vor Ethan zu Hause zu sein. Er versuchte über den Kommunikator die Nummer des Leichtfliegers zu erreichen: keine Antwort. Plötzlich lächelte er, rief einen Stadtplan auf der Komkonsole auf und gab einen Code ein. Der Funkrichtstrahl war eine der kleinen Besonderheiten des Luxusmodells – und da war auch schon der Leichtflieger, keine zwei Kilometer entfernt am Gründerpark abgestellt. Feierte Janos in der Nähe eine Party? Nun gut, Ethan würde an diesem Abend von seiner häuslichen Routine abweichen und sich ihm anschließen, und zweifellos würde er ihn beträchtlich überraschen, wenn er sich über das unerlaubte Ausleihen des Leichtfliegers nicht ungehalten zeigte.

Der Nachtwind fuhr durch sein dunkles Haar und ließ ihn frösteln, so daß er hellwach wurde, als er sich auf dem surrenden Elektrobike dem Gründerpark näherte. Aber als er die aufblitzenden gelben Lichter des Notfallfahrzeugs sah, fuhr ihm der Schrecken in die Knochen. Gott Vater – nein, nein, bloß weil Janos und das Rettungskommando sich in derselben Gegend aufhielten, bestand noch kein Grund, einen kausalen Zusammenhang zu vermuten.

Keine Ambulanz, keine Stadtpolizei, nur ein paar Abschlepper von einer Garage. Ethan entspannte sich leicht. Aber wenn es kein Blut auf dem Pflaster zu sehen gab, warum dann die faszinierte Menge? Er hielt neben dem Wäldchen raschelnder Eichen an und folgte den Blicken der Gaffer und den weißen Fingern der Suchscheinwerfer hinauf in die belaubten Äste.

Sein Leichtflieger. Geparkt auf dem Wipfel einer 25 Meter hohen Eiche.

Nein – *abgestürzt* in den Wipfel der 25 Meter hohen Eiche. Die Propellerflügel waren völlig verbogen, die halb eingezogenen Tragflächen gebrochen, die Türen gähnten offen zum Boden; sein Herz blieb fast stehen, als er das leere Pilotengurtwerk erblickte, das heraushing. Der Wind seufzte, die Zweige knacksten unheilverkündend, und die Menge trat einen hastigen, klugen Schritt zurück. Ethan stürmte durch sie hindurch. Kein Blut auf dem Pflaster …

»He, Mister, stellen Sie sich lieber nicht dort drunter.«

»Das ist mein Flieger«, sagte Ethan. »Er hängt in einem verdammten Baum …« Er räusperte sich, um seine Stimme um eine Oktave zu senken, in ihren normalen Bereich. Von dem Ganzen ging eine gewisse hypnotisierende Faszination aus. Er riß sich los und drehte sich nach dem Mann von der Garage um und packte ihn an seiner Jacke.

»Der Kerl, der damit geflogen ist – wo ist er …?«

»Oh, den hat man schon vor Stunden weggebracht.«

»Ins Allgemeine Krankenhaus?«

»Zum Teufel, nein. *Ihm* hat überhaupt nichts weh getan. Sein Freund hat eine Kopfverletzung, aber ich glaube, sie haben ihn einfach mit der Ambulanz nach Hause gebracht. Der Pilot ist wohl auf der Polizeistation. Er hatte gesungen.«

»O Sch ...«

»Sie sagen, dieser Flieger gehört Ihnen?« sprach ein Mann in der Uniform der städtischen Parkverwaltung Ethan an.

»Ich bin Dr. Ethan Urquhart, ja?«

Der Parkwächter holte ein Kommunikatorpaneel hervor und rief ein halb ausgefülltes Formular auf. »Sind Sie sich dessen bewußt, daß dieser Baum fast 200 Jahre alt ist? Von den Gründern selbst gepflanzt – unersetzlicher historischer Wert. Und jetzt ist er zur Hälfte gespalten ...«

»Ich hab ihn, Fred«, ertönte ein Ruf aus der Höhe.

»Laß ihn herunter!«

»... Verantwortung für die Schäden ...«

Gespanntes Holz knarrte, von oben kam ein Rascheln, die Menge stieß ein »Ah« aus – ein hohes Winseln war zu hören, als eine Antigrav-Einheit plötzlich nicht richtig schaltete.

»Oh, Scheiße!« jaulte jemand in den Wipfeln auf. Unter Warnrufen zerstreute sich die Menge.

Fünf Meter pro Sekunde, dachte Ethan mit hysterischer Irrelevanz. Mal 25 Meter mal wieviel Kilogramm?

Der Flieger stürzte mit der Nase voran auf die Pflastersteine aus Granit; Bruchlinien überzogen seine glänzende rote Außenhülle von vorn bis hinten. In der plötzlichen Stille nach dem großen Krach konnte Ethan ganz deutlich ein elfenhaftes Geklingel teurer elektronischer Instrumente im Innern des Fliegers hören; sie kamen nicht ganz synchron mit der Hauptmasse zur Ruhe.

Janos wandte überrascht den blonden Kopf, als er Ethans Schritte auf dem Fliesenboden der Stadtpolizeistation von Sevarin hörte.

»Oh, Ethan«, sagte er bekümmert. »Ich hatte einen *schlimmen* Tag.« Er machte eine Pause. »Hm – hast du deinen Flieger gefunden?«

»Jaa.«

»Das wird schon geregelt, überlaß es nur mir. Ich habe die Garage angerufen.«

Der bärtige Polizeisergeant, mit dem Janos über den Tresen verhandelte, kicherte hörbar. »Vielleicht brütet er dort oben ein paar Dreiräder aus.«

»Er ist schon unten«, sagte Ethan schroff. »Und ich habe die Rechnung für den Baum bezahlt.«

»Für den Baum?«

»Schäden am Baum.«

»Oh.«

»Wie ist das passiert?« fragte Ethan. »Mit dem Baum, meine ich.«

»Die Vögel waren schuld«, erklärte Janos.

»Die Vögel. Die haben dich wohl heruntergeholt, was?«

Janos lachte verlegen. Sevarins Vogelwelt stammte komplett von mutierten Hühnern ab, die den ersten Siedlern entkommen und verwildert waren, und war ein vielfältiger magerer Haufen, der schon erste Anzeichen einer Artenbildung zeigte, jedoch noch keine großen Flugkünste aufwies. Man hielt die Vögel für eine Art öffentlicher Plage; Ethan blickte verstohlen auf das Gesicht des Polizeisergeanten und war erleichtert, als er kein Interesse am Schicksal der Vögel erkennen konnte. Eine Rechnung für Hühner hätte ihm wohl den Rest gegeben.

»Jaa ... hm«, sagte Janos, »weißt du, wir hatten herausgefunden, daß wir sie abschießen konnten – wenn wir nahe herankamen, dann flatterten sie herum wie Windrädchen. Es war einfach wie das Fliegen eines

Kampffliegers, im Sturzbomber gegen den Feind ...« Janos begann mit den Händen die Flugbewegungen heroischer Sternenkämpfer anzudeuten.

Seit 200 Jahren hatte Athos keine militärischen Feinde gehabt. Ethan biß die Zähne aufeinander und bemühte sich, vernünftig zu bleiben. »Und statt dessen bist du im Dunkeln als Sturzbomber in den Baum gesaust. Ich glaube, ich kann mir vorstellen, wie das passiert ist.«

»Oh, das war, bevor es dunkel wurde.«

Ethan rechnete schnell nach. »Warum warst du nicht bei der Arbeit?«

»Das war wirklich deine Schuld. Wenn du nicht in aller Herrgottsfrühe zu dieser angeblichen Dienstreise in die Hauptstadt aufgebrochen wärest, dann hätte ich nicht verschlafen.«

»Ich hatte den Wecker neu gestellt.«

»Du weißt doch, daß das nie ausreicht.«

Wie wahr! Janos aus dem Bett hoch- und mit dem richtigen Ziel aus dem Haus hinauszubekommen war so anstrengend wie Morgengymnastik.

»Auf jeden Fall«, fuhr Janos fort, »wurde der Chef deshalb wild. Das Ende vom Lied war, daß ich heute ... hm ... gefeuert wurde.« Er schien plötzlich großes Interesse für seine Stiefel zu entdecken.

»Nur, weil du zu spät gekommen bist? Das ist doch Unsinn. Hör mal, ich werde morgen früh mit dem Kerl reden – irgendwie –, wenn du willst, und ...«

»Hm – mach dir ... mach dir keine Mühe.«

Ethan schaute sich Janos' heitere, regelmäßige Gesichtszüge eingehender an: keine Quetschungen. An den langen, geschmeidigen Gliedmaßen trug er keine Verbände, aber er schonte deutlich seinen rechten Ellbogen. Das konnte einfach von dem Fliegerunfall kommen, – aber Ethan hatte schon einmal gesehen, daß Janos' Knöchel auf gleiche Weise abgeschürft waren.

»Was ist mit deinem Arm passiert?«

»Der Chef und sein Lieblingsschläger sind ein bißchen grob geworden und haben mich zur Tür hinausgeschmissen.«

»Verdammt! Die können doch nicht ...«

»Das war, nachdem ich ihm einen Schwinger versetzt hatte«, gab Janos widerwillig zu und trat von einem Fuß auf den anderen.

Ethan hielt die Luft an und zählte bis zehn. Keine Zeit. Keine Zeit. »Also hast du den Nachmittag damit verbracht, dich zu betrinken. Mit – wem?«

»Nick«, sagte Janos und duckte sich. Er wartete auf den Ausbruch.

»Mm. Vermutlich erklärt das den Angriff auf die Vögel.« Nick war Janos' Kumpel in all den Wettkämpfen, die Ethan kaltließen; in seinen dunkleren und paranoideren Momenten plagte Ethan gelegentlich der Verdacht, Janos hätte etwas mit Nick. Jetzt war keine Zeit dafür. Janos richtete sich wieder auf und war sichtlich überrascht, daß kein Ausbruch kam.

Ethan holte seine Brieftasche heraus und wandte sich höflich an den Polizeisergeanten. »Was kostet es, die Geißel der Spatzen hier herauszuholen, Wachtmeister?«

»Nun, Sir – falls Sie keine weitere Anzeige bezüglich Ihres Fahrzeugs vorbringen wollen ...«

Ethan schüttelte den Kopf.

»Es wurde alles vom Nachtrichter berücksichtigt. Er ist frei zu gehen.«

Ethan war erleichtert, aber auch überrascht. »Keine Anklage? Nicht einmal wegen ...«

»Oh, es gab schon Anklagen, Sir. Führen eines Fliegers in betrunkenem Zustand zur Gefährdung der Öffentlichkeit, Beschädigung städtischen Eigentums – und die Gebühren für die Rettungsteams ...« Der Sergeant zählte alles detailliert auf.

»Hat man dir denn in der Firma eine Abfindung gegeben?« fragte Ethan und stellte konfuse Kopfrechnungen an, ausgehend vom letzten bekannten Kontostand seines Pflegebruders.

»Mm, nicht direkt. Los, gehen wir heim. Ich habe höllische Kopfschmerzen.«

Der Sergeant rückte den Rest von Janos' persönlichem Eigentum heraus; Janos kritzelte seinen Namen auf die Quittung, ohne auch nur einen Blick darauf zu werfen.

Das Geräusch des Elektrobikes nahm Janos als Ausrede, um auf der Heimfahrt das Gespräch nicht fortsetzen zu müssen. Das war ein strategischer Fehler, denn dadurch bekam Ethan Zeit, um seine Kopfrechnungen zu überprüfen.

»Wie hast du dich aus dieser Geschichte freigekauft?« fragte Ethan, als er die Haustür hinter sich schloß. Er blickte durch das Vorderzimmer auf die Digitaluhr: in drei Stunden sollte er aufstehen, um sich zur Arbeit zu begeben.

»Mach dir keine Sorgen«, sagte Janos, stieß seine Stiefel unter die Couch und machte sich auf den Weg zur Küche. »Diesmal kommt es nicht aus deiner Tasche.«

»Aus wessen denn dann? Du hast doch nicht von Nick Geld geliehen, oder?« forschte Ethan, der ihm folgte.

»Zum Teufel, nein. Er ist noch mehr pleite als ich.« Janos holte eine Ballonflasche aus dem Schrank, biß den Kühlschlauch auf und nahm einen Zug. »Ein Schluck gegen den Kater. Möchtest du auch eins?«

Ethan tappte nicht in die offensichtliche Falle und ließ sich nicht zu einem ablenkenden Vortrag über Janos' Trinksitten verleiten. »Jaa.«

Janos hob überrascht die Augenbrauen und warf ihm einen Ballon zu. Ethan nahm ihn, ließ sich in einen Sessel fallen und streckte die Beine aus. Sich hinzusetzen war jedoch ein Fehler; ihn überflutete die emotionale Erschöpfung des Tages. »Wie steht es mit den Geldstrafen, Janos.«

Janos schlich sich zur Seite. »Sie haben sie von meinen Sozialdienstpunkten genommen.«

»O Gott!« rief Ethan müde aus. »Seit du aus der verdammten Armee draußen bist, hast du bloß Rückschritte gemacht! *Jedermann* hätte inzwischen genügend Punkte gesammelt, um ein D.S. zu werden, ohne daß er sich für *irgendwas* hätte freiwillig melden müssen.« Ihn überkam ein heftiges Verlangen, Janos zu packen und mit dem Kopf gegen die Wand zu stoßen. Nur die schreckliche Anstrengung, die notwendig war, um wieder aufzustehen, hielt ihn davon ab. »Ich kann kein Baby mit dir den ganzen Tag allein lassen, wenn du so weitermachst.«

»Verdammt, Ethan, wer verlangt das von dir? Ich habe keine Zeit für die kleinen Scheißer. Sie behindern einen in der eigenen Entfaltung. Na ja – *dich* vermutlich nicht. Du bist ja ganz scharf auf Vaterschaft, nicht ich. Die ganzen Überstunden, die du im Zentrum machst, haben dir den Kopf verdreht. Du warst mal ein lustiger Kerl.« Janos erkannte anscheinend, daß jetzt die Grenze von Ethans erstaunlicher Toleranz erreicht war, und zog sich in Richtung auf das Bad zurück.

»Die Reproduktionszentren sind das Herz von Athos«, sagte Ethan bitter. »Unsere ganze Zukunft. Aber du kümmerst dich nicht um Athos, nicht wahr? Du kümmerst dich nur um das, was in deiner eigenen Haut steckt.«

»Mm.« Janos' kurzes Grinsen deutete darauf hin, daß er drauf und dran war, Ethans Zorn mit einem obszönen Witz abzulenken, aber dann bemerkte er, wie finster sein Pflegebruder dreinblickte, und besann sich eines besseren.

Der Kampf war plötzlich zu viel für Ethan. Seine schlaffen Finger ließen den leeren Bierballon zu Boden gleiten. Resigniert verzog er seinen Mund. »Du kannst meinen Leichtflieger haben, wenn ich weggehe.«

Janos blieb stehen und wurde blaß. »Weggehen? Ethan, es war nie meine Absicht ...«

»Oh, nicht diese Art von Weggehen. Das hat nichts mit dir zu tun. Ich habe vergessen, daß ich es dir noch nicht gesagt habe – der Bevölkerungsrat schickt mich mit einem dringenden Auftrag in seinen Diensten fort. Geheim. Top secret. Nach Jackson's Whole. Ich bin mindestens ein Jahr weg.«

»Na, wer kümmert sich denn jetzt nicht?« sagte Janos verärgert. »Ein Jahr weg, ohne auch nur zu fragen. Was ist mit mir? Was soll ich tun, während du ...« Janos verstummte abrupt. »Ethan – ist Jackson's Whole nicht ein *Planet*? Dort draußen? Mit ... mit ... *ihnen* drauf?«

Ethan nickte. »Ich reise in vier – nein, drei Tagen ab, auf dem galaktischen Zensusschiff. Du kannst all meine Sachen haben. Ich weiß nicht – was dort draußen passieren wird.«

Janos' feingeschnittenes Gesicht war auf einmal ganz nüchtern. Leise sagte er: »Ich mache sauber.«

Endlich ein Trost, aber bevor noch Janos aus dem Bad kam, war Ethan schon in seinem Sessel eingeschlafen.

KAPITEL 3

Dreihundert Jahre lang war Station Kline bis zu ihrer heutigen Ausdehnung gewachsen; trotzdem war Ethan nicht auf ihre Größe und Komplexität gefaßt gewesen. Sie befand sich in einer Raumregion, von der nicht weniger als sechs nützliche Sprungrouten ausgingen, und dies innerhalb annehmbarer Abstände bei Beschleunigung unterhalb der Lichtgeschwindigkeit. Der dunkle Stern in der Nähe verfügte über keinerlei Planeten, und so umkreiste ihn Station Kline langsam weit draußen, fern seiner Gravitationsquelle, in stygischer Kälte.

Als Athos erst besiedelt wurde, hatte Station Kline schon eine lange Geschichte hinter sich; sie war der Ausgangspunkt für das edle Experiment der Gründerväter gewesen. Als Festung mangelhaft, jedoch ein guter Ort für die Abwicklung von Geschäften, hatte sie mehrfach den Besitzer gewechselt, da der eine oder andere Nachbar sie als Wächter seiner Zugänge haben wollte, und überdies als Quelle von Geldströmen. Zu Ethans Zeiten verfügte sie über eine unsichere politische Unabhängigkeit, die auf Bestechung, Entschlossenheit und geschmeidigen Geschäftspraktiken beruhte, und auf einer zähen inneren Loyalität, die schon an Patriotismus grenzte. Hunderttausend Bürger lebten in ihren labyrinthischen Konstruktionen; zu Spitzenzeiten des Verkehrs kam vielleicht noch einmal ein Fünftel an Durchreisenden hinzu.

Das alles hatte Ethan von der Mannschaft des Zensuskuriers erfahren. Die achtköpfige Crew bestand nur aus Männern, und das nicht, wie Ethan herausfand, aufgrund einer regulären Vorschrift oder aus Respekt für die Gesetze von Athos, sondern weil die weiblichen Angestellten des Zensusbüros keine Lust hatten, vier Monate Hin- und Rückflug ohne einen Urlaub auf dem Planeten zu absolvieren. Das gab Ethan eine kleine Atempause, bevor er der galaktischen Kultur ausgesetzt wurde. Die Crew verhielt sich ihm gegenüber höflich, ermunterte ihn jedoch nicht, seine eigene scheue Reserve aufzugeben, und so hatte er während der zweimonatigen Reise viel Zeit in seiner eigenen Kabine verbracht, in Studien vertieft und mit seinen Ängsten beschäftigt.

Zur Vorbereitung auf das, was ihm bevorstand, hatte er beschlossen, in seinem *Betanischen Journal für Reproduktive Medizin* alle Artikel von und über Frauen zu lesen. Es gab natürlich auch die Schiffsbibliothek, aber ihr Inhalt war gewiß nicht von der Zensurbehörde von Athos gebilligt, und Ethan war sich nicht wirklich sicher, welches Maß an Dispens ihm während dieser Mission eingeräumt sein sollte. Es war wohl besser, seine Tugend zu stärken, überlegte er deprimiert, denn er würde sie wahrscheinlich brauchen.

Frauen. Uterusreplikatoren mit Beinen, gewissermaßen. Er war sich nicht sicher, ob man sie für Anstifterinnen zur Sünde hielt, oder ob die Sünde von Natur aus zu ihnen gehörte, wie Saft zu einer Orange, oder ob die Sünde von ihnen übertragen wurde wie ein Virus. Er hätte doch im Religionsunterricht seiner Kindheit aufmerksamer sein sollen, obwohl um dieses Thema immer nur geheimnisvoll herumgeredet worden war. Und doch, als er eine Nummer des *Journals* gelesen und dabei die Namen der Autoren probehalber unterdrückt hatte, fand er in den Artikeln keinen Unterschied, der etwas über das Geschlecht der Verfasser verraten hätte.

Das ergab keinen Sinn. Vielleicht waren es nur ihre Seelen, nicht ihre Gehirne, die so anders waren? Der einzige Artikel, bei dem er sich sicher gewesen war, daß er von einem Mann stammte, stellte sich als die Arbeit eines betanischen Hermaphroditen heraus; dieses Geschlecht hatte noch nicht einmal existiert, als die

Gründerväter nach Athos geflohen waren, und wo paßte es hinein? Er stellte sich eine Weile lebhaft die helle Aufregung beim Zoll von Athos vor, falls eine solche Kreatur einreisen wollte, und wie die Bürokraten zu entscheiden versuchten, ob sie sie aufgrund von Männlichkeit einreisen lassen oder aufgrund von Weiblichkeit abweisen sollten – das Problem würde vermutlich an ein Komitee überwiesen werden, das sich rund ein Jahrhundert damit befassen würde, und in der Zwischenzeit würde der Hermaphrodit es bequem gelöst haben, indem er an Altersschwäche starb …

Die Überprüfung durch die Zollbehörde von Station Kline war fast genau so langwierig, aufgrund des gründlichsten mikrobiologischen Inspektions- und Kontrollverfahrens, das Ethan je erlebt hatte. Für Station Kline war es anscheinend egal, ob man Waffen, Drogen oder politische Flüchtlinge schmuggelte, solange man an den Schuhen keine mutierten Pilze einschleppte. Ethans Angst und seine – wie er sich eingestehen mußte – brennende Neugier hatten einen fiebrigen Höhepunkt erreicht, als er endlich durch das Verbindungsrohr vom Kurier in den Rest des Universums überwechseln durfte.

Auf den ersten Blick war der Rest des Universums enttäuschend: eine schmuddelige, kalte Andockbucht für Frachter. Hier zeigte Station Kline natürlich die mechanische Seite ihres Betriebs, wie die Rückseite eines Wandteppichs, der aus der beabsichtigten Perspektive einen viel schöneren Anblick bot. Ethan überlegte, welcher der ein Dutzend Ausgänge zu menschlichen Behausungen führte. Die Crew des Schiffes war offensichtlich beschäftigt oder nicht zu sehen; als das mikrobiologische Untersuchungsteam seine Aufgabe erledigt hatte, war es fortgeeilt, höchstwahrscheinlich zu einem anderen Auftrag. An der Wand neben der Mündung einer Ausgangsrampe lehnte lässig eine Gestalt in der im ganzen Universum üblichen entspannten Pose eines Untätigen, der anderen bei der Arbeit zuschaut. Ethan näherte sich ihr, um nach dem Weg zu fragen.

Die schneidige grau-weiße Uniform war Ethan unbekannt, aber auch ohne die Handwaffe an der Hüfte wirkte sie durchaus militärisch. Bei der Waffe handelte es sich nur um einen legalen Betäuber, aber der sah gut gepflegt und keineswegs neu aus. Auf Ethans Schritte hin blickte der schlanke junge Soldat auf, musterte ihn mit einem Blick und lächelte höflich.

»Verzeihung, Sir«, begann Ethan und hielt unsicher inne. Die Hüften waren für die drahtige Figur zu breit, die Augen über einer kleinen, scharfgeschnittenen Nase waren zu groß und standen zu weit auseinander, die Kieferpartie war feinknochig und klein, die bartlose Haut zart wie die eines Säuglings – es *hätte* sich um einen besonders eleganten Jungen handeln können, aber ...

Sie lachte schallend und – nach Ethans Meinung – viel zu laut. Er errötete. »Sie *müssen* der Athosianer sein«, sagte sie kichernd.

Ethan trat einen Schritt zurück. Nun ja, sie sah nicht aus wie die Wissenschaftlerinnen mittleren Alters, die im *Betanischen Journal* abgebildet waren. Sein Irrtum war gewiß völlig natürlich. Er hatte sich vorher vorgenommen, ein Gespräch mit Frauen zu vermeiden, soweit es menschenmöglich war, und jetzt war er schon ... »Wie komme ich hier raus?« murmelte er und blickte sich, in die Enge getrieben, in der Andockbucht suchend um.

Sie hob die Augenbrauen. »Hat man Ihnen keinen Plan der Station gegeben?«

Ethan schüttelte nervös den Kopf.

»Aber das ist ja fast kriminell, einen Fremden ohne Plan auf Station Kline loszuschicken. Sie könnten auf die Suche nach einer Toilette gehen und verhungern, bevor Sie den Rückweg gefunden haben. Aha, da kommt ja genau der Mann, den ich suche. Hallo, Dom!« rief sie einem Crewmitglied des Kurierschiffes zu, das gerade mit einem Matchbeutel auf dem Rücken die Andockbucht überquerte. »Hierher!«

Der Mann änderte seine Richtung. Hatte es zuerst ausgesehen, als fühle er sich belästigt, so nahm er nun den Gesichtsausdruck eines beflissenen, wenn auch leicht verwunderten Menschen an. Er stellte sich aufrechter hin, als Ethan ihn je gesehen hatte, und zog den Bauch ein. »Kennen wir uns, Madame?«

»Na ja, du solltest mich eigentlich schon kennen – du bist zwei Jahre lang neben mir im Kurs für Katastrophenübung gesessen. Ich gebe zu, das ist eine Weile her.« Sie fuhr sich mit der Hand durch ihre dunklen, kurz geschnittenen Locken. »Stell dir längeres Haar vor. Aber komm, die Wiederherstellung hat mein Gesicht doch nicht so sehr verändert! Ich bin Elli.«

Er gab ein überraschtes »oh« von sich. »Bei den Göttern! Elli Quinn? Was hast du bloß angestellt?«

Sie berührte einen der wohlgeformten Backenknochen. »Komplette Wiederherstellung des Gesichts. Gefällt es dir?«

»Es ist phantastisch!«

»Betanische Arbeit, weißt du – die beste.«

»Jaa, aber …« Dom runzelte die Stirn. »Warum? Du hast doch eigentlich recht gut ausgesehen, bevor du zu den Söldnern abgehauen bist.« Sein Grinsen war wie ein verschmitzter Stoß in die Rippen, obwohl er seine Hände auf dem Rücken verschränkt hielt wie ein Junge vor dem Schaufenster einer Bäckerei. »Oder bist du plötzlich reich geworden?«

Sie berührte erneut ihr Gesicht, diesmal weniger fröhlich. »Nein, ich habe mich nicht auf Entführungen verlegt. Es war irgendwie notwendig – ich hatte am Kopf einen Plasmastrahl abbekommen, bei einem Enterkampf vor Tau Verde, vor ein paar Jahren. Ich habe etwas komisch ausgesehen, mit keinem Gesicht mehr dran, und deshalb hat mir Admiral Naismith ein neues gekauft. Der macht nämlich keine halben Sachen.«

»Oh«, sagte Dom kleinlaut.

Ethan, den seine Begeisterung für die Gesichtsästhetik der Frau ein bißchen verwirrte, konnte problemlos Mitgefühl empfinden; jede Plasmaverbrennung war entsetzlich – die hier mußte sie fast umgebracht haben. Er betrachtete ihr Gesicht mit einem neuen, medizinischen Interesse.

»Bist du nicht mit Admiral Osers Gruppe losgezogen?« fragte Dom. »Das ist doch noch seine Uniform, oder?«

»Ach so. Erlaube mir, daß ich mich vorstelle: Kommandantin Elli Quinn von der Freien Söldnerflotte der Dendarii, zu deinen Diensten.« Sie verbeugte sich schwungvoll. »Die Dendarii haben Oser sozusagen annektiert, und seine Uniformen, und mich – und das war ein Schritt nach oben, das kann ich dir sagen. Aber ich, Sir, habe zum erstenmal in zehn Jahren Heimaturlaub, und den möchte ich genießen. Neben alten Klassenkameraden auftauchen und ihnen einen Herzanfall verursachen – meinen Kreditrahmen allen Leuten vor die Nase halten, die vorausgesagt haben, daß es mit mir ein schlimmes Ende nehmen wird – und wenn wir von einem schlimmen Ende sprechen, so habt ihr anscheinend euren Passagier hier orientierungslos losgeschickt.«

Dom musterte die Söldneroffizierin mißtrauisch. »Das sollte kein Wortspiel sein, oder? Ich tu auf dieser Strecke jetzt schon vier Jahre Dienst, und ich habe es so verdammt satt, bei der Rückkehr mit einer Menge blöder Schwulenwitze empfangen zu werden ...«

Das Gelächter der Söldnerin hallte von den Deckenträgern zurück. »Jetzt ist das Geheimnis gelüftet, warum man Sie allein gelassen hat, Mann von Athos«, sagte sie zu Ethan. »Soll ich ihn dann übernehmen, da ich aufgrund meines Geschlechts über den Verdacht unnatürlicher Gelüste erhaben bin?«

»Meinetwegen«, räumte Dom mit einem Achselzucken ein. »*Ich* habe eine Frau, die zu Hause auf mich wartet.« Er machte einen Bogen um Ethan.

»Okay. Ich schau dann später einmal bei dir vorbei, in Ordnung?« sagte die Offizierin.

Der Mann von der Crew nickte ihr mit einem gewissen Bedauern zu und trottete davon, die Ausgangsrampe hinauf. Ethan fand sich mit der Frau alleingelassen und unterdrückte einen Impuls, hinter ihm herzurennen und um Schutz zu bitten. Er erinnerte sich vage, daß wirtschaftliche Sklaverei eines der Kennzeichen der Verdammten war und ihn überkam plötzlich der entsetzliche Verdacht, daß sie vielleicht hinter seinem Geld her war – und er trug Athos' gesamte Deviseneinahmen eines Jahres bei sich. Er wurde sich intensiv der Waffe an ihrer Seite bewußt.

Auf ihrem seltsamen Gesicht zeichnete sich Belustigung ab. »Schauen Sie nicht so ängstlich drein. Ich fresse Sie nicht auf«, sie kicherte plötzlich, »... Konversionstherapie ist nicht mein Fach.«

»Glck«, stammelte Ethan und räusperte sich. »Ich bin ein treuer Mann«, seine Stimme zitterte. »Ich bin Janos treu. Möchten Sie ein Bild von Janos sehen?«

»Ich zweifle nicht an Ihren Worten«, erwiderte sie unbefangen. Die Belustigung verwandelte sich in etwas wie Mitgefühl. »Ich habe Ihnen wirklich Angst eingejagt, nicht wahr? Bin ich vielleicht die erste Frau, der Sie begegnen?«

Ethan nickte. Zwölf Ausgänge, und er mußte ausgerechnet diesen nehmen ...

Sie seufzte. »Ich glaube Ihnen.« Sie machte eine nachdenkliche Pause. »Sie könnten trotzdem einen zuverlässigen einheimischen Führer gebrauchen. Station Kline hat einen Ruf in der Unterstützung von Reisenden zu wahren – das ist gut fürs Geschäft. Und ich bin eine freundliche Kannibalin.«

Ethan schüttelte mit einem starren Lächeln den Kopf.

Sie zuckte die Achseln. »Na schön, vielleicht treffe ich Sie wieder, wenn Sie Ihren Kulturschock verdaut haben. Bleiben Sie länger hier?« Sie holte einen Gegenstand aus ihrer Tasche, einen winzigen Holovid-Projektor. »Man bekommt so einen automatisch, wenn man ein richtiges Passagierschiff verläßt – ich brauche meinen nicht.« Ein bunter Schemaplan wurde in die Luft projiziert. »Wir sind hier. Sie wollen dorthin, in den Zweig, der Transitbereich genannt wird – hübsche Einrichtungen dort, Sie können ein Zimmer bekommen – eigentlich können Sie dort fast alles bekommen, aber ich glaube, daß Sie die seriösen Angebote vorziehen. Dieser Abschnitt. Diese Rampe hinauf, und dann nehmen Sie den zweiten Querkorridor. Wissen Sie, wie man dieses Ding bedient? Viel Glück…« Sie drückte ihm das Planmodul in die Hand, lächelte ihm ein letztesmal zu und verschwand durch einen anderen Ausgang.

Er nahm seine kärglichen Habseligkeiten und fand schließlich, nachdem er nur wenigemal falsch abgebogen war, den Weg in den Transitbereich. Unterwegs kam er noch an viel mehr Frauen vorbei; es wimmelte nur so von ihnen in den Korridoren, den Bubblecar-Röhren, auf den Rollwegen, in den Liftrohren und Passagen, aber glücklicherweise sprach ihn keine an. Sie schienen überall zu sein. Eine trug einen hilflosen Säugling in den Armen. Er unterdrückte den heroischen Impuls, das Kind aus der Gefahr zu reißen. Mit einem Baby im Schlepptau konnte er seine Mission kaum erfüllen, und außerdem war es für ihn unmöglich, alle zu retten. Als er einer Schar kichernder Kinder auswich, die ihm über den Weg liefen und dann wie Spatzen in ein Liftrohr schwärmten, fiel ihm verspätet ein, daß ja zu 50 % die Möglichkeit bestand, daß der Säugling weiblich war. Das beruhigte sein Gewissen ein wenig.

Nach einer beunruhigenden Telekonferenz zwischen dem Portier der Herberge für Transitreisende, dem öffentlichen Computersystem von Station Kline, einem Ombudsman für Transitreisende und nicht weniger als vier lebenden menschlichen Beamten in aufsteigenden Rängen der Regierungshierarchie der Station (Thema: der Umtauschkurs von Ethans athosianischen Pfunden) entschied er sich für ein Zimmer – aufgrund des Preises. Alle waren eigentlich sehr freundlich, und man berechnete auf dem Umweg über zwei Währungen (von denen Ethan nie gehört hatte) den Umtausch seiner Geldmittel in die maximal mögliche Menge betanischer Dollars. Betanische Dollars waren eine der härteren und allgemein akzeptierten Währungen. Trotzdem hatte er am Ende scheinbar viel weniger Dollars als zuvor Pfunde, und er überging hastig die angebotene Imperial-Suite zugunsten einer Economy-Kabine.

Economy war eher ein Kabuff als eine Kabine. Wenn er schliefe, so beruhigte Ethan sich selbst, würde es ihm nichts ausmachen. Jetzt allerdings war er hellwach. Er ließ trotzdem per Knopfdruck das Bett aufblasen und legte sich hin. In Gedanken ging er noch einmal die Instruktionen durch, die er erhalten hatte; gleichzeitig bemühte er sich, die seltsame optische Illusion zu ignorieren, daß die Wände seines Kämmerleins nach innen gedrückt wurden.

Als der Bevölkerungsrat sich damals endlich zusammengesetzt hatte, um das Ganze durchzurechnen, stellte sich heraus, daß eine Rücksendung der Lieferung nach Jackson's Whole mit Ethan als Begleiter, um ihr Geld zurückzufordern, mehr kosten würde, als die ungewisse Rückerstattung brächte, und deshalb wurde Jackson's Whole gestrichen. Nach einer langen Debatte räumte man schließlich Ethan weitgehende Handlungsfreiheit ein, aufgrund der neuesten, auf Station Kline verfügbaren Informationen einen anderen Lieferanten auszuwählen.

Es gab ergänzende Instruktionen: »Bleiben Sie unter dem Budgetansatz!« – »Beschaffen Sie das Beste!« – »Gehen Sie so weit wie nötig!« – »Verschwenden Sie kein Geld für unnötige Reisen!« – »Vermeiden Sie persönlichen Kontakt mit Galaktikern; erzählen Sie ihnen nichts über Athos!« – »Suchen Sie freundschaftliche Beziehungen zu Galaktikern, um sie als Einwanderer zu gewinnen; erzählen Sie ihnen alles über die Wunder von Athos!« – »Verhalten Sie sich unauffällig!« – »Lassen Sie sich nicht herumschubsen!« – »Halten Sie die Augen offen für zusätzliche Handelsmöglichkeiten!« – »Persönlicher Gebrauch von Geldern der Rates wird als Unterschlagung betrachtet und als solche verfolgt!«

Glücklicherweise hatte der Vorsitzende nach der Ratssitzung mit Ethan noch unter vier Augen gesprochen.

»Sind das Ihre Notizen?« fragte er und deutete auf den Haufen Papiere und Disketten in Ethans Händen. »Geben Sie sie mir!« Und er warf sie in seinen Datenvernichter.

»Holen Sie das Zeug und kommen Sie zurück«, sagte er. »Alles andere ist heiße Luft.«

Die Erinnerung an diese Szene machte Ethan Mut. Er lächelte, setzte sich auf, warf sein Planmodul in die Luft und fing es mit einer eleganten Bewegung wieder auf, steckte es ein und machte sich auf einen Spaziergang.

Im Transitbereich stieß er endlich auf die helle Seite des Teppichs, indem er einfach mit einem Bubblecar durch die Röhren zum luxuriösesten Passagierdeck fuhr, dort umkehrte und zu Fuß zurückging. In Kristall und Chrom eingerahmt boten sich überwältigende Panoramen der galaktischen Nacht, Ansichten von anderen Bereichen der Station, die mit bonbonfarbenen Lichtern übersät waren, Aussichten auf die glitzernden Räder der ältesten Abschnitte, die sich der technisch überholten Zentrifugalgravitation zuliebe unaufhörlich drehten. Sie waren nicht aufgegeben worden – nichts wurde in dieser Gesellschaft je völlig aufgegeben –, sondern einer anderen, weniger dringenden Verwendung zugeführt; andere waren zum Zwecke der Wiederverwertung halb zerlegt worden, auf daß Station Kline wachsen möge, wie eine Schlange, die ihren Schwanz auffraß.

Innerhalb der aufragenden durchscheinenden Wände des Transitbereichs gedieh eine üppige Vegetation aus Kletterpflanzen, Bäumen in Pflanzrohren, Luftfarnen und Orchideen; dazu kamen gedämpft läutende Glockenspiele und bizarre Springbrunnen, die rückwärts und umgekehrt und in Spiralen um die schwindelerregenden Laufstege liefen – interessante, komplizierte Tricks mit der künstlichen Gravitation. Ethan blieb stehen und starrte fünfzehn Minuten lang fasziniert auf einen Brunnen, bei dem mitten in der Luft ein flacher Wasserstrom unaufhörlich in der Form eines Möbiusbandes floß. Nur einen Atemzug entfernt lauerte hinter der durchsichtigen Wand in tödlichem Schweigen eine Kälte, die im Nu alles in Stein verwandeln konnte. Der künstlerische Kontrast war überwältigend, und Ethan war nicht der einzige Transitreisende von einem Planeten, der hier starr vor Staunen stand.

Angrenzend an den Park gab es Cafés und Restaurants, wo Ethan nach seinen Berechnungen nur dann speisen konnte, wenn er bloß einmal pro Woche aß, und Hotels, in denen Gäste wohnten, die sich diese

Restaurants viermal täglich leisten konnten. Und Theater und Feelie-Traumkabinen und eine Arkade, die, wie ein Hinweisschild verkündete, den Reisenden den Trost von etwa sechsundachtzig offiziell zugelassenen Religionen anbot. Die Religion von Athos war natürlich nicht dabei. Ethan kam an einer Prozession vorüber, die offensichtlich der Bestattung einer philosophisch gesinnten Person galt, die die kryogenische Lagerung zugunsten der Mikrowellenverbrennung abgelehnt hatte. Ethan, der die unendliche Dunkelheit jenseits der Bäume noch in frischer Erinnerung hatte, konnte verstehen, daß man das Feuer dem Eis vorzog. Dann stieß er auf eine mysteriöse Zeremonie, bei der die Hauptpersonen, eine Frau in roter Seide und ein Mann in mit Flitter übersätem Blau, von kichernden Freunden mit Reis beworfen wurden und man dann die Handgelenke des Paares mit Dutzenden von Schnüren umwickelte.

Als er das Zentrum dieser Viertels erreichte, kam Ethan endlich zur Sache. Hier waren die Konsulate, Botschaften und Handelsagenturen einer Anzahl von Planeten, die Transporte durch den Nexus des Lokalraums von Station Kline schickten. Hier würde er vermutlich einen Hinweis auf einen biologischen Lieferanten bekommen, der die Bedürfnisse von Athos befriedigen konnte. Dann würde er sich ein Ticket zu dem ausgewählten Planeten kaufen, und dann... – aber Station Kline selbst bot schon mehr als genug Eindrücke für einen Tag.

Pflichtbewußt schaute Ethan wenigstens einmal bei der Betanischen Botschaft vorbei. Unglücklicherweise war dort das Computerterminal für kommerzielle Anfragen mit einem Disponenten offensichtlich weiblichen Geschlechtes besetzt. Ethan zog sich schnell zurück, ohne sie anzusprechen. Vielleicht würde er es später noch einmal versuchen, während einer anderen Schicht. Demonstrativ ignorierte er die Reihe von Konsulaten, die die großen Syndikatshäuser von Jackson's Whole vertraten. Er beschloß jedoch, später einen formellen Beschwerdebrief an das Haus Bharaputra zu schicken.

Wenn man von dieser Gegend zurückkam, dann sah die Herberge, die Ethan ausgewählt hatte, wirklich brav-bürgerlich aus. Er schätzte, daß er von den Luxusdecks ein paar Kilometer über verschiedene Ebenen zurückgelegt hatte, aber anstatt nachzulassen, nahm seine Neugier mit jedem neuen Anblick und jeder neuen Entdeckung eher zu und lockte ihn ganz aus dem Transitbereich weg, in die einheimischen Bereiche der Stationsbewohner. Hier nahm die Ausstattung ab: von gediegen zu zweckmäßig.

Die Düfte aus einer kleinen Cafeteria, die zwischen einem Hersteller kundenspezifischer Plastikartikel und einer Reparaturwerkstatt für Druckanzüge eingezwängt war, erinnerten Ethan plötzlich daran, daß er seit Verlassen des Schiffes nichts mehr gegessen hatte. Aber drinnen befanden sich eine Menge Frauen. Er unterdrückte den Impuls, einzutreten und zog sich zurück. Dabei hatte er doch großen Hunger. Aufs Geratewohl folgte er zwei kleineren Röhren hinab in eine enge, eher schmuddelige Geschäftspassage. Er war jetzt nicht weit entfernt von dem Andockbereich, über den er Station Kline betreten hatte. Der Geruch von verbrauchtem Bratfett, der aus einem Eingang wehte, ließ ihn anhalten. Er spähte in das trüb beleuchtete Innere.

Mehrere Männer in den verschiedensten Arbeitsuniformen der Station räkelten sich in entspannter Haltung an Tischen und entlang einer Theke. Hier waren überhaupt keine Frauen zugegen. Ethans gedrückte Stimmung hob sich. Vielleicht konnte er sich hier entspannen und sogar etwas zu essen bekommen. Möglicherweise konnte er sogar ein Gespräch anknüpfen. Tatsächlich war das sogar seine Pflicht, wenn er sich an seine Instruktionen von der athosianischen Einwanderungsbehörde erinnerte. Warum nicht jetzt damit beginnen?

Er ignorierte ein seltsames unterschwelliges Gefühl des Unbehagens – jetzt war nicht der Augenblick, wo seine Schüchternheit seine Schritte bestimmen sollte – und trat ein. Er blinzelte. Dies hier war mehr als ein Pausenraum. Nach dem alkoholischen Geruch der Getränke zu schließen, hatten diese Männer wohl alle dienstfrei. Es handelte sich also um eine Art von Freizeiteinrichtung, obwohl es überhaupt nicht einem athosianischen Club ähnelte. Ethan überlegte wehmütig, ob es hier Artischockenbier gab. Falls es auf der Station hergestellt wurde, dann wohl eher auf der Basis von Algen oder so was. Er unterdrückte eine Anwandlung von Heimweh, befeuchtete seine Lippen und trat beherzt zu einer Gruppe von einem halben Dutzend Männer in verschiedenfarbigen Overalls, die sich um die Theke geschart hatten. Die Stationsbewohner mußten eigentlich gewöhnt sein, Transitreisende in viel ausgefalleneren Gewändern zu sehen als Ethan in seiner saloppen athosianischen Zivilkleidung (Hemd, Jacke, Hosen, Schuhe), aber einen Moment lang wünschte er, er hätte seine weiße Arzttracht an, die er im Reproduktionszentrum trug, ganz frisch und sauber aus der Wäscherei, denn sie verlieh ihm immer ein beruhigendes Gefühl offizieller Identität.

»Guten Tag«, begann Ethan höflich. »Ich repräsentiere das Büro für Einwanderung und Einbürgerung des Planeten Athos. Wenn Sie erlauben, dann würde ich Ihnen gerne berichten, welche Pioniermöglichkeiten zur Ansiedlung es dort noch gibt ...«

Seine Zuhörer verfielen plötzlich in Totenstille. Ein stämmiger Arbeiter in einem grünen Overall platzte heraus: »Athos? Der Planet der Schwulen? Meinen Sie das ehrlich?«

»Kann nicht sein«, sagte ein anderer, in Blau. »Diese Burschen heben ihren Hintern nie von ihrer Dreckkugel weg.«

Ein dritter Mann, ganz in Gelb, sagte etwas außerordentlich Derbes.

Ethan holte Atem und begann tapfer aufs neue: »Ich versichere Ihnen, ich meine es wirklich ehrlich. Mein Name ist Ethan Urquhart; ich bin Doktor der Reproduktionsmedizin. In unserer Geburtenrate hat es kürzlich eine Krise gegeben ...«

Der Mann im grünen Overall brach in bellendes Gelächter aus. »Aber gewiß doch! Soll ich dir mal erzählen, was ihr falsch macht, Kumpel ...«

Der Derbe, aus dessen Richtung eine mächtige Alkoholfahne wehte, sagte etwas deprimierend Verbohrtes. Der im grünen Overall gluckste und klopfte Ethan plump-vertraulich auf den Bauch: »Du bist im falschen Laden, Athosianer. Für eine Operation zur Geschlechtsumwandlung ist Kolonie Beta die richtige Adresse. Danach kann man dir in Nullkommanix ein Kind machen.«

Der Derbe wiederholte sich. Ethan wandte sich ihm zu; in seiner Empörung und Verwirrung nahm er Zuflucht zu steifer Förmlichkeit. »Sir, Sie scheinen einige bedauerlich engstirnige Vorurteile über meinen Planeten zu haben. Persönliche Beziehungen sind eine Angelegenheit individueller Vorliebe und völlig privat. Tatsächlich gibt es viele Kommunen, die die Gründerväter streng interpretieren und Keuschheitsgelübde ablegen. Sie genießen hohes Ansehen ...«

»Igitt!« schrie der Mann im grünen Overall. »Das ist ja noch *schlimmer*!« Seine Kollegen reagierten mit dröhnendem Gelächter.

Ethan spürte, wie er errötete. »Verzeihen Sie mir. Ich bin hier fremd. Dies hier ist der einzige von Frauen freie Ort auf Station Kline, den ich bisher gefunden habe, und ich hatte gedacht, daß hier eine vernünftige Unterhaltung möglich sein müßte. Es ist ein sehr ernstes …«

Der Derbe machte eine laute Bemerkung der gleichen Art wie zuvor.

Ethan drehte sich blitzschnell um und versetzte ihm einen Schlag. Dann erstarrte er, entsetzt über seine eigene schreckliche Unbeherrschtheit. Das war nicht das Benehmen eines Botschafters – er mußte sich sofort entschuldigen …

»Frei von Frauen?« knurrte der Derbe und rappelte sich wieder hoch. Seine Augen waren rot und trunken und blickten wild. »Bist du deshalb hergekommen – wegen verdammter Zuhälterei? Ich werd's dir schon zeigen …«

Ethan spürte, wie ihn zwei der stämmigeren Freunde des Derben abrupt von hinten festhielten. Er zitterte und unterdrückte den Angstreflex, zu kämpfen und sich loszureißen. Wenn er ruhig blieb, dann konnte er vielleicht noch …

»Heh, Leute, macht mal langsam«, begann der Grüne besorgt. »Er ist offensichtlich nur ein Transitreisender …«

Der erste Hieb ließ Ethan zusammensacken. Sein Atem entwich pfeifend durch die zusammengebissenen Zähne. Die beiden, die ihn festhielten, richteten ihn wieder auf.

»… was wir hier« – bumm! – »mit Typen wie dir machen!«

Ethan merkte, daß ihm die Luft wegblieb und er sich somit nicht entschuldigen konnte. Er hoffte verzweifelt, daß der Derbe keine sehr lange Rede halten würde. Doch der fuhr fort und versetzte ihm Schlag um Schlag.

»… verdammtes … Herumschnüffeln … in unserem …«

Eine helle, ironische Altstimme unterbrach ihn. »Habt ihr nicht ein wenig Angst wegen eurer Übermacht? Was ist, wenn er freikommt und euch sechs mit einer Bande auflauert?«

Ethans Kopf fuhr herum: es war die Söldnerin, Kommandantin Quinn. Sie wippte mit den Füßen und hob herausfordernd den Kopf.

Der Grüne fluchte leise und respektvoll; der Derbe fluchte bloß. »Komm, Zed«, sagte der Grüne und legte die Hand auf den Arm seines Kameraden, zog jedoch seinen Blick nicht vom Gesicht der Frau ab. »Ich glaube, das reicht.«

Der Derbe schüttelte ihn ab. »Und was bedeutet dir dieser Wichser, Süße?« versetzte er.

Ein Mundwinkel der Frau zuckte nach oben; der Mann im blauen Overall staunte sie mit offenem Mund an.

»Nehmen wir mal an, ich sei seine militärische Beraterin.« erwiderte sie.

»Frauen, die Schwule lieben«, stieß der Derbe hervor, »sind schlimmer als die Schwulen selbst...«, und brabbelte weiter ordinäres Zeug.

»Zed«, murmelte der Blaue, »hör auf! Sie ist keine Technikerin, sie ist Kämpferin. Kampfveteranin – schau ihre Abzeichen an...« Im Hintergrund des Raumes gab es Bewegung: einige neutrale Beobachter traten klugerweise den Rückzug an.

»Alle Betrunkenen sind eine Plage«, sagte die Frau gedehnt, »aber aggressive Betrunkene sind einfach schlicht abscheulich.«

Der Derbe ging auf sie los und gab dabei konfuse Obszönitäten von sich. Sie wartete unbeweglich, bis er eine unsichtbare Grenze überquerte. Plötzlich ertönte ein Summen, ein blaues Licht blitzte auf. Als sie die Waffe in der Hand wendete und lautlos wieder in ihr Halfter gleiten ließ, erkannte Ethan, daß sie die Pause genutzt hatte, um den Mann in den Nimbus des Betäubers kommen zu lassen; alle anderen in der Gruppe waren außer Reichweite und nicht getroffen.

»Mach ein Nickerchen«, sagte sie mit einem Seufzer. Sie blickte auf die beiden Männer, die Ethan noch hielten. »Ist das euer Freund?« fragte sie mit einem Kopfnicken in Richtung auf den Mann, der bewußtlos am Boden lag. »Ihr solltet wählerischer sein. Mit solchen Freunden kann man leicht umkommen.«

Sie ließen Ethan hastig los. Seine Knie gaben nach, und er sackte über seinem schmerzenden Bauch zusammen. Die Söldnerin zog ihn wieder auf die Beine. »Kommen Sie, Pilger. Ich bringe Sie wieder dorthin, wo Sie hingehören.«

»Ich hätte sagen sollen: ›Wie, vermissen Sie die Ihren?‹«, entschied Ethan. »Ja, das hätte ich zu ihm sagen sollen. Oder vielleicht …«

Kommandantin Quinn verzog den Mund. Ethan fragte sich gereizt, warum alle hier Athosianer so amüsant zu finden schienen, abgesehen von den Leuten, die sich aufführten, als wollte er sie mit Lepra anstecken. Eine plötzliche neue Angst brachte ihn so sehr aus dem Gleichgewicht, daß er beinah den Arm der Söldnerin packte. »O Gott Vater! Sind das Polizisten?«

Im Korridor kamen zwei Männer auf sie zu. Ihre Uniformen waren piniengrün mit himmelblauen Streifen, und von ihren Gürteln hing eine furchterregende Sammlung verschiedener Utensilien. Ethan durchzuckte plötzlich ein Schuldgefühl. »Vielleicht sollte ich mich stellen – es hinter mich bringen. Ich habe diesen Mann angegriffen …«

Kommandantin Quinns Mund zuckte amüsiert. »Nur wenn Sie ein neues, seltenes Pflanzenvirus unter Ihren Fingernägeln züchten. Diese Kerle sind von der Biokontrolle – Ökobullen. Überall auf Station Kline unterwegs«, sie hielt inne, tauschte mit den Männern, die ruhig weitergingen, ein höfliches Kopfnicken und fügte dann leise an: »Ein Haufen von Leuten mit Waschzwang.« Nach einem Augenblick des Nachdenkens fuhr sie fort: »Jedoch sollten Sie sie nicht verärgern: Die haben unbegrenzte Vollmachten für Durchsuchungen und Festnahmen – Sie könnten sonst erleben, daß man Sie gewaltsam entlaust, und das ohne Möglichkeit zum Einspruch.«

Ethan dachte darüber nach. »Vermutlich ist die Ökologie der Station leichter verwundbar als die eines Planeten.«

»Sie balanciert auf einem Draht, zwischen Feuer und Eis«, stimmte sie zu. »Anderswo gibt es Religionen. Wir hier haben Sicherheitsübungen. Übrigens, falls Sie irgendwann einmal sehen sollten, daß sich irgendwo – außer in einer Andockbucht – ein Frostfleck bildet, dann melden Sie das sofort!«

Sie kamen wieder in den Transitbereich. Ihr Blick war für ihren spöttisch zuckenden Mund zu eindringlich, zu ernst, und verursachte Ethan ein scheußliches Unbehagen. »Ich hoffe, daß dieser kleine Vorfall Ihnen die Stationsbewohner nicht unliebsam gemacht hat«, sagte sie. »Was halten Sie davon, wenn ich Sie zum Dinner einlade, um Sie für die schlechten Manieren meiner Mitbürger zu entschädigen?«

War dies eine Art unsittlicher Antrag, ein Trick, um ihn allein und hilflos in die Hand zu bekommen? Er rückte etwas weiter von ihr ab, während sie geschmeidig neben ihm ging wie eine Raubkatze.

»Ich … ich möchte nicht undankbar sein«, stammelte er, und seine Stimme war höher als sonst, »aber ich habe Bauchschmerzen«, das stimmte durchaus, »vielen Dank auf jeden Fall« – er sah ein Liftrohr zur nächsten Ebene, zur der, auf der seine Herberge lag –, »ade!«

Er stürzte sich auf das Rohr und sprang hinein. Er griff nach oben, aber dadurch wurde sein Aufstieg nicht beschleunigt. Sein letzter Rest an Würde hinderte ihn daran, mit den Armen zu fuchteln. Er lächelte ihr durch die Kristallwand des Rohres hindurch gezwungen zu, während ihre Ebene mit traumhafter Langsamkeit zurückblieb und verschwand.

An seinem Ausgang flitzte er aus dem Rohr heraus und sauste hinter eine Art abstrakter Skulptur mit Pflanzen, die in der Nähe an der Promenade stand. Er spähte durch die Blätter. Sie jagte nicht hinter ihm her. Schließlich entspannte er sich und sank auf einer Bank zusammen, wo er lange Zeit wie benommen saß. Endlich in Sicherheit.

Er stieß einen Seufzer aus, rappelte sich hoch und schleppte sich auf der Promenade entlang. Seine kleine Schlafkammer erschien ihm jetzt ganz verlockend. Einen ganz gewöhnlichen Imbiß vom Zimmerservice, eine Dusche und dann das Bett. Keine abenteuerlichen Erkundungen mehr. Morgen würde er direkt zur Sache kommen. Seine Informationen einholen, den Lieferanten auswählen, und mit dem ersten verfügbaren Schiff abreisen ...

Ein Mann in planetarischer Kleidung von eintöniger Neutralität, Jacke und Hose in schlichtem Grau, trat Ethan auf der Esplanade lächelnd entgegen. »Dr. Urquhart?« Er packte Ethan am Arm.

Ethan erwiderte das Lächeln unsicher, aber höflich. Dann versteifte er sich und riß den Mund auf zu einem Protestschrei, während das Hypospray in seinen Arm stach. Ein Herzschlag, und sein Mund erschlaffte, der Schrei blieb stumm. Der Mann dirigierte ihn sanft zu einem Bubblecar in der Rohrbahn.

Ethans Füße fühlten sich weich an, wie Ballons. Er hoffte, der Mann würde ihn nicht loslassen, denn sonst müßte er hilflos zur Decke hochschweben und dort mit dem Kopf nach unten hängenbleiben, während die Sachen aus seinen Taschen auf die Passanten fielen. Das verspiegelte Verdeck des Bubblecars schloß sich über seinem verschwommenen Blick wie die Nickhaut vor dem Auge eines Reptils.

KAPITEL 4

Ethan kam wieder zu sich in einem Hotelzimmer, das viel größer und luxuriöser war als sein eigenes. Sein Verstand floß mit langsamer Klarheit dahin, wie Honig. Der Rest seiner Person schwebte in einer süßen, matten Euphorie. In der Ferne, unter seinem Herzen oder in seinem Hals, jammerte und schrie und kratzte etwas verzweifelt wie ein Tier, das in einen Keller eingesperrt war, aber es hatte keine Möglichkeit, herauszukommen. Sein zähfließendes Denken nahm gleichgültig zur Kenntnis, daß er fest an einen harten Plastikstuhl gebunden war, und gewisse Muskeln in seinem Rücken, seinen Armen und Beinen brannten schmerzhaft. Na wenn schon?

Viel interessanter war der Mann, der aus dem Bad kam und sich sein feuchtes, gerötetes Gesicht energisch mit einem Handtuch trockenrieb. Seine Augen waren grau wie Granit, er war von zähem Körperbau und durchschnittlicher Größe, sehr ähnlich dem Kerl, der Ethan von der Promenade geholt hatte und der sogar jetzt in der Nähe auf einem Schwebestuhl saß und seinen Gefangenen scharf beobachtete.

Sein Entführer war von so gewöhnlicher Erscheinung, daß Ethan ihn sich kaum vergegenwärtigen konnte, selbst wenn er ihn direkt anschaute. Aber Ethan sah mit einem seltsamen Scharfblick, wie in einem Röntgenbild, daß die Knochen des Mannes kein Mark enthielten, sondern Eis, steinhart wie das Eis draußen vor der Station. Ethan überlegte, wie der Mann bei dieser eigenartigen physiologischen Verfassung rote Blutkörperchen produzieren konnte. Vielleicht floß in seinen Adern flüssiger Stickstoff. Sie waren beide äußerst charmant, und Ethan hätte sie gerne geküßt.

»Ist er versorgt, Hauptmann?« fragte der Mann mit dem Handtuch.

»Ja, Oberst Millisor«, erwiderte der andere. »Eine volle Dosis.«

Der Mann mit dem Handtuch knurrte und warf es auf das Bett, neben den Inhalt von Ethans Taschen und alle seine Kleider, die dort aufgereiht lagen. Ethan bemerkte jetzt zum erstenmal, daß er nackt war. Dort lagen ein paar Metallmarken von Station Kline, ein Kamm, eine leere Rosinentüte, sein Planmodul, sein Kreditbrief über seine betanischen Geldmittel für den Kauf der neuen Kulturen – als er den erblickte, heulte die Kreatur unter seinem Herzen auf, doch niemand hörte es. Sein Entführer stocherte unter den Beutestücken herum. »Ist dieses Zeug sauber?«

»Ha, fast«, sagte der eiskalte Hauptmann. »Schauen Sie sich das mal an.« Er hob Ethans Planmodul hoch, riß es an der Rückseite auf und hielt einen Elektronenprüfer über den mikroskopisch kleinen Schaltkreis. »Wir haben ihn in der Ladezone getestet. Sehen Sie den kleinen schwarzen Punkt? Den hat ein Tropfen Säure in einer polarisierten Lipidmembran verursacht. Als mein Scannerstrahl ihn traf, depolarisierte er sich, löste sich auf und brannte das aus, was immer da gewesen war. Es war bestimmt ein Tracer, wahrscheinlich dazu noch ein Audiorecorder. Ganz hübsch, direkt im Standardschaltkreis untergebracht, der nebenbei das elektronische Rauschen der Wanze mit seinem eigenen überlagert hat. Er ist ein Agent, ganz klar.«

»Konnten Sie die Verbindung zur Leitstelle der Wanze zurückverfolgen?«

Der Hauptmann schüttelte den Kopf. »Nein, leider nicht. Als wir sie fanden, haben wir sie zerstört. Aber wir haben die anderen blindgemacht. Man weiß nicht, wo er jetzt ist.«

»Und wer sind ›man‹? Terrence Cee?«

»Das können wir hoffen.«

Der Anführer, den Ethans Kidnapper Oberst Millisor genannt hatte, knurrte wieder, näherte sich Ethan und blickte ihm in die Augen. »Wie heißen Sie?«

»Ethan«, sagte Ethan heiter. »Und wie heißen Sie?«

Millisor ignorierte diese offene Einladung zu gesellschaftlichem Austausch. »Ihren vollständigen Namen. Und Ihren Rang.«

Damit wurde eine alte Saite angeschlagen, und Ethan bellte schneidig: »Stabsfeldwebel Ethan CJB-8 Urquhart, Sanitätseinheit des Blauen Regiments, U-221-767, *Sir*!« Er blinzelte seinem Verhörer zu, der überrascht zurückgewichen war. »Außer Dienst«, fügte Ethan einen Moment später hinzu.

»Sind Sie kein Arzt?«

»O doch«, sagte Ethan stolz. »Wo tut es Ihnen weh?«

»Ich hasse Schnell-Penta«, knurrte Millisor seinem Kollegen zu.

Der Hauptmann lächelte kühl. »Ja, aber man kann wenigstens sicher sein, daß sie nichts für sich behalten.«

Millisor seufzte, preßte die Lippen zusammen und wandte sich wieder Ethan zu. »Sind Sie hier, um Terrence Cee zu treffen?«

Ethan starrte verwirrt zurück. Terrence treffen? Der einzige Terrence, den er kannte, war einer der Techniker des Reproduktionszentrums. »Man hat ihn nicht geschickt«, erklärte er.

»Wer hat ihn nicht geschickt?« fragte Millisor scharf mit gespannter Aufmerksamkeit.

»Der Rat.«

»Teufel«, überlegte der Hauptmann beunruhigt. »Könnte er neue Hintermänner für sich gefunden haben, so bald nach Jackson's Whole? Er kann doch nicht die Zeit gehabt haben, oder die Mittel! Ich habe mich um jedes ...«

Millisor gebot ihm mit der Hand Schweigen und

forschte Ethan erneut aus. »Erzählen Sie mir alles, was Sie über Terrence Cee wissen.«

Gehorsam begann Ethan zu erzählen. Nach ein paar Minuten unterbrach Millisor, auf dessen Gesicht sich zunehmende Enttäuschung abzeichnete, ihn mit einer scharfen Handbewegung. »Hören Sie auf!«

»Das muß ein anderer Kerl gewesen sein«, meinte der eiskalte Hauptmann. Sein Anführer warf ihm einen ungehaltenen Blick zu. »Versuchen Sie ein anderes Thema. Fragen Sie über die Kulturen«, schlug der Hauptmann besänftigend vor.

Millisor nickte. »Die menschlichen Eierstockkulturen, die von Bharaputra Biological nach Athos geschickt wurden. Was haben Sie mit ihnen gemacht?«

Ethan begann detailliert all die Tests zu beschreiben, denen er das Material an jenem denkwürdigen Nachmittag unterzogen hatte. Zu seinem wachsenden Entsetzen schienen seine Entführer überhaupt nicht erfreut zu sein. Erschrocken, dann verwirrt, dann verärgert, aber nicht glücklich. Und er wollte sie doch so glücklich machen…

»Noch mehr Quatsch«, unterbrach ihn der eisige Hauptmann. »Was soll dieser ganze Unsinn?«

»Kann es sein, daß er der Droge widersteht?« fragte Millisor. »Verstärken Sie die Dosis!«

»Das ist gefährlich, wenn Sie immer noch die Absicht haben, ihn mit einer Lücke in seinem Gedächtnis wieder auf die Straße zu setzen. Uns wird die Zeit knapp für dieses Szenario.«

»Dieses Szenario muß vielleicht verändert werden. Wenn diese Lieferung auf Athos angekommen und schon verteilt worden ist, dann haben wir vielleicht keine andere Wahl, als einen Militärschlag auszulösen. Und den müssen wir in weniger als sieben Monaten ausführen, oder wir sind gezwungen, statt eines begrenzten Überfalls zur Einäscherung ihrer Reproduktionszentren den ganzen verdammten Planeten zu sterilisieren, um sicher zu sein, daß wir alles erwischt haben.«

»Ein geringer Verlust«, sagte der Hauptmann mit einem Achselzucken.

»Aber große Ausgaben. Und es wird immer schwieriger, das geheimzuhalten.«

»Keine Überlebenden, keine Zeugen.«

»Bei einem Massaker gibt es immer Überlebende. Zumindest unter den Siegern, wenn nicht anderswo.« Die granitfarbenen Augen funkelten, und der Hauptmann blickte unbehaglich drein. »Verpassen Sie ihm die Dosis.«

Ein Stich in Ethans Arm. Methodisch und schonungslos befragten sie ihn detailliert über die Lieferung, seinen Auftrag, seine Vorgesetzten, seine Organisation, seinen Hintergrund. Ethan plapperte. Der Raum dehnte sich aus und schrumpfte wieder zusammen. Ethan kam es vor, als würde er von innen nach außen umgestülpt, als würde das Innere seines Magens nach außen gedreht und seine Augen so herumgedreht, daß eins das andere anstarrte. »Oh, ich liebe euch alle«, schmachtete er und erbrach sich heftig.

Als er wieder zu sich kam, steckte sein Kopf unter der Dusche. Sie gaben ihm eine andere Droge ein, die seine Euphorie in wirren Schrecken verwandelte, und plagten ihn unaufhörlich, teils zusammen, teils abwechselnd, mit Fragen über Terrence Cee, die Lieferung, seine Mission.

Ihre Frustration und Feindseligkeit nahm zu. Sie gaben ihm eine Droge, die die Übertragungsgeschwindigkeit seiner Sinnesnerven beträchtlich erhöhte und bearbeiteten seine Haut in den Zonen hoher Nervendichte mit Instrumenten, die keine Male hinterließen, ihm aber unglaubliche Qualen verursachten. Er erzählte ihnen alles, wo nach sie fragten – er wäre froh gewesen, ihnen zu erzählen, was sie von ihm hören wollten, wenn er nur hätte erraten können, was das war –, aber sie waren gnadenlos und ungerührt und gingen mit chirurgischer Konzentration vor. Ethan wurde weich wie Wachs, geriet in Raserei, bis schließlich alle Wahrnehmungen in einer Folge unkontrollierbarer Konvulsionen untergingen, die fast sein Herz anhielten. An diesem Punkt ließen sie von ihm ab.

Er hing auf seinem Stuhl, atmete flach und stoßweise und starrte sie mit aufgerissenen Augen an.

Der Anführer erwiderte angeekelt seinen Blick. »Verdammt, Rau! An diesem Mann verschwenden wir völlig unsere Zeit. Die Lieferung, die er auf Athos ausgepackt hat, ist ganz klar nicht das, was von Bharaputras Labor abgeschickt wurde. Terrence Cee hat sie irgendwie ausgetauscht. Sie könnte jetzt überall in der Galaxis sein.«

Der Hauptmann stöhnte. »Wir waren so nahe dran, den ganzen Fall auf Jackson's Whole abzuschließen! Nein, verdammt noch mal! Es muß Athos sein. Wir waren alle einer Meinung, daß es Athos sein *muß*.«

»Es ist vielleicht immer noch Athos. Ein Plan innerhalb eines Plans – innerhalb eines Plans…« Millisor rieb sich erschöpft den Hals und sah plötzlich viel älter aus, als Ethan zuerst geschätzt hatte. »Der verstorbene Dr. Jahar hat seinen Job zu gut gemacht. Terrence Cee ist alles, was Jahar versprochen hat – außer loyal… Nun, aus dem hier kriegen wir nichts mehr heraus. Sind Sie sicher, daß das nicht bloß ein Schmutzfleck auf diesem Schaltkreis war?«

Der Hauptmann verzog ungehalten sein Gesicht, dann blickte er Ethan finster an, als wäre der etwas, das ihm an seiner Stiefelsohle geklebt hatte. »Das war kein Schmutz. Aber der hier ist todsicher kein Agent von Terrence Cee. Glauben Sie, daß er uns als Strohmann nützlich sein kann?«

»Wenn er bloß ein Agent wäre«, sagte Millisor mit Bedauern, »dann wäre es einen Versuch wert. Da er aber offensichtlich keiner ist, hat er überhaupt keinen

Wert.« Er schaute auf sein Chronometer. »Mein Gott, haben wir uns schon sieben Stunden mit dem Kerl beschäftigt? Jetzt ist es zu spät, sein Gedächtnis zu löschen und ihn freizulassen. Sorgen Sie dafür, daß Okita ihn wegbringt und einen Unfall arrangiert.«

In der Andockbucht war es kalt. Ein paar Sicherheitslichter spritzten Farbe auf die Wände und versilberten die Silhouetten stummer Gerätschaften, die isoliert in der ausgedehnten Düsternis standen. Metallene Laufplanken kamen aus den Schatten, erstreckten sich durch eine hohe, widerhallende Leere und verschwanden in Dunkelheit – Luftrouten für Spinnen. Mysteriöse mechanische Bündel baumelten von den Deckenträgern, wie die konservierten Opfer einer Spinne.

»Das sollte hoch genug sein«, murmelte der Mann, der Okita hieß. Abgesehen von seinen Muskelpaketen sah er fast so durchschnittlich aus wie Hauptmann Rau. Er zwang Ethan auf die Knie. »Hier. Trink!«

Er schob Ethan einen Schlauch in den Mund und drückte zum zigstenmal den zugehörigen Ballon. Ethan würgte und schluckte gezwungenermaßen die brennende, aromatische Flüssigkeit. Der muskulöse Mann ließ Ethan fallen. »Absorbiere das eine Minute lang«, sagte Okita, als hätte Ethan eine Wahl.

Ethan klammerte sich an das Netz am Boden der Laufplanke, benommen und rülpsend, und blickte hindurch auf den metallenen Boden weit unten. Er schien zu glänzen und in langsamen Wellen von Übelkeit zu pulsieren. Ethan mußte an seinen zerschmetterten Leichtflieger denken.

Hauptmann Raus Helfershelfer lehnte sich an das Sicherheitsgeländer, blickte ebenfalls hinunter und schniefte nachdenklich. »Es ist schon komisch mit dem Fallen«, überlegte er laut. »Unberechenbar. Zwei Meter reichen aus, um einen umzubringen. Aber ich habe von einem Fall gehört, wo ein Kerl 300 Meter tief gestürzt ist und überlebt hat. Hängt davon ab, wie man unten aufkommt, denk ich mal.« Sein kühler Blick huschte über die Bucht, überprüfte die Eingänge. »Die halten hier ihre Gravitation etwas leicht. Du solltest dir lieber zuerst den Hals brechen«, entschied Okita wohlüberlegt. »Nur, um sicher zu gehen.«

Ethan versuchte, die Finger durch das dünne Netz zu drücken, um sich festzuhalten, aber es gelang ihm nicht. Einen irren Moment lang erwog er, seinen zukünftigen Mörder mit seinem betanischen Kreditbrief zu bestechen, den seine Entführer zusammen mit allen seinen anderen Habseligkeiten sorgfältig in seine Taschen zurückgesteckt hatten, bevor sie die beiden losschickten wie ein Paar Liebende, die einen dunklen Ort für ein Stelldichein suchten. Wie einen Betrunkenen und seinen loyalen Freund, der sich bemühte, ihn zu seiner Herberge zurückzugeleiten, bevor er in seinem Suff in das Labyrinth der Station wanderte und sich verirrte. Ethan roch nach Alkohol, und sein gemurmeltes Wimmern um Hilfe war für die amüsierten Passanten in den bevölkerten Korridoren unverständlich.

Eine Welle von Loyalität und Ekel schüttelte ihn. Nein! Er würde mit unangetasteten Finanzmitteln sterben. Außerdem sah Okita bemerkenswert unbestechlich aus. Ethan dachte, Okita wäre nicht einmal interessiert, die Exekution zugunsten einer kleinen Vergewaltigung zu verschieben. Wenigstens könnte das Geld von Ethans verstümmelter Leiche genommen und nach Athos zurückgeschickt werden ...

Athos. Er wollte nicht sterben, wagte nicht zu sterben. Die entsetzlichen Fetzen des Gesprächs seiner Verhörer, die er aufgeschnappt hatte, plagten ihn wie wilde Hunde. Die Reproduktionszentren bombardieren? Reihen von hilflosen Babies, die herabstürzten, Flammen, die auffloderten und ihre sanften Wasserbetten zum Sieden brachten – er schauderte und zitterte und stöhnte, aber seine halbgelähmten Muskeln gehorchten seinem Willen nicht. Verbrecherische, unmenschliche Pläne – so vernünftig diskutiert, so beiläufig in Gang gesetzt … hier herrschte heller Wahnsinn …

Okita schniefte, streckte und kratzte sich, seufzte und blickte zum drittenmal auf sein Chronometer. »Also dann«, sagte er schließlich. »Deine Biochemie dürfte jetzt genügend durcheinander sein. Zeit für deine Flugstunde, mein Junge.«

Er packte Ethan beim Genick und beim Hosenboden und hob ihn zum Geländer hoch.

»Warum tun Sie mir das an?« quiekte Ethan in einem letzten, verzweifelten Versuch zur Kommunikation.

»Befehl«, knurrte der Mann in einem Ton, der keine Diskussion mehr zuließ. Ethan starrte in die gelangweilten, ausdruckslosen Augen und ergab sich in sein Schicksal, ermordet zu werden für das Verbrechen, unschuldig zu sein.

Okita riß Ethans Kopf an den Haaren über das Geländer und legte Ethans Hand um die Spritzflasche. Ethans verschwommener Blick fiel auf die düstere Decke der Andockbucht. Das kalte Metallgeländer grub sich in seinen Hals.

Okita studierte die Position, reckte seinen Kopf vor und kniff die Augen zusammen. »Richtig.« Während er Ethans gebogenen Körper mit seinen Knien gegen das Geländer drückte, hob er beide Fäuste zu einem machtvollen Schlag.

Die Laufplanke schwankte unter einem klirrenden Stoß. Die keuchende Gestalt, die mit beiden Händen einen Betäuber hielt, gab keinen Warnruf ab, sondern feuerte einfach. Sie schien vom Himmel gefallen zu sein. Der Schock des Betäubernimbus machte für Ethans Qualen keinen Unterschied mehr. Aber Okita wurde direkt getroffen und folgte der Wucht seines

Schlages über das Geländer. Seine Beine schwangen hoch und glitten an Ethans Nase vorbei; er verschwand wie ein Schiff, das mit dem Bug voraus sinkt.

»Oh, *Scheiße*«, schrie Kommandantin Quinn und sprang vorwärts. Der Betäuber sauste klappernd über die Laufplanke, wurde über die Seite geschleudert, pfiff durch die Luft und zerbarst weit unten in glühende Scherben. Ihr Griff kam zu spät, erreichte Okitas Hosenbein nicht mehr. Unter ihrem zerbrochenen Fingernagel trat Blut hervor. Okita folgte, Kopf voraus, dem Betäuber.

Ethan glitt an der Innenseite des Geländers herunter und blieb kauernd auf dem Netz liegen, in Augenhöhe mit den Stiefeln der Frau, die auf Zehenspitzen stand und über das Geländer hinunterspähte. »Mann, das tut mir wirklich leid«, bemerkte sie und leckte an ihrem blutenden Finger. »Bis jetzt habe ich noch nie einen Mann aus Versehen getötet. Das ist unprofessionell.«

»Schon wieder Sie«, krächzte Ethan.

Sie grinste breit. »Was für ein Zufall.«

Der Körper, der drunten auf dem Deck gespreizt lag, hörte auf zu zucken. Ethan starrte hinab, bleich im Gesicht. »Ich bin Arzt. Sollten wir nicht hinunter gehen und ... hm ...«

»Ich glaube, dafür ist es zu spät«, sagte Kommandantin Quinn. »Aber ich würde über diesen widerlichen Kerl keine Tränen vergießen. Ganz abgesehen davon, was er Ihnen gerade antun wollte, hat er vor fünf Monaten auf Jackson's Whole geholfen, elf Leute umzubringen, nur um das Geheimnis zu vertuschen, das ich zu lüften versuche.«

Ethans Denken war zäh wie Sirup. »Wenn Leute dafür umgebracht werden, daß sie einfach dieses Geheimnis kennen, wäre es dann nicht viel sinnvoller, wenn man vermeidet, es zu lüften?« Er bemühte den

Rest seines Scharfsinns. »Wer sind Sie überhaupt in Wirklichkeit? Warum folgen Sie mir?«

»Eigentlich folge ich Ihnen überhaupt nicht. Ich folge Ghem-Oberst Luyst Millisor und dem so charmanten Hauptmann Rau und ihren beiden Schlägern – ach, ihrem einen Schläger. Millisor ist an Ihnen interessiert, deshalb bin ich es auch.«

»Warum?« wimmerte er erschöpft.

Sie seufzte. »Wenn ich auf Jackson's Whole zwei Tage vor denen angekommen wäre, statt zwei Tage nach ihnen, dann könnte ich es Ihnen sagen. Was den Rest Ihrer Frage angeht – ich bin wirklich Kommandantin bei den Dendarii-Söldnern, und alles, was ich Ihnen gesagt habe, ist wahr, außer, daß ich nicht auf Heimaturlaub bin. Ich habe einen Auftrag. Sie können in mir eine gemietete Spionin sehen. Admiral Naismith diversifiziert unsere Dienste.«

Sie hockte sich neben ihm nieder, überprüfte seinen Puls, seine Augen und Augenlider, seine gestörten Reflexe. »Sie sehen übel mitgenommen aus, Doktor.«

»Das verdanke ich Ihnen. Die haben Ihren Tracer gefunden. Und sind zu dem Schluß gekommen, *ich* sei ein Spion. Haben mich verhört ...« Er merkte, daß er unkontrollierbar zitterte.

Ihre Lippen bildeten einen kurzen, grimmigen Strich. »Ich weiß. Tut mir leid. Ich habe gerade Ihr Leben gerettet, hoffentlich haben Sie das bemerkt. Vorläufig.«

»Vorläufig?«

Sie deutete mit einem Nicken auf das Deck unter ihnen. »Nach diesem Vorfall wird sich Oberst Millisor ziemlich über Sie aufregen.«

»Ich werde zu den Behörden gehen ...«

»Ach – hm. Ich hoffe, Sie lassen das lieber. Erstens glaube ich, daß die Behörden Sie nicht gut genug schützen könnten. Zweitens würde dadurch meine Tarnung auffliegen. Bis jetzt hat Millisor noch gar keinen Verdacht, daß es mich überhaupt gibt, glaube ich.

Da ich hier schrecklich viele Freunde und Verwandte habe, würde ich es lieber so lassen, da Millisor und Rau nun mal so sind – wie sie sind. Verstehen Sie, was ich sagen will?«

Er hatte das Gefühl, er sollte eigentlich mit ihr streiten. Aber ihm war übel, und er war schwach – und außerdem, fiel ihm ein, noch sehr hoch oben in der Luft. Schwindel packte ihn. Wenn sie sich entschloß, ihn Okita hinterzuschicken ... »Jaa«, murmelte er. »Ah, was ... was werden Sie mit mir machen?«

Sie stützte die Hände auf die Hüften und blickte mit gerunzelter Stirn nachdenklich auf ihn hinab. »Da bin ich mir noch nicht sicher. Ich weiß noch nicht, ob Sie ein As oder ein Joker sind. Ich glaube, ich werde Sie noch eine Weile in meinem Ärmel behalten, bis ich herausfinde, wie ich Sie am besten ausspielen kann. Mit Ihrer Erlaubnis«, fügte sie nach einem Moment nachträglich hinzu.

»Als Strohmann«, murmelte er düster.

Sie verzog eine Augenbraue. »Vielleicht. Wenn Sie eine bessere Idee haben, dann spucken Sie sie aus.«

Er schüttelte den Kopf, woraufhin stechende Schmerzen durch seinen Schädel rasten und gelbe Feuerräder sich vor seinen Augen drehten. Wenigstens schien sie nicht auf derselben Seite zu sein wie seine Entführer von zuvor. Der Feind meines Feindes – mein Verbündeter ...?

Sie hob ihn auf die Füße, zog seinen Arm um ihre Schulter und suchte sich vorsichtig den Weg hinab über Treppen und Leitern zum Boden der Andockbucht. Zum erstenmal bemerkte er, daß sie einige Zentimeter kleiner war als er. Aber er hatte keine Lust, ihre Fähigkeiten in einem Ringkampf zu testen.

Als sie ihn losließ, sank er benommen auf das Deck. Sie stocherte an Okitas Körper herum, prüfte die Pulspunkte und die Verletzungen. Ihre Lippen zuckten ironisch. »Huch. Genick gebrochen.« Sie seufzte und betrachtete die Leiche und Ethan mit nahezu dem gleichen berechnenden Blick.

»Wir könnten ihn einfach hierlassen«, sagte sie. »Aber ich möchte lieber Oberst Millisor ein eigenes Rätsel zu lösen geben. Ich bin es verdammt müde, in der Defensive zu sein und stillzuhalten, immer einen Schritt hinterdrein. Haben Sie je darüber nachgedacht, wie schwierig es ist, auf einer Raumstation eine Leiche loszuwerden? Millisor schon, ganz bestimmt. Leichen machen Ihnen doch nichts aus, oder? Wo Sie doch ein Doktor sind, meine ich.«

Okitas erstarrter Blick glich genau dem eines toten Fisches, glasig vorwurfsvoll. Ethan schluckte. »Ich habe mich eigentlich mit diesem Ende des Lebenszyklus' nicht viel abgegeben«, erklärte er. »Pathologie und Anatomie und so weiter. Deshalb habe ich mich vermutlich für die Reproduktionsarbeit entschieden. Die war… hm… hoffnungsvoller.« Er schwieg eine Weile. Gegen seinen Willen begann sein Intellekt zu arbeiten. »Ist es *wirklich* schwer, auf einer Raumstation eine Leiche loszuwerden? Kann man sie nicht einfach zur nächsten Luftschleuse hinausstoßen oder in ein unbenutztes Liftrohr hinabwerfen, oder so was?«

Ihre Augen leuchteten angeregt auf. »Die Luftschleusen werden alle überwacht. Wenn man etwas hinausschafft, selbst ein undefinierbares Bündel, so wird das von den Computern vermerkt. Und die Leiche würde *für immer* dort draußen bleiben. Der gleiche Einspruch gilt, wenn man sie zerkleinert und sie in einen Entsorger für organisches Material stopft. Achtzig und mehr Kilo hochwertiges Protein hinterlassen ein zu großes Signal in den Aufzeichnungen. Außerdem ist es schon versucht worden. Ein sehr berühmter Mordfall, vor ein paar Jahren. Die Dame ist immer noch in Therapie, glaube ich. Man würde es auf jeden Fall bemerken.«

Sie ließ sich neben ihm nieder und setzte sich mit

dem Kinn auf den Knien, schlang die Arme um ihre Stiefel und bog sich, nicht zur Entspannung, sondern um die nervöse Energie zu bändigen. »Wenn es darum geht, sie als Ganzes irgendwo auf der Station zu verstecken – nun, die Sicherheitspatrouillen sind gar nichts im Vergleich zu den Ökobullen. Es gibt keinen Kubikzentimeter auf der Station, der nicht regelmäßig überprüft wird. Man *könnte* sie immerzu herumbewegen, aber ...

Ich glaube, ich habe eine bessere Idee. Ja. Warum nicht? Wenn ich schon ein Verbrechen begehe, dann soll es wenigstens ein perfektes sein. Alles, was wert ist, getan zu werden, ist es wert, gut getan zu werden, wie Admiral Naismith sagen würde ...«

Sie stand auf und wanderte in der Andockbucht im Kreis herum. Da und dort wählte sie etwas von den Gerätschaften aus, mit dem leicht zerstreuten Aussehen einer Haushälterin, die auf dem Markt Gemüse auswählt.

Ethan lag in seinem Elend auf dem Boden und beneidete Okita, dessen Schwierigkeiten vorbei waren. Seiner Schätzung nach war er gerade erst knapp einen Tag auf Station Kline und hatte noch nicht einmal seine erste Mahlzeit eingenommen. Er war verprügelt worden, entführt, unter Drogen gesetzt, fast ermordet, und jetzt wurde er schnell zum Nutznießer eines Verbrechens, das vielleicht nicht genau ein Mord war, dafür aber einem Mord sehr nahekam. Das galaktische Leben war in jeder Hinsicht so schlimm, wie er es sich vorgestellt hatte. Und obendrein war er in die Hände einer Wahnsinnigen gefallen. Die Gründerväter hatten recht gehabt ... »Ich möchte nach Hause«, stöhnte er.

»Na, na«, tadelte ihn Kommandantin Quinn, ließ neben Okitas Leiche eine Schwebepalette herabknallen und rollte davon einen unförmigen zylindrischen Transportkanister herunter. »Das ist doch keine Art, wenn es gerade Anzeichen gibt, daß mein Fall endlich gelöst wird. Sie brauchen bloß eine gute Mahlzeit«, sie warf ihm einen Blick zu, »und etwa eine Woche in einem Krankenhausbett. Ich fürchte, letzteres kann ich Ihnen nicht verschaffen, aber sobald ich hier mit dem Aufräumen fertig bin, werde ich Sie an einen Ort bringen, wo Sie sich eine Weile ausruhen können, während ich die nächste Phase einleite. Einverstanden?«

Sie öffnete den Transportkanister und schob nicht ohne Schwierigkeiten Okitas Leiche hinein. »Da. Das sieht doch nicht zu sargähnlich aus, oder?« Sie säuberte die Stelle, wo er aufgeschlagen war schnell aber gründlich mit einem Sonic-Schrubber, entleerte dessen Auffangbeutel drinnen über Okita, hob den Kanister mit einem Handtraktor wieder auf die Palette und brachte alles andere wieder dorthin, woher sie es geholt hatte. Zuletzt sammelte sie etwas traurig alle Überreste ihres Betäubers auf.

»So. Damit hat das Projekt seinen ersten Termin. Palette und Faß müssen binnen acht Stunden wieder hierhergebracht werden, vor dem nächsten Andocken laut Flugplan, sonst werden sie vermißt.«

»Wer waren diese Männer?« fragte er sie, als sie ihn auf die Palette kriechen und sich für den Transport einrichten ließ. »Die waren wahnsinnig. Ich meine, alle, die ich hier getroffen habe, sind verrückt, aber die – die redeten davon, Athos' Reproduktionszentren zu bombardieren! Alle Babies zu töten – vielleicht alle Menschen dort umzubringen!«

»So?« sagte sie. »Das ist mir neu. Von diesem Szenario höre ich zum erstenmal. Es tut mir außerordentlich leid, daß ich bei diesem Verhör nicht mithören konnte, und ich hoffe, Sie werden mich über alles unterrichten, was mir entgangen ist. Seit drei Wochen versuche ich, in Millisors Unterkunft eine Wanze anzubringen, aber seine Spionageabwehrausrüstung ist leider hervorragend.«

»Ihnen ist hauptsächlich eine Menge Geschrei entgangen«, sagte Ethan mürrisch.

Sie blickte ziemlich verlegen drein. »Ach – ja. Ich fürchte, ich hatte nicht daran gedacht, daß sie etwas anderes als Schnell-Penta einsetzen mußten.«

»Strohmann«, brummte Ethan.

Sie räusperte sich und setzte sich mit der Steuerleine in der Hand im Schneidersitz neben ihn. Wie ein magischer Teppich hob sich die Palette in die Luft.

»Nicht – nicht zu hoch«, würgte Ethan und suchte nach einem nicht vorhandenen Haltegriff. Sie ließ die Palette auf die bescheidene Höhe von zehn Zentimetern sinken und sie schwebten im Schrittempo los.

Sie sprach langsam und schien ihre Worte mit großer Sorgfalt zu wählen. »Ghem-Oberst Luyst Millisor ist ein Offizier der Spionageabwehr von Cetaganda. Hauptmann Rau und Okita und ein weiteres Muskelpaket namens Setti sind sein Team.«

»Cetaganda! Ist dieser Planet nicht zu weit weg von hier, um sich für … hm …« – er warf der Stationsbewohnerin einen Blick zu – »uns zu interessieren? Für diesen Nexus, meine ich?«

»Offensichtlich nicht weit genug.«

»Aber warum, in Gott Vaters Namen, sollte Cetaganda Athos zerstören wollen? Wird Cetaganda – von Frauen kontrolliert oder so?«

Sie stieß ein Lachen aus. »Kaum. Ich würde es eher einen typisch männlich dominierten totalitären Staat nennen, nur wenig gemäßigt durch ihre ziemlich kunstvollen kulturellen Eigentümlichkeiten. Nein. Millisor ist nicht von sich aus an Athos oder dem Nexus von Station Kline interessiert. Er jagt – etwas anderes. Und um das herauszufinden, wurde ich angeheuert.«

Sie schwieg und manövrierte die Schwebepalette um eine tückisch aufragende Ecke herum. »Anscheinend gab es auf Cetaganda ein von den Militärs gesponsertes genetisches Langzeitprojekt. Bis vor etwa drei Jahren war Millisor der Sicherheitschef dieses Projekts. Und die Sicherheit war sehr strikt. In 25 *Jahren* hat niemand herausfinden können, worauf sie aus waren, außer der Tatsache, daß es die One-man-Show eines gewissen Dr. Faz Jahar zu sein schien, eines mäßig brillanten cetagandanischen Genetikers, der etwa zu der Zeit von der Bildfläche verschwand, als das Projekt begann. Haben Sie eine Vorstellung, wie unglaublich lang das ist, in einem solchen Geschäft etwas geheim zu halten? Diese Sache war wirklich Millisors Lebenswerk, ebenso wie Jahars.

Auf jeden Fall ging etwas schief. Das Projekt ging in Rauch auf – buchstäblich. Das Labor explodierte eines Nachts, und Jahar kam dabei um. Und seitdem jagen Millisor und seine fröhlichen Männer *etwas* überall in der Galaxis und pusten dabei Leute weg, mit der rücksichtslosen Hemmungslosigkeit entweder von mörderischen Wahnsinnigen oder von – Leuten, die eine Heidenangst haben. Und während ich für Hauptmann Rau nicht die Hand ins Feuer legen würde, kommt mir Ghem-Oberst Millisor nicht wie ein Wahnsinniger vor.«

»An meinem Fall könnten Sie es nicht herausfinden«, sagte Ethan düster. Sein Sehvermögen war immer noch nicht wieder ganz in Ordnung, in seinen Muskeln kamen und gingen Zuckungen.

Sie kamen zu einer großen Luke in der Korridorwand. RENOVIERUNG stand auf einem hellen Schild. BETRETEN FÜR UNBEFUGTE VERBOTEN.

Kommandantin Quinn machte sich an der Steuerbox zu schaffen – Ethan bekam nicht ganz mit, was sie da tat –, und die Luke öffnete sich. Quinn ließ die Palette hindurchschweben. Aus dem Korridor, den sie gerade verlassen hatten, waren eine Stimme und ein Lachen zu hören. Sie ließ die Luke schnell wieder schließen. Totale Finsternis umgab sie.

»Na also«, murmelte sie und schaltete ein Handlicht

ein. »Niemand hat uns gesehen. Unverdientes Glück. Es wird auch verdammt Zeit, daß es uns mal hold ist.«

Blinzelnd sah sich Ethan in der neuen Umgebung um. Ein leeres rechteckiges Bassin bildete das Mittelstück eines großen, luftigen Raums voller Säulen, durchbrochenem Gitterwerk, Mosaiken und kunstvollen Fensterbögen.

»Das soll die genaue Replik eines berühmten Bauwerks auf der Erde sein«, erklärte Kommandantin Quinn. »Die Elhamburger oder so was. Ein sehr wohlhabender Transportunternehmer ließ sie fertigstellen – tatsächlich war sie schon ganz fertig –, als sein Vermögen plötzlich durch einen Rechtsstreit blockiert wurde. Der Prozeß zieht sich jetzt schon vier Monate hin, und die Baustelle ist immer noch behördlich geschlossen. Sie können hier auf unseren Freund aufpassen, bis ich wieder zurückkomme.« Sie klopfte auf den Deckel des Kanisters.

Um den Tag komplett zu machen, hätte für Ethan nur noch gefehlt, daß es aus dem Kanister zurückgeklopft hätte. Aber sie hatte schon die Palette auf den Boden sinken lassen und stapelte ein paar Kissen auf. »Keine Decken«, murmelte sie. »Meine Jacke muß ich behalten. Aber wenn Sie sich darin vergraben, dann sollte Ihnen warm genug sein.«

Es war, als fiele er in eine Wolkenbank. »Vergraben«, flüsterte Ethan. »Warm ...«

Sie griff in ihre Jackentasche. »Und hier ist ein Schokoladeriegel, der wird Sie vor dem Verhungern retten.«

Er konnte sich nicht zurückhalten und grapschte danach.

»Ach, noch etwas. Sie können hier die sanitären Anlagen nicht benutzen. Das würde auf den Computermonitoren gemeldet werden. Ich weiß, es klingt schrecklich, aber – wenn Sie mal müssen, dann benutzen Sie den Kanister.« Sie machte eine kleine Pause. »Es ist schließlich nicht so, als ob er es nicht verdient hätte.«

»Ich würde lieber sterben«, sagte Ethan deutlich, den Mund voll mit Nüssen und Süßzeug. »Ah – werden Sie lange weg sein?«

»Mindestens eine Stunde. Hoffentlich nicht mehr als vier. Sie können schlafen, wenn Sie wollen.«

Ethan bemühte sich wachzubleiben. »Danke.«

»Und jetzt«, sie rieb sich munter die Hände, »Phase zwei der Suche nach dem L-X-10 Terran-C.«

»Dem was?«

»Das war der Codename von Millisors Forschungsprojekt. Abgekürzt Terran-C. Vielleicht stammte ein Teil dessen, woran immer sie arbeiten, von der Erde.«

»Aber Terrence Cee ist ein Mann«, sagte Ethan. »Die fragten mich dauernd, ob ich hier war, um *ihn* zu treffen.«

Einen Moment lang war sie völlig still. »So …? Wie seltsam. Wie *äußerst* seltsam. Das habe ich bisher nicht gewußt.« Ihre Augen waren hell wie Spiegel. Dann war sie auch schon fort.

KAPITEL 5

Ethan erwachte jäh und hielt den Atem an, als etwas auf seinem Bauch landete. Er schnellte hoch und blickte wild um sich. Vor ihm stand Kommandantin Quinn im schwankenden Schein ihres Handlichts. Die Finger ihrer anderen Hand trommelten einen nervösen Staccato-Rhythmus auf ihr leeres Betäuberhalfter. In seinem Schoß stießen Ethans Hände auf ein dickes Bündel Stoff: den Overall eines Arbeiters der Station, um ein dazu passendes Paar Stiefel gewickelt.

»Ziehen Sie das an«, befahl sie, »und beeilen Sie sich. Ich glaube, ich habe einen Weg gefunden, wie wir die Leiche loswerden können, aber wir müssen dort vor Schichtwechsel ankommen, damit ich die richtigen Leute im Dienst antreffe.«

Er zog sich an. Sie half ihm ungeduldig bei den ungewohnten Laschen und Haken und ließ ihn wieder auf der Schwebepalette Platz nehmen. Er kam sich dabei vor wie ein zurückgebliebener Vierjähriger. Nachdem die Söldnerin kurz die Lage erkundet hatte, verließen sie den Raum so ungesehen, wie sie ihn betreten hatten, und schwebten durch das Labyrinth der Station davon.

Wenigstens habe ich nicht mehr das Gefühl, daß mein Gehirn in einem Siruptopf hängt, dachte Ethan. Die Welt um ihn herum schien wieder von lediglich natürlicher Klarheit zu sein, die Farben blitzten nicht mehr feurig in seine Augen und hinterließen keine Brennspuren mehr auf seiner Netzhaut. Das war gut, denn der Overall, den Quinn ihm gebracht hatte, damit er ihn über seinen athosianischen Kleidern trug, war leuchtend rot. Aber immer noch pulsierten Wogen von Übelkeit in seinem Magen, wie Gezeiten, die ein verrückter Mond regierte. Er ließ sich hängen und versuchte so, seinen Schwerpunkt noch tiefer auf die in Bewegung befindliche Schwebepalette zu senken, und ihn verlangte nach mehr Schlaf als nur die drei Stunden, die die Söldnerin ihm zugestanden hatte.

»Man wird uns sehen«, protestierte er, als sie in einen belebten Korridor einbog.

»Nicht in dieser Kleidung«, sie wies mit einem Nicken auf den Overall. »Zusammen mit der Schwebepalette ist das fast so gut wie eine Tarnkappe. Rot ist für Abteilung Docks und Schleusen – alle werden denken, Sie seien ein Transportarbeiter mit Schwebepalette. Solange Sie nicht Ihren Mund auftun oder sich wie ein Planetenbewohner benehmen.«

Sie kamen in einen großen Raum, wo Tausende von Karotten in dichten Reihen angeordnet hingen; ihre weißen Wurzelbärte tropften von dem periodisch ausgestoßenen Wasserdunst der hydroponischen Sprayer; die flaumigen grünen Blätter glänzten im Schein der Wachstumslichter. Die Luft des Raums, durch den sie, wie Quinn versicherte, nur eine Abkürzung nahmen, war kühl und feucht, mit einem schwachen chemischen Beigeschmack.

Ethans Magen knurrte. Quinn, die die Schwebepalette lenkte, blickte zu ihm hinüber. »Ich glaube, ich hätte den Schokoladenriegel nicht essen sollen«, murmelte Ethan düster.

»Nun, um der Götter willen, übergeben Sie sich nicht *hier* drinnen«, bat sie ihn. »Oder benutzen Sie das ...«

Ethan schluckte kräftig. »Nein.«

»Glauben Sie, eine Karotte könnte Ihren Magen beruhigen?« fragte sie versöhnlich. Sie griff zur Seite, wodurch die Palette sich fürchterlich neigte, und zupfte eine Karotte aus der Reihe, an der sie vorüberschwebten. »Hier.«

Er nahm das feuchte, haarige Ding mißtrauisch entgegen und stopfte es nach einem Moment des Überlegens in eine der vielen verschließbaren Taschen des Overalls. »Vielleicht später.«

Sie stiegen neben einem Dutzend übereinandergestapelter Reihen von wachsenden Gemüsearten nach oben, um zu einem Ausgang zu gelangen, der sich hoch in der Wand des Raumes befand. KEIN ZUTRITT stand dort in leuchtend gelben Buchstaben. Quinn ignorierte dieses Verbot mit einer Gleichgültigkeit, die nach Ethans Meinung schon ans Asoziale grenzte. Er blickte auf die Tür zurück, die sich zischend hinter ihnen schloß. KEIN ZUTRITT wurde auch auf dieser Seite wiederholt. So, so, auf Station Kline gab es also auch Komitees ...

Quinn landete mit der Palette im nächsten Querkorridor neben einer Tür mit der Aufschrift: ATMOSPHÄREN-KONTROLLE. ZUTRITT NUR FÜR BEFUGTE. Ethan schloß daraus, daß dies ihr Ziel sein mußte.

Kommandantin Quinn erhob sich aus ihrem Schneidersitz. »Was immer jetzt passiert, bemühen Sie sich, nicht zu sprechen. Ihr Akzent würde Sie auf der Stelle verraten. Es sei denn, Sie wollten hier draußen bei Okita bleiben, bis ich mich um Sie kümmern kann.«

Ethan schüttelte schnell den Kopf, denn er sah lebhaft ein Bild vor sich, wie er einer vorübergehenden Autoritätsperson zu erklären versuchte, daß er, entgegen allem Anschein, *kein* Mörder auf der Suche nach einem Versteck für eine Leiche sei.

»In Ordnung. Ich kann ein zusätzliches Händepaar gebrauchen. Aber seien Sie darauf gefaßt, sich auf meinen Befehl hin in Bewegung zu setzen, wenn die Situation es verlangt.« Sie ging voran durch die luftdichte Tür, und die Schwebepalette folgte ihr wie ein Hund an der Leine.

Es war, als beträten sie einen Raum unter dem Meer. Grünliche Streifen von Licht und Schatten wogten und szintillierten über den Boden, die Wände – Ethan starrte mit offenem Mund auf die Wände. Durchscheinende Barrieren, drei Stockwerke hoch, hielten klares Wasser zurück, das mit Grünzeug vollgestopft und von strahlendem Licht durchzogen war. Millionen winziger silbriger Blasen tanzten durch winzige Blätter von Wasserpflanzen, hielten an, strömten weiter. Ein amphibisches Wesen, einen halben Meter lang, schob sich durch diesen Unterwasserdschungel und starrte Ethan aus kleinen, runden Augen an. Seine Haut war schwarz mit scharlachroten Streifen und glänzte wie Lackleder. Dann schoß es in einem silbrigen Gischt davon und verschwand in dem grünen Gewirr.

»Oxy-CO_2-Austausch für die Station«, erklärte Kommandantin Quinn mit gedämpfter Stimme. »Die Algen sind biotechnisch auf maximale Sauerstofferzeugung und CO_2-Absorption eingestellt. Aber natürlich wachsen sie. Um uns deshalb zu ersparen, daß die Kammern die Hälfte der Zeit außer Betrieb sind, während wir… hm… Heu sammeln, ernten es die speziell dafür gezüchteten Wassermolche für uns. Aber dann hat man natürlich am Ende eine Menge fetter Wassermolche…«

Sie brach ab, als ein Techniker in blauer Kleidung einen Monitor an einem Kontrollplatz abschaltete und sich ihnen mit gerunzelter Stirn zuwandte. Sie winkte ihm fröhlich. »Hallo, Dale, erinnerst du dich an mich? Elli Quinn. Dom hat mir gesagt, wo ich dich finden kann.«

Sein kritischer Blick verwandelte sich in ein Grinsen. »Ja, er hat mir erzählt, daß er dich getroffen hat…« Er näherte sich ihr, als wollte er sie umarmen, aber statt dessen beschränkte er sich auf ein schüchternes Händeschütteln.

Sie plauderten miteinander, während Ethan, der nicht vorgestellt wurde, sich bemühte, nicht nervös herumzuhampeln oder den Mund aufzumachen oder sich wie ein Planetenbewohner zu benehmen. Die ersten beiden Dinge waren leicht genug einzuhalten, aber was war es, das einen Planetarier in den Augen der Stationsbewohner kennzeichnete? Er stand neben der Schwebepalette und bemühte sich verzweifelt, sich wie überhaupt niemand zu benehmen.

Quinn beendete eine nach Ethans Meinung unnötig lange Abschweifung über die Dendarii-Söldner mit der Bemerkung: »Und weißt du, diese armen Soldaten haben nie gebratene Wassermolcheier probiert!«

Die Augen des Technikers glänzten mit einem Humor, der Ethan verblüffte. »Was! Kann es im ganzen Universum eine arme Seele geben, der so etwas vorenthalten wird? Vermutlich kennen die auch keine Wassermolchcremesuppe?«

»Kein Wassermolch-Creole«, vertraute ihm Quinn mit gespieltem Schrecken an. »Und auch Molch mit Fritten nicht.«

»Kein Molch provençal?« fiel der Techniker ein. »Keinen Molcheintopf? Keine Molch-Mousse in Aspik? Kein Molch-Gulasch, keine Molchsuppe mit Meeresfrüchten?«

»Molch im Topf kennen sie nicht«, bestätigte Quinn. »Wassermolchkaviar ist eine Delikatesse, von der sie noch nie gehört haben.«

»Keine Wassermolch-Nuggets?«

»Wassermolch-Nuggets?« wiederholte die Kommandantin verdutzt.

»Neuestes Rezept«, erklärte der Techniker. »Sie bestehen in Wirklichkeit aus entbeintem Schenkelfleisch, das kleingehackt wird, dann geformt und gebraten.«

»Ach so«, sagte die Söldnerin. »Ich bin erleichtert. Einen Moment lang hatte ich mir eine Form von... hm... Molch-Organetten vorgestellt.«

Sie brachen beide in Gelächter aus. Ethan schluckte und schaute sich verstohlen nach einer Art, irgendeiner Art von Becken um. Ein paar der glitschigen schwarzen Kreaturen schwammen an die Glaswand heran und glotzten ihn an.

»Übrigens«, fuhr Quinn fort, »ich hatte mir gedacht, wenn du in dieser Schicht damit dran bist, welche auszusondern, daß du mir dann vielleicht ein paar abgeben könntest, damit ich sie einfrieren und mit mir mitnehmen kann. Falls du nicht knapp dran bist, natürlich.«

»Wir sind nie«, stöhnte er, »knapp dran mit Molchen. Bedien dich selbst. Nimm hundert Kilo. Nimm zweihundert. Dreihundert.«

»Hundert wären schon reichlich. Mehr kann ich nicht verschicken. Ich mache sie zum Leckerbissen nur für Offiziere, was?«

Er gluckste und führte sie zu einer Leiter an einer Zugangsluke. Ethan folgte nervös ihrer Geste und brachte die Schwebepalette mit.

Der Techniker suchte sich vorsichtig seinen Weg über einen Laufsteg aus Netzgeflecht. Unter ihnen zischte und sprudelte das Wasser in kleinen Strudeln; ein frischer Luftzug von unten kühlte Ethans Haut und machte seinen schmerzenden Kopf klar. Er hielt sich mit einer Hand am Sicherheitsgeländer fest. Einige der kleinen Strudel unter ihnen ließen an mächtige Saugpumpen denken, die irgendwo in dem Silbergrün arbeiteten. Hinter dieser Wasserkammer war eine weitere zu sehen, und dahinter, am Rande des Blickfelds, eine dritte.

Der Laufsteg verbreiterte sich zu einer Plattform. Das Zischen wurde zu einem Tosen, als der Techniker einen Deckel von einem Unterwasserkäfig wegzog. Im Käfig wimmelte es von schwarzen und scharlachroten Leibern, die über einander hinwegglitten und -platschten.

»Oh, Himmel, ja«, rief der Techniker. »Volles Haus. Bist du sicher, daß du nicht eure ganze Armee verpflegen willst?«

»Würde ich schon, wenn ich könnte«, rief Quinn zurück. »Aber ich sag dir was: ich werde den Überschuß für dich runterbringen, zur Entsorgung, sobald ich meine Wahl getroffen habe. Braucht der Transitbereich welche?«

»Keine Bestellung während dieser Schicht. Bedien dich selbst.«

Er öffnete eine Abdeckung über einer Steuerbox und fingerte daran herum; die Molchfalle hob sich langsam, ließ Wasser abfließen und drückte die zappelnde schwarze und scharlachrote Masse zusammen. Eine weitere Bewegung an der Steuerung, ein Summen, ein blaues Licht. Selbst dort, wo er stand, spürte Ethan den Nimbus eines mächtigen Betäuberstrahls. Die Masse hörte auf zu zappeln, lag still und glänzend da.

Der Techniker nahm die oberste von einem Stapel großer grüner Plastikschachteln und stellte sie auf eine Digitalwaage unter einer Falltür im Boden des Käfigs. Er brachte eine Rutsche in Stellung und öffnete die Falltür. Dutzende schlaffer Wassermolche rutschten in die Schachtel hinab. Als die Digitalanzeige sich 100 Kilogramm näherte, verlangsamte er den Fluß und warf einen letzten schwarzen Körper von Hand hinein. Dann entfernte er die Schachtel mit einem Handtraktor, ersetzte sie durch eine andere und wiederholte den Vorgang. Eine dritte Schachtel wurde nicht ganz voll. Der Techniker gab an seinem Computer die genaue Menge von Biomasse ein, die aus dem System entnommen worden war.

»Willst du, daß ich euch helfe, euren Kanister zu vollzupacken?« bot er an.

Ethan erbleichte, aber die Söldnerin sagte leichthin: »Nö, geh nur wieder runter zu deinen Monitoren. Ich glaube, ich werde sie ein bißchen von Hand durchsortieren – das Ganze hat nur Sinn, wenn ich bloß die besten verschicke.«

Der Techniker grinste und machte sich auf den

Rückweg über den Laufsteg. »Such ihnen ein paar hübsche saftige aus«, rief er. Quinn winkte ihm freundlich zu, und er verschwand wieder durch die Zugangsluke.

»Jetzt«, sagte sie und wandte sich mit aufmerksamem Blick Ethan zu, »sorgen wir dafür, daß die Zahlen zusammenpassen. Helfen Sie mir, diesen Dreckschlucker auf die Waage zu heben.«

Das war nicht leicht; der in den Kanister gezwängte Okita war inzwischen nämlich steif geworden. Die Söldnerin entledigte ihn seiner Kleider und einer Anzahl tödlicher Waffen und machte aus ihnen ein kompaktes Bündel.

Ethan schüttelte die Lähmung seiner Verwirrung ab und machte sich an eine Aufgabe, deren er sich endlich sicher fühlte, und wog die Leiche. Worum auch immer es bei diesem Wahnsinn ging, in den er geraten war, Athos war dadurch bedroht. Sein ursprünglicher Impuls, der Söldnerin zu entfliehen, wurde in seinem allmählich klarer werdenden Kopf zu einem ebenso heftigen Verlangen, sie nicht aus den Augen zu lassen, bis er irgendwie alles herausbekommen konnte, was sie über die Sache wußte.

»Acht-eins-Komma-vier-fünf Kilogramm«, meldete er in seiner besten knappen wissenschaftlichen Sprechweise, die er in Sevarin gegenüber hochgestellten Besuchern verwendet hatte. »Was jetzt?«

»Jetzt stecken Sie ihn in eine dieser Schachteln und füllen sie bis 100,62 Kilo mit Wassermolchen auf«, instruierte sie ihn mit einem Blick auf die Gewichtsanzeige der ersten Schachtel. Als dies getan war – der letzte Bruchteil eines Kilos wurde erzielt, indem sie ein Vibramesser aus ihrer Jacke holte und etwas weniger als einen halben Molch hinzufügte –, tauschte sie die Datendisketten aus und verschloß die Schachtel.

»Jetzt 81,45 Kilo Wassermolche in diesen Transportkanister«, wies sie ihn an. Es ging glatt aus, und sie hatten wie zuvor drei Schachteln und einen Kanister.

»Wollen Sie mir bitte erklären, was wir da machen?« bat Ethan.

»Wir verwandeln ein ziemlich schwieriges Problem in ein viel leichteres. Jetzt müssen wir statt eines äußerst belastenden Fasses mit einem toten Planetarier nur noch rund 80 Kilo betäubte Wassermolche loswerden.«

»Aber wir sind die Leiche nicht losgeworden«, betonte Ethan. Er blickte in das helle Wasser hinab. »Werfen Sie die Molche wieder rein?« fragte er hoffnungsvoll. »Können sie richtig schwimmen, wenn sie betäubt sind?«

»Nein, nein, nein!« sagte Quinn ziemlich geschockt. »Das würde das System aus dem Gleichgewicht bringen! Das ist doch sehr fein abgestimmt. Der ganze Sinn dieser Übung ist, dafür zu sorgen, daß die Computeraufzeichnungen korrekt bleiben. Was die Leiche angeht – Sie werden sehen.«

»Alles erledigt?« rief der Techniker, als sie aus der Zugangsluke geschwebt kamen, Kanister und Schachteln schön auf der Palette gestapelt.

»Nein, verdammt noch mal«, sagte Quinn. »Als wir halb durch waren, ist mir aufgegangen, daß der Transportkanister, den ich mir geschnappt hatte, die falsche Größe hat. Ich muß später wiederkommen. Hör mal, gib mir die Quittung, und ich bringe trotzdem diese Ladung für dich runter zur Entsorgung. Ich möchte dort sowieso bei Teki vorbeischauen.«

»Ja, sicher, in Ordnung«, sagte der Techniker und sein Gesicht hellte sich auf. »Danke.« Er rief die Daten auf, speicherte sie auf einer Datendiskette und reichte sie Quinn. Die Kommandantin zog sich mit geziemender Eile zurück.

»Gut.« Sie sank zusammen, als die Tür sich hinter

ihnen gleitend schloß. Zum erstenmal sah Ethan an ihr ein Zeichen von Erschöpfung. »Den letzten Akt werde ich selbst überwachen.« Auf Ethans verdutzten Blick hin fügte sie hinzu: »Wir könnten die Schachteln einfach nach dem regulären Arbeitsplan zur Entsorgung weiterwandern lassen, aber ich habe ständig diese schreckliche Vorstellung, daß in letzter Minute eine Bestellung vom Transitbereich und von Dale eintrifft, eine Schachtel zu öffnen, um sie aufzufüllen ...«

»Eine Bestellung für Molche?« fragte Ethan verwundert.

Sie kicherte. »Ja, aber dort oben werden sie den Planetariern auf den Speisekarten der Restaurants als ›Frische Froschschenkel Erster Qualität‹ verkauft. Wir verhökern sie auch zu einem hübschen Preis.«

»Ist ... ist das nicht unethisch?«

Sie zuckte die Achseln. »Irgendwo muß man einen Profit machen. Snob-Appeal sorgt für hohe Nachfrage. Man bringt die lieben Tierchen kaum unter den Stationsbewohnern los, alle haben sie so über. Aber die Abteilung Biokontrolle lehnt es ab, auch andere Algenfresser einzusetzen, da das System so, wie es jetzt funktioniert, mit maximaler Effizienz Sauerstoff hervorbringt. Und daß Sauerstoff an erster Stelle kommt, muß jeder einräumen. Die Wassermolche sind nur ein Nebenprodukt.«

Sie bestiegen wieder die Schwebepalette und schwebten in den Korridor davon. Ethan blickte von der Seite auf das Profil der Söldnerin. Er mußte versuchen ...

»Was für ein genetisches Projekt?« fragte er unvermittelt. »Millisors Sache, meine ich. Wissen Sie nicht mehr darüber?«

Sie warf ihm einen nachdenklichen Blick zu. »Humangenetik. Und wirklich, ich weiß nur wenig mehr als das. Einige Namen, ein paar Codewörter. Gott allein weiß, wohinter die her sind. Vielleicht die Erzeugung von Monstern. Oder die Aufzucht von Supermännern. Die Cetagandaner waren immer schon ein Haufen aggressiver Militaristen. Vielleicht war es ihre Absicht, Bataillone von mutierten Supersoldaten in Fässern zu züchten, wie ihr Athosianer, und damit das Universum zu übernehmen, oder irgend so was.«

»Das ist nicht wahrscheinlich«, bemerkte Ethan. »Jedenfalls keine Bataillone.«

»Warum nicht? Warum sollte man nicht so viele klonen, wie man möchte, sobald man einmal das optimale Modell entwickelt hat?«

»Ja sicher, man könnte Mengen an Kindern produzieren – obwohl das enorme Ressourcen erfordern würde. Gut ausgebildete Techniker, dazu die Geräte und die Ersatzteile. Aber sehen Sie nicht, daß das nur der Anfang ist? Das ist nichts im Vergleich zu dem, was es kostet, ein Kind aufzuziehen. Na ja, auf Athos verschlingt es den größten Teil der wirtschaftlichen Ressourcen des Planeten. Lebensmittel natürlich – Behausungen – Erziehung, Kleidung, medizinische Betreuung –, es erfordert fast unsere ganzen Anstrengungen, einfach den Bevölkerungsstand zu halten, ganz zu schweigen von einem Zuwachs. Keine Regierung könnte es sich leisten, eine solche spezialisierte und unproduktive Armee aufzuziehen.«

Elli Quinn hob eine Augenbraue. »Wie seltsam. Auf anderen Welten scheinen Menschen in Strömen dazuzukommen, und die sind nicht notwendigerweise verarmt.«

Ethan, der von seinem eigentlichen Anliegen abgelenkt wurde, sagte: »Wirklich? Ich verstehe nicht, wie das sein kann. Schon die Arbeitskosten, um ein Kind bis zur Reife zu bringen, sind schon astronomisch hoch. Da muß irgend etwas in eurer Buchhaltung falsch laufen.«

Sie verdrehte die Augen in einem ironischen Ausdruck von plötzlicher Einsicht. »Ja schon, aber auf anderen Welten werden die Arbeitskosten nicht eingerechnet. Sie werden als unentgeltlich betrachtet.«

Ethan starrte sie an. »Was ist das für eine absurde Schizophrenie! Die Athosianer würden bei einer solchen versteckten Arbeitssteuer nicht stillhalten! Bekommen die primären Ernährer nicht einmal Sozialdienstpunkte?«

»Ich glaube«, ihre Stimme klang eigentümlich trocken, »man nennt es Frauenarbeit. Und das Angebot übersteigt gewöhnlich die Nachfrage – sozusagen Nichtgewerkschaftler, die auf dem Arbeitsmarkt die Tarife unterbieten.«

Ethans Verwirrung wuchs. »Sind denn nicht die meisten Frauen Kampfsoldaten, wie Sie? Gibt es auch männliche Dendarii?«

Sie stöhnte höhnisch auf, dann dämpfte sie ihre Stimme, da ein Passant sie anstarrte. »Vier Fünftel der Dendarii sind Männer. Von den Frauen sind drei von vieren Technikerinnen, nicht Kämpferinnen. Bei den meisten Armeen ist es so, ausgenommen bei der von Barrayar, die überhaupt keine Frauen hat.«

»Ach so«, sagte Ethan. Nach einem Schweigen der Enttäuschung fügte er hinzu: »Sie sind also ein untypisches Beispiel.« So viel also zu seinen im Entstehen begriffenen ›Regeln für weibliches Verhalten‹ …

»Untypisch.« Sie schwieg einen Augenblick, dann prustete sie. »Jaa, das bin ich ganz und gar.«

Sie kamen durch einen Eingang mit luftdichten Türen, auf denen stand ÖKO-ABTEILUNG: RECYCLING. Während sie durch die Korridore unterwegs waren, aß Ethan seine Karotte. Er riß Wurzeln und Blätter ab und stopfte sie nach einem Rundblick auf seine makellos weiße Umgebung wieder in seine Tasche. Als er den letzten Bissen gekaut hatte, kamen sie zu einer Tür mit der Aufschrift ASSIMILATIONSSTATION B: ZUTRITT NUR FÜR BEFUGTE.

Sie betraten einen hell erleuchteten Raum mit Reihen von einschüchternd wirkenden Monitoren. Ein Labortisch mit Spüle in der Mitte kam Ethan halb vertraut vor, denn er war voll mit Geräten für organische Analyse. Am einen Ende des Raums befanden sich eine Vielzahl von verschiedenfarbigen Rohrleitungen mit Zugriffsluken – für Entnahmen von Proben? Die andere Seite war völlig von einer seltsamen Maschine besetzt, die über Röhren an ein größeres System angeschlossen war; Ethan konnte sich über ihre Funktion nicht klarwerden.

Ein Beinpaar in piniengrünen Hosen mit himmelblauer Paspelierung ragte zwischen ein paar Rohrleitungen heraus. Eine hohe Stimme murmelte Unverständliches. Nach ein paar weiteren wilden Zischlauten ertönte ein metallisches Klirren, ein Verschlußmechanismus jaulte auf, die Besitzerin der Beine schlängelte sich heraus und stand auf.

Sie trug Plastikhandschuhe, die bis zu den Achselhöhlen reichten und hielt einen nicht identifizierbaren, etwa dreißig Zentimeter langen verbogenen Metallgegenstand in der Hand, von dem eine übelriechende braune Flüssigkeit tropfte. Auf dem Namensschild über ihrer linken Brusttasche stand *F. Helda, Biokontrollwartin.* Ihr Gesicht war gerötet und ärgerlich und erschreckte Ethan. Jetzt war ihre Stimme verständlich: »... unglaublich blöde Planetariertrottel ...« Sie brach ab, als sie Ethan und seine Begleiterin erblickte. Sie kniff die Augen zusammen und runzelte die Stirn. »Wer sind Sie? Sie gehören nicht hierher. Können Sie nicht lesen?«

Erschrecken blitzte in Quinns Augen auf. Sie faßte sich schnell und lächelte gewinnend. »Ich habe bloß die Molch-Auslese von der Abteilung Atmosphären-Kontrolle runtergebracht. Ein kleiner Gefallen für Dale Zeeman.«

»Zeeman sollte seine eigene Arbeit tun«, versetzte

die Ökotechnikerin, »und sie nicht einer unwissenden Planetarierin anvertrauen. Ich werde das melden ...«

»Oh, ich bin auf der Station geboren und aufgezogen worden«, versicherte Quinn ihr schnell. »Darf ich mich vorstellen – mein Name ist Elli Quinn. Vielleicht kennen Sie meinen Cousin Teki – er arbeitet in dieser Abteilung. Eigentlich hatte ich gedacht, er wäre hier.«

»So«, sagte die Frau, nur wenig besänftigt. »Er ist auf Station A. Aber gehen Sie jetzt nicht dort rüber, sie reinigen gerade die Filter. Er wird keine Zeit zum Schwatzen haben, solange das System nicht wieder arbeitet. Arbeitsschichten sind nicht der Ort für persönliche Besuche, wissen Sie ...«

»Was in aller Welt ist das?« lenkte Quinn sie von ihrem Vortrag ab, indem sie auf den Metallgegenstand wies.

Ökotechnikerin Helda packte das gefolterte Metallstück noch fester, als wollte sie es erwürgen. Ihre abweisende Haltung gegenüber den unbefugten Besuchern wich jetzt dem Bedürfnis, ihrer Empörung Luft zu machen. »Mein neuestes Geschenk aus dem Transitbereich. Man fragt sich, wie Analphabeten sich eine Raumreise leisten können – verdammt noch mal, selbst Analphabeten haben keine Entschuldigung, denn die Regeln werden ja mit dem Holovid demonstriert. Das war einmal ein völlig einwandfreier Notfallkanister für Sauerstoff, bis ihn irgendein Arschloch in den Entsorger für organische Abfälle gesteckt hat. Er muß ihn zuerst flachgeklopft haben, damit er hineinpaßte. Den Göttern sei Dank, daß er schon leer war, sonst wäre vielleicht ein Rohr in die Luft geflogen. Unglaubliche Blödheit!«

Sie durchquerte den Raum und warf das Ding in einen Eimer zu einer Menge anderer offensichtlich nichtorganischer Abfälle. »Ich hasse Planetarier«, knurrte sie. »Liederliche, schmutzige, rücksichtslose Viecher ...« Sie zog die Handschuhe aus und entsorgte sie, entfernte die Tropfen mit einem Sonic-Schrubber und einem Antiseptikum, dann trat sie an die Spüle und bürstete ihre Hände mit heftiger Gründlichkeit sauber.

Mit einem Kopfnicken wies Quinn auf die großen grünen Schachteln. »Kann ich Ihnen helfen, die aus dem Weg zu schaffen?« fragte sie munter.

»Es war absolut zwecklos, sie vorzeitig herunterzubringen«, sagte die Ökotechnikerin. »In fünf Minuten habe ich eine Bestattung, und der Zerleger ist programmiert auf Zerlegung bis auf simple organische Verbindungen und auf Ableitung in die Hydrokultur. Das wird einfach warten müssen. Ihr könnt euch fortmachen und Dale Zeeman sagen…« Sie brach ab, da die Tür aufging.

Ein halbes Dutzend ernst dreinblickender Stationsbewohner folgte einer überdeckten Schwebepalette durch die Tür. Quinn gab Ethan ein stummes Zeichen, sich unauffällig auf ihrer eigenen Schwebepalette niederzulassen, während die Prozession den Raum betrat. Ökotechnikerin Helda glättete hastig ihre Uniform, ihr Gesicht nahm einen ernsten Ausdruck von Mitgefühl an.

Die Stationsbewohner versammelten sich um ihre Palette, während einer von ihnen ein paar pathetische Platitüden von sich gab. Der Tod war der große Gleichmacher, so schien es. Die Formulierungen waren zwar anders, aber sinngemäß wäre dies auch bei einer Trauerfeier auf Athos durchgegangen, dachte Ethan. Vielleicht waren die Galaktiker letztendlich gar nicht so viel anders…

»Wünschen Sie noch einen letzten Blick auf den Dahingegangenen zu werfen?« fragte Helda.

Sie schüttelten den Kopf, und ein Mann im mittleren Alter bemerkte: »Ihr Götter, die Trauerfeier war schon genug.« Eine gleichaltrige Frau neben ihm brachte ihn zum Schweigen.

»Wünschen Sie bei der Bestattung anwesend zu sein?« fragte Helda formell und unaufdringlich.

»Keinesfalls«, sagte der Mann. Auf einen verlegenen Blick des Tadels von seiten seiner Begleiterin, fügte er nachdrücklich hinzu: »Ich habe Großvater bei fünf Ersatzorganoperationen beigestanden und meinen Teil getan, als er noch am Leben war. Zuzuschauen, wie er zermahlen wird, um dann die Blumen zu ernähren, wird an meinem Karma nichts mehr ändern, meine Liebe.«

Die Familie zog wieder hinaus, und die Ökotechnikerin kehrte zu ihrem ursprünglichen aggressiv dienstlichen Verhalten zurück. Sie entkleidete die Leiche – es handelte sich um einen steinalten Mann – und brachte die Kleider auf den Korridor, wo vermutlich jemand gewartet hatte, um sie entgegenzunehmen. Sie kam zurück, schaute in einer Datei nach, zog Handschuhe und Kittel an, kräuselte die Lippen und machte sich mit einem Vibramesser an den Verstorbenen heran. Ethan beobachtete mit professioneller Faszination, wie ein Dutzend künstlicher Ersatzorgane klappernd auf ein Tablett fiel – Herz, verschiedene Röhrchen, Knochenzapfen, ein Hüftgelenk, eine Niere. Das Tablett wurde in eine Spülmaschine geschoben, die Leiche zu der seltsamen Maschine am Ende des Raums.

Helda entriegelte eine große Luke und schwenkte sie herunter, dann schob sie die Leiche in ihrem Auffangbecken darauf. Das Auffangbecken klammerte sie auf der Innenseite der Luke fest, schwenkte sie wieder hoch – von drinnen hörte man gedämpft einen Plumps – und verriegelte sie wieder. Die Ökotechnikerin drückte ein paar Knöpfe, Lichter leuchteten auf, und die Maschine winselte und zischte und grunzte in einem gemessenen, gleichmäßigen Rhythmus, der an normalen Betrieb denken ließ.

Während Helda am anderen Ende des Raumes beschäftigt war, riskierte Ethan eine geflüsterte Frage. »Was passiert da drinnen?«

»Die Leiche wird in ihre organischen Komponenten zerlegt, und die Biomasse wird wieder in das Ökosystem der Station eingespeist«, erwiderte Quinn flüsternd. »Der größte Teil der tierischen Biomasse wird – wie bei den Molchen – einfach in höhere organische Bestandteile zerlegt und in die Behälter mit Proteinkulturen eingespeist – dort züchten wir Steakfleisch und Geflügel und ähnliches für menschlichen Verzehr –, aber es gibt ein gewisses Vorurteil, menschliche Leichen auch auf diese Weise zu entsorgen. Vermutlich, weil es nach Kannibalismus riecht. Und damit einen das nächste Kilo Schweinefleisch nicht zu sehr an den verblichenen Onkel Neddie erinnert, werden die menschlichen Körper viel feiner zerlegt und statt dessen zur Ernährung der Pflanzen weitergeleitet. Eine rein ästhetische Entscheidung – schließlich bewegt sich am Ende alles in einem Kreislauf –, logisch gesehen macht es keinen Unterschied.«

In Ethans Magen hatte sich die Karotte in Blei verwandelt. »Aber Sie lassen zu, daß Okita ...«

»Vielleicht werde ich im nächsten Monat nur vegetarisch essen«, flüsterte sie. »Pst!«

Helda warf ihnen einen gereizten Blick zu. »Was hängen Sie noch hier herum?« Sie faßte Ethan ins Auge. »Haben Sie keine Arbeit zu tun?«

Quinn lächelte höflich und klopfte auf die grünen Schachteln. »Ich brauche meine Schwebepalette.«

»Ach so«, sagte die Ökotechnikerin. Sie schnaufte, zog eine spitze, knochige Schulter hoch und wandte sich der Steuertafel des Zerlegers zu, wo sie einen neuen Code eingab. Sie kam mit einem Handtraktor zurück, hob die oberste Schachtel hoch und befestigte sie auf der Luke. Die Luke schnellte hoch, und man hörte, wie etwas in die Maschine glitschte. Die Luke kam wieder herunter, und die erste Schachtel wurde durch die zweite ersetzt. Dann kam die dritte dran. Ethan hielt den Atem an.

Als die dritte Schachtel entleert wurde, gab es einen überraschenden Plumps.

»Was, zum Teufel ...?« brummte die Ökotechnikerin und griff nach der Verriegelung. Kommandantin Quinn wurde weiß im Gesicht, ihre Finger zuckten über dem leeren Betäuberhalfter.

»Schauen Sie mal, ist das nicht eine Kakerlake?« rief Ethan laut, und betete darum, daß seine Stimme nach dem Akzent der Stationsbewohner klang.

Helda wirbelte herum. »Wo?«

Ethan zeigte in eine Ecke des Raums, weit weg vom Zerleger. Die Ökotechnikerin und die Kommandantin gingen beide, um nachzuschauen. Helda ließ sich auf Hände und Knie nieder und fuhr mit einem Finger beunruhigt an der Fuge zwischen Wand und Boden entlang. »Sind Sie sicher?« fragte sie.

»Ich habe nur eine Bewegung gesehen«, murmelte er, »in meinen Augenwinkeln ...«

Sie schaute ihn grimmig an. »Hört sich mehr an, als hätten Sie noch etwas von einem verdammten Kater in den Augenwinkeln, Sie liederlicher Blödmann.«

Ethan zuckte hilflos die Achseln.

»Ich sollte jedenfalls lieber doch die Kammerjäger rufen«, brummelte sie. Auf dem Weg zur Komkonsole drückte sie den Startknopf für den Zerleger, und dann winkte sie ihnen mit dem Daumen über die Schulter. »Raus!«

Quinn und Ethan gehorchten auf der Stelle. Als sie durch die Korridore schwebten, sagte Kommandantin Quinn: »Ihr Götter, Doktor, das war brillant. Oder – Sie haben doch nicht wirklich eine Kakerlake gesehen, nicht wahr?«

»Nein, es war nur das erste, was mir einfiel. Sie schien mir eine Person zu sein, die über Ungeziefer aus dem Häuschen gerät.«

»Aha.« Ihre Augen lächelten zustimmend.

Er überlegte. »Gibt es hier ein Kakerlakenproblem?«

»Nicht, wenn wir es vermeiden können. Unter anderem sollen sie ja schon die Isolierung von elektrischen Kabeln angefressen haben. Stellen Sie sich nur mal ein Feuer auf einer Raumstation vor, und dann werden Sie verstehen, warum Helda sofort auf Ihre Worte reagiert hat.«

Sie sah auf ihr Chronometer. »Ihr Götter, wir müssen diese Schwebepalette und den Kanister wieder zu Andockbucht 32 bringen. Molche, Molche, wer kauft meine Wassermolche …? Aha, genau das ist das Richtige!«

Sie bog scharf nach rechts in einen Querkorridor ein und warf dabei fast Ethan von der Palette, dann beschleunigte sie. Einen Moment später ließ sie die Palette vor einer Tür mit der Aufschrift ›Kaltlagerung – Zugang 297-C‹ anhalten.

Drinnen fanden sie einen Tresen und als Diensthabende eine pummelige junge Frau, die gelangweilt dreinblickte und kleine gebratene Leckerbissen aus einem Beutel naschte.

»Ich möchte ein Vakuumschließfach mieten«, verkündete Quinn.

»Das ist nur für Stationsbewohner, gnädige Frau«, begann das Mädchen hinter dem Tresen nach einem hungrigen, sehnsüchtigen Blick auf das Gesicht der Söldnerin. »Wenn Sie in den Transitbereich hochgehen, dann können Sie …«

Quinn knallte eine Ausweiskarte auf den Tresen. »Ein Kubikmeter reicht aus, und ich hätte dafür gern austauschbares Plastik. Sauberes Plastik, bitte.«

Das Mädchen blickte auf den Ausweis. »Ach so.« Sie schlurfte davon und kam nach wenigen Minuten mit einem großen Kasten zurück, der innen mit Plastik ausgelegt war.

Die Söldnerin unterschrieb, gab ihren Daumenabdruck und wandte sich dann an Ethan. »Legen wir sie hübsch hinein, was? Das macht Eindruck auf den Koch, wenn er sie auftaut.«

Sie packten die Molche in ordentliche Reihen. Das Mädchen vom Tresen warf einen Blick darauf, rümpfte die Nase und kehrte wieder an ihre Komkonsole zurück, wo das Holovid etwas anzeigte, das verdächtig mehr nach Spiel als nach Arbeit aussah.

Sie kamen gerade noch rechtzeitig, schätzte Ethan; einige ihrer amphibischen Opfer fingen schon an zu zucken. Er hatte bei ihnen fast ein noch schlimmeres Gefühl als bei Okita. Das Mädchen trug den Kasten fort.

»Sie werden nicht lange leiden, oder?« fragte Ethan und blickte über die Schulter zurück.

Kommandantin Quinn schnaubte. »Ich würde gern so schnell sterben. Sie wandern in den größten Kühlschrank des Universums – nach draußen. Ich glaube, ich werde sie wirklich an Admiral Naismith schicken, später, wenn die Dinge sich beruhigt haben.«

»›Die Dinge‹«, wiederholte Ethan. »Ganz recht. Ich denke, Sie und ich, wir sollten uns einmal über ›die Dinge‹ unterhalten.« Er machte ein störrisches Gesicht.

Sie zog einen Mundwinkel nach oben. »Ehrlich und offen«, stimmte sie ihm freundlich bei.

KAPITEL 6

Nachdem sie die Schwebepalette wieder in die entsprechende Andockbucht zurückgeschmuggelt hatten, brachte Kommandantin Quinn Ethan auf Umwegen in ein Hotelzimmer, das nicht viel größer war als sein eigenes. Diese Unterkunft befand sich in einer anderen Sektion des Transitbereichs, wie sich Ethan undeutlich bewußt war, obwohl er sich nicht ganz sicher war, wo sie diese unsichtbare Grenze wieder überschritten hatten. Quinn war ein paarmal zurückgeblieben oder hatte ihn abrupt in einer Sackgasse warten lassen, während sie den Weg auskundschaftete, oder war einmal scheinbar ganz ungezwungen davongewandert, neben einem uniformierten Stationsbewohner her, einem Bekannten, dem sie einen Arm um die Schulter gelegt hatte, während sie fröhlich mit der freien Hand gestikulierte. Ethan betete darum, daß sie wußte, was sie tat.

Sie schien auf jeden Fall zu meinen, daß er erfolgreich auf eine Art Heimatbasis geschmuggelt worden sei, denn sie entspannte sich sichtlich, als sich die Türen des Hotelzimmers hinter ihnen schlossen; sie streifte ihre Stiefel ab, streckte sich und stürzte sich auf die Zimmerservicekonsole.

»Hier. Echtes Bier.« Sie reichte ihm ein schäumendes Glas, in das sie etwas aus ihrer Dendarii-Medizintasche gespritzt hatte. »Importiert.«

Das Aroma ließ ihm das Wasser im Mund zusammenlaufen, aber er stand mißtrauisch da und hob das Glas nicht an die Lippen. »Was haben Sie da reingetan?«

»Vitamine. Sehen Sie?« Sie spritzte sich aus dem gleichen Fläschchen etwas in den Mund und spülte es mit einem langen Schluck aus ihrem eigenen Glas hinunter. »Hier sind Sie einstweilen sicher. Trinken Sie, essen Sie, waschen Sie sich, was immer Sie wollen.«

Er warf einen sehnsüchtigen Blick in Richtung Bad. »Wird doppelter Verbrauch nicht auf den Computermonitoren angezeigt? Was ist, wenn jemand Fragen stellt?«

Sie grinste. »Es würde letztendlich angezeigt, daß Kommandantin Quinn einen gut aussehenden Bekannten von der Station in ihrem Zimmer zu Gast hat. Niemand würde es wagen, Fragen zu stellen.«

Die Implikationen waren alles andere als entspannend, aber inzwischen war Ethan bereit, sein Leben für eine Rasur zu riskieren; sein stoppeliges Kinn war gefährlich nahe daran, Vaterehren vorzutäuschen, auf die er noch kein Recht hatte.

Das Bad hatte leider keinen zweiten Ausgang. Er gab auf und trank sein Bier, während er sich wusch. Wenn Millisor und Rau keine nützlichen Informationen aus ihm herausgeholt hatten, dann bezweifelte er, daß Kommandantin Quinn es ihrerseits könnte, egal, was sie ihm in sein Getränk getan haben mochte.

Ihn erschreckte das abgespannte Gesicht, das ihm aus dem Spiegel entgegenstarrte. Ein Kinn wie Schmirgelpapier, rotgeränderte Augen, die Haut fleckig und geschwollen. Glücklicherweise gaben ihm die Bemühungen einiger Minuten seine normale, beruhigend blitzsaubere Ordentlichkeit wieder; jetzt war er nur noch müde, nicht verwahrlost. Hier gab es sogar einen Sonic-Schrubber, der seine Kleider reinigte, während er duschte.

Als er ins Zimmer zurücktrat, fand er Kommandantin Quinn auf dem einzigen Schwebestuhl des Zimmers ruhend; sie hatte die Jacke ausgezogen und die Füße hochgelegt, räkelte sich und genoß die Druckentlastung in den Beinen. Sie öffnete die Augen und wies ihn mit einer Geste auf das Bett hin. Er streckte sich nervös darauf aus und stopfte sich das Kissen unter den Rücken, aber eine andere Möglichkeit zu sitzen gab es nicht. Ein frisches Bier und ein Tablett mit einem Imbi – unbekannten Leckerbissen von der Station – waren griffbereit. Er versuchte, Gedanken über die möglichen Quellen des Essens zu verdrängen.

»Also«, begann sie. »Da scheint sich schrecklich viel Interesse auf diese biologische Lieferung zu konzentrieren, die Athos bestellt hat. Vielleicht sollten Sie da mal anfangen.«

Ethan schluckte einen Bissen und bot all seine Entschlossenheit auf. »Nein. Wir tauschen Informationen aus. Vielleicht fangen *Sie* mal an.« Sein Ausbruch an Selbstbewußtsein prallte an ihren höflich gehobenen Augenbrauen ab, und er fügte matt hinzu: »Wenn es Ihnen nichts ausmacht.«

Sie hob herausfordernd den Kopf und lächelte. »Sehr schön.« Dann machte sie eine Pause, um ihrerseits einen Bissen hinunterzuspülen. »Ihre Bestellung wurde anscheinend vom Topgenetikerteam der Bharaputra-Laboratorien ausgeführt. Sie befaßten sich ein paar Monate lang damit, unter der notwendigen Geheimhaltung. Das hat vermutlich später einige Leben gerettet. Die Lieferung wurde auf einem Nonstop-Frachttransport nach Station Kline gebracht; hier lagerte sie zwei Monate lang in einem Lagerhaus und wartete darauf, von dem alljährlichen Zensuskurier nach Athos mitgenommen zu werden. Neun große weiße Gefrierboxen…« Sie beschrieb sie mit präzisen Details, bis hin zu den Seriennummern. »Ist es das, was Sie bekommen haben?«

Ethan nickte grimmig.

Sie fuhr fort: »Etwa um die Zeit, als die Lieferung Station Kline in Richtung Athos verließ, kamen Millisor und sein Team auf Jackson's Whole an. Sie gingen durch Bharaputras Labor wie – nun ja, professionell ausgedrückt, es war ein sehr erfolgreiches Kommandounternehmen.« Ihre Lippen schlossen sich und unterdrückten ein empörteres persönliches Urteil. »Millisor und sein Team flohen direkt durch die Reihen der Privatarmee des Hauses Bharaputra, nachdem sie das Labor und alles, was darin war, in die Luft gejagt hatten. Zu dem, was darin war, gehörte der größte Teil des Genetikerteams, ein paar unschuldige Zuschauer, und die technischen Aufzeichnungen der Arbeit, die für Ihre Bestellung geleistet worden war. Meine Folgerung ist, daß sie einige Zeit damit verbracht haben müssen, die Leute von Bharaputra zu befragen, bevor sie sie hochgehen ließen, denn sie haben alles herausbekommen. Sie hielten nur noch einmal an, um die Gattin eines der Genetiker zu ermorden und sein Haus niederzubrennen, dann verschwanden Millisor und Kumpane vom Planeten und tauchten mit neuen Identitäten hier auf, genau drei Wochen zu spät, um die Lieferung noch abzufangen.

Dann kam ich also auf Jackson's Whole an und stelle in aller Unschuld Fragen über Athos. Der Sicherheitsdienst des Hauses Bharaputra bekam fast Darmkrämpfe. Glücklicherweise konnte ich die Leute schließlich überzeugen, daß ich keine Verbindung zu Millisor hatte. Tatsächlich denken sie, daß ich jetzt für sie arbeite«, sie lächelte versonnen.

»Die Leute von Bharaputra?«

Ihr Lächeln wurde zu einer Grimasse. »Ja. Sie heuerten mich an, um Millisor und sein Team umzubringen. Ein glücklicher Umschwung für mich, denn jetzt laufe ich nicht als Ziel für eines ihrer eigenen Mordkommandos herum. Und jetzt scheine ich gegen meinen Willen mit dieser Arbeit begonnen zu haben. Das wird ihnen so sehr gefallen.« Sie seufzte und trank wieder. »Jetzt sind Sie an der Reihe, Doktor. Was war in diesen Boxen, daß es all diese Menschenleben wert war?«

»Nichts!« Er schüttelte bestürzt den Kopf. »Wertvoll, ja, aber nicht wert, daß dafür jemand getötet würde. Der Bevölkerungsrat hatte 450 lebende Eierstockkulturen bestellt, um Eizellen zu produzieren, Sie wissen, für Kinder ...«

»Ich weiß, wie Kinder produziert werden, ja«, murmelte sie.

»Sie sollten garantiert frei von genetischen Defekten sein und nur von Quellen aus den oberen 20 Prozent hinsichtlich der Intelligenz. Das war alles. Eine Woche Routinearbeit für ein gutes Genetikerteam, wie Sie es beschreiben. Aber was wir bekamen, war *Abfall*!« Er beschrieb die Lieferung, die er bekommen hatte, mit zunehmendem Eifer und Zorn, bis sie ihn unterbrach.

»Schon gut, Doktor! Ich glaube Ihnen. Aber was Jackson's Whole verlassen hatte, war kein Abfall, sondern etwas sehr Spezielles. Folglich hat jemand irgendwo unterwegs Ihre Lieferung abgefangen und durch Müll ersetzt ...«

»Ziemlich seltsamer Müll, wenn man darüber nachdenkt«, begann Ethan langsam, aber sie redete weiter.

»Welcher Jemand also, und wann? Sie nicht, ich nicht – obwohl Sie dafür vermutlich nur mein Wort haben – und offensichtlich auch nicht Millisor, obwohl er es gern getan hätte.«

»Millisor schien zu glauben, daß es dieser Terrence Cee war – wer oder was immer auch das ist.«

Sie seufzte. »Dieser Wer-auch-immer hatte eine Menge Zeit dazu. Die Lieferung könnte auf Jackson's Whole vertauscht worden sein oder an Bord des Schiffes unterwegs nach Station Kline, oder irgendwann, bevor der Zensuskurier nach Athos abflog – ihr Götter, haben Sie eine Ahnung davon, wie viele Schiffe im Laufe von zwei Monaten an Station Kline andocken? Und wie viele Verbindungen sie ihrerseits herstellen? Kein Wunder, daß Millisor mit einem Gesicht herumlief, als hätte er Bauchschmerzen. Ich werde mir allerdings auf jeden Fall eine Kopie des Andocklogbuchs der Station besorgen ...« Sie machte sich eine Notiz.

Ethan nutzte die Pause, um zu fragen: »Was ist eine *Gattin*?«

Sie verschluckte sich fast an ihrem Bier. Wie sehr sie es auch herumschwenkte, sank sein Pegel nur sehr langsam, stellte Ethan fest. »Ich vergesse immerzu, woher Sie kommen … Also, Gattin. Eine Ehepartnerin – die weibliche Gefährtin eines Mannes. Der männliche Partner heißt Gatte. Die Ehe hat viele Formen, aber im allgemeinen ist sie ein juristisches, wirtschaftliches und genetisches Bündnis zur Hervorbringung und Aufzucht von Kindern. Können Sie mir folgen?«

»Ich glaube schon«, sagte er langsam. »Es klingt ein bißchen nach einem designierten stellvertretenden Vater.« Er lauschte den Worten nach. »Gatte.« Implizierte dieser Begriff, daß der Mann für den Unterhalt der Frau während der Schwangerschaft sorgte? Also gibt es bei dieser angeblich organischen Methode verborgene Kosten, denen gegenüber ein echtes Reproduktionszentrum vielleicht billig erscheinen würde, dachte Ethan mit Befriedigung.

Er zögerte. »Hatten der Genetiker, dessen Haus niedergebrannt wurde, und seine … seine *Gattin* Kinder?«

»Einen kleinen Jungen, der zu diesem Zeitpunkt im Kindergarten war. Seltsam genug machte sich Millisor nicht die Mühe, auch den Kindergarten einzuäschern. Ich kann mir nicht vorstellen, wie er diesen offenen Punkt übersehen haben soll. Die Frau des Genetikers war schwanger.« Sie biß ziemlich heftig in einen Proteinwürfel.

Ethan schüttelte frustriert den Kopf. »Warum? Warum, warum, warum?«

Sie lächelte vieldeutig. »Es gibt Augenblicke, da denke ich, daß Sie vielleicht ein Mann nach meinem Herzen sind – das war nur ein Scherz«, fügte sie an, als sie sah, wie Ethan zurückschreckte. »Ja. Warum? Das ist genau die Frage, die mich beschäftigt. Millisor schien überzeugt zu sein, daß das, was in den Labors von Bharaputra produziert wurde, tatsächlich für Athos bestimmt war, trotz des nachfolgenden Austauschs. Und wenn ich in den vergangenen paar Monaten etwas gelernt habe, dann, daß man das, was Millisor denkt, lieber in Betracht ziehen sollte. Warum Athos? Was hat Athos, das sonst niemand anderer hat?«

»Nichts«, sagte Ethan einfach. »Wir sind eine kleine, auf der Landwirtschaft aufbauende Gesellschaft ohne natürliche Ressourcen, die sich für einen Export eignen. Wir befinden uns auf keiner Nexusroute nach irgendwo. Wir belästigen keine anderen Planeten.«

»›Nichts‹«, notierte sie. »Stellen Sie sich ein Szenario vor, in dem ein Planet mit ›Nichts‹ sehr gefragt wäre ... Vermutlich verfügen Sie über Abgeschiedenheit. Abgesehen davon unterscheidet ihr Athosianer euch nur von den anderen durch euer Beharren darauf, euch auf die schwierige Weise fortzupflanzen.« Sie nippte an ihrem Bier. »Sie haben erzählt, daß Millisor davon sprach, eure Reproduktionszentren anzugreifen. Erzählen Sie mir von diesen Zentren.«

Es bedurfte nur geringer Ermutigung, um Ethan zu begeisterten Ausführungen über seine geliebte Arbeit zu animieren. Er beschrieb Sevarin und dessen Betrieb sowie den Kader engagierter Männer, der das Zentrum in Gang hielt. Er erklärte das nützliche System der Sozialdienstpunkte, mit denen sich potentielle Väter qualifizierten. Er geriet abrupt ins Stocken, als er bemerkte, wie er die persönlichen Schwierigkeiten beschrieb, die ihn davon abhielten, sein eigenes Herzensanliegen zu verwirklichen – einen Sohn. Es war einfach zu leicht, dieser Frau etwas zu erzählen – er fragte sich erneut, was wohl in seinem Bier sein mochte.

Sie lehnte sich auf ihrem Stuhl zurück und pfiff einen Moment lang unmelodisch vor sich hin. »Auf jeden Fall ist es schlimm, daß es zu dieser Vertauschung kam. Aber was das angeht, so würde ich sagen, daß das Kuckucksei-Szenario am plausibelsten war. Es hat Millisors Aktivitäten so hübsch erklärt… Mist.«

»Was für ein Szenario?«

»Kuckucksei. Gibt es den Kuckuck auf Athos?«

»Nein … Ist das ein Reptil?«

»Ein schädlicher Vogel. Auf der Erde. Er ist vor allem dafür berühmt, daß er seine Eier in die Nester anderer Vögel legt und sich auf diese Weise vor der langwierigen Aufgabe drückt, seine Jungen großzuziehen. In der Galaxis wird er vor allem als literarische Anspielung verwendet, da wunderbarerweise niemand töricht genug war, ihn auf andere Planeten zu exportieren. Alles andere Ungeziefer ist bereitwillig genug der Menschheit in den Weltraum gefolgt. Aber verstehen Sie, was ich mit einem Kuckucksei-Szenario meine?«

Ethan, der es verstand, zitterte. »Sabotage«, flüsterte er. »Genetische Sabotage. Die hatten beabsichtigt, uns ihre Monster unterzuschieben, ohne daß wir etwas merkten…« Er brach ab. »Aha. Aber es waren nicht die Cetagandaner, die uns diese Lieferung schickten, oder? Uff – Mist. Es hätte sowieso nicht funktioniert, denn wir haben Methoden, um Gendefekte auszusortieren…« Er verstummte, noch verwirrter als zuvor.

»Die Lieferung kann jedoch Material enthalten haben, das von dem cetagandanischen Forschungsprojekt gestohlen worden war. Das würde Millisors leidenschaftliches Verlangen erklären, sie aufzuspüren oder zu zerstören.«

»Offensichtlich, aber – warum sollte Jackson's Whole uns das antun wollen? Oder sind sie Feinde von Cetaganda?«

»Ach – hm. Wieviel wissen Sie über Jackson's Whole?«

»Nicht viel. Es ist ein Planet, dort gibt es biologische Labors, man hat auf unsere Anzeige im vorletzten Jahr hin dem Bevölkerungsrat ein Angebot unterbreitet. Es kamen auch von einem halben Dutzend anderer Stelle Angebote.«

»Nun ja – bestellen Sie nächstesmal von Kolonie Beta.«

»Kolonie Beta schickte das höchste Angebot.«

Sie fuhr sich unbewußt mit einem Finger über die Lippen; Ethan dachte an Plasmaverbrennungen. »Sicher, aber Sie bekommen dafür das, wofür Sie bezahlen… Eigentlich ist das irreführend. Sie können auch auf Jackson's Whole das bekommen, wofür Sie zahlen, wenn Ihre Geldbörse dick genug ist. Wollen Sie einen jungen Klon von sich selbst machen, ihn in vitro reifen und dann Ihr Gehirn auf ihn übertragen lassen? Es besteht ein Risiko von 50 %, daß die Operation Sie umbringt, und eine hundertprozentige Garantie, daß sie – den Klon umbringt, was für ein Individuum der auch immer gewesen sein mag. Kein medizinisches Zentrum auf Kolonie Beta würde eine solche Aufgabe übernehmen – dort haben Klone volle Bürgerrechte. Aber das Haus Bharaputra macht so etwas.«

»Uff«, sagte Ethan angeekelt. »Auf Athos gilt das Klonen als Sünde.«

Sie hob die Augenbrauen. »O ja? Was für eine Sünde?«

»Eitelkeit.«

»Wußte gar nicht, daß das eine Sünde ist – na ja. Der springende Punkt ist: Wenn jemand dem Haus Bharaputra genügend Geld angeboten hätte, dann hätten die Bharaputra-Leute fröhlich Ihre Boxen mit – toten Molchen gefüllt, zum Beispiel. Oder mit acht Fuß großen, gentechnisch erzeugten Supersoldaten, oder mit irgend etwas anderem, ganz nach Wunsch.« Sie schwieg und nippte an ihrem Bier.

»Was tun wir also als nächstes?« sondierte er mutig.

Sie runzelte die Stirn. »Ich denke darüber nach. Ich

habe diese Geschichte mit Okita eigentlich nicht vorhergeplant, wissen Sie. Ich habe keine Befehle, in diese Geschichte aktiv einzugreifen – ich sollte nur beobachten. Professionell gesprochen, hätte ich Sie gar nicht retten sollen. Ich hätte nur beobachten und später mit Bedauern Admiral Naismith von Ihrem Sturz berichten sollen.«

»Wird er über Sie verärgert sein?« forschte Ethan nervös in einer plötzlichen paranoiden Vorstellung, wie ihr Admiral unnachgiebig befahl, das ursprüngliche Gleichgewicht wieder herzustellen und ihn Okita hinterherzuschicken.

»Nö. Er hat selbst auch unprofessionelle Momente. Schrecklich unpraktisch, das wird ihn eines Tages noch umbringen. Allerdings scheint er bisher in der Lage zu sein, durch bloße Willenskraft dafür zu sorgen, daß die Dinge richtig ausgehen.« Sie nahm den letzten Leckerbissen vom Teller, trank ihr Bier aus und stand auf. »Also. Als nächstes beobachte ich Millisor noch etwas eingehender. Falls er noch mehr Leute dabei hat, als ich bisher herausfinden konnte, dann sollte seine Suche nach Ihnen und Okita sie ans Licht bringen. Sie können sich hier verstecken. Verlassen Sie das Zimmer nicht.«

Wieder eingesperrt, wenn auch diesmal bequemer. »Aber was ist mit meinen Kleidern, meinem Gepäck, meinem Zimmer …« Seine Economy-Kabine wurde zwar nicht benutzt, ließ aber trotzdem seine Rechnung weiter wachsen. »Mit meiner Mission!«

»Sie dürfen sich auf keinen Fall Ihrem Zimmer nähern!« Sie seufzte. »Es sind doch acht Monate bis zu Ihrem Rückflug nach Athos, nicht wahr? Ich sage Ihnen was – Sie helfen mir bei meiner Mission, und dann helfe ich Ihnen bei der Ihren. Wenn Sie tun, was ich sage, dann könnten Sie sogar überleben und Ihre Mission erfüllen.«

»Immer unter der Annahme«, sagte Ethan, »daß

Ghem-Oberst Millisor nicht das Haus Bharaputra oder Admiral Naismith für Ihre Dienste überbietet.«

Mit einem Achselzucken zog sie ihre Jacke an, ein schweres Ding mit einer Menge Taschen, das viel mehr Schwung zu haben schien, als sich mit dem Gewicht des Stoffes erklären ließ. »In einem Punkt sollten Sie auf der Stelle Ihre Auffassungen korrigieren, Athosianer. Es gibt Dinge, die man mit Geld nicht kaufen kann.«

»Was denn, Söldnerin?«

Sie hielt an der Tür an. Obwohl ihre Augen Funken sprühten, verzogen sich ihre Lippen zu einem Lächeln. »Unprofessionelle Momente.«

Den ersten Tag seiner halbfreiwilligen Gefangenschaft verbrachte Ethan damit, die Erschöpfung, den Schrecken und die biochemischen Cocktails der vorhergehenden 24 Stunden auszuschlafen. Er erwachte nur einmal benommen, als Kommandantin Quinn auf Zehenspitzen das Zimmer verließ, versank aber gleich wieder im Schlaf. Als er viel später zum zweitenmal erwachte, fand er sie schlafend auf dem Boden ausgestreckt, in Uniformhose und Hemd gekleidet; ihre Jacke hing griffbereit in der Nähe. Als er ins Bad taumelte, öffneten sich ihre Augen zu Schlitzen, und ihr Blick folgte ihm.

Am zweiten Tag fand er heraus, daß Kommandantin Quinn ihn während der langen Stunden ihrer Abwesenheiten nicht einsperrte. Als er dies entdeckt hatte, stand er zwanzig Minuten unentschlossen im Korridor und versuchte ein rationales Programm für seine Freiheit zu entwickeln, ohne auf der Stelle von Millisor geschnappt zu werden, der inzwischen zweifellos die ganze Station auf der Suche nach ihm auf den Kopf stellte. Als ein Reinigungsroboter surrend um die Ecke kam, flitzte Ethan wieder ins Zimmer. Sein Herz pochte heftig. Vielleicht würde es nicht schaden, sich noch ein wenig länger von der Söldnerin beschützen zu lassen.

Am dritten Tag hatte er genug von seiner angeborenen Geisteshaltung zurückgewonnen, um sich ernstlich Sorgen über seine Zwangslage zu machen, verfügte allerdings noch nicht über genügend physische Energie, um etwas zu unternehmen. Verspätet begann er, anhand der Komkonsolenbibliothek sein Wissen über galaktische Geschichte zu erweitern.

Am Ende des nächsten Tages wurde er sich schmerzlich der Unzulänglichkeit einer kulturellen Unterrichtung bewußt, die aus zwei sehr allgemeinen Werken über galaktische Geschichte, einer Geschichte von Cetaganda und einem Fiction-Holovid mit dem Titel ›Der wilde Stern der Liebe‹ bestand; auf letzteres war er zufällig gestoßen und war zu verdutzt gewesen, um es abzuschalten. Ein Leben mit Frauen führte, wie es schien, nicht nur zu seltsamem Verhalten; es führte sogar zu sehr seltsamem Verhalten. Wie lang mochte es dauern, bis die Ausstrahlungen (oder was sonst es sein mochte) von Kommandantin Quinn ihn zu gleichem Verhalten anstifteten? Wenn er ihre Jacke aufreißen würde, um ihre Brusthypertrophie bloßzulegen, würde das wirklich dazu führen, daß sie auf ihn fixiert würde wie ein frisch ausgebrütetes Kücken auf die Glucke? Oder würde sie ihn mit ihrem Vibramesser zerfetzen, bevor die Hormone (oder was sonst es sein mochte) wirksam würden?

Er schauderte und verfluchte die Studienzeit, die er während der zweimonatigen Reise nach Station Kline aus Ängstlichkeit vergeudet hatte. Unschuld mochte ein Segen sein, aber Unwissenheit war ganz offensichtlich ein fatales Handicap; wenn schon seine Seele auf dem Altar der Notwendigkeit geopfert werden sollte, dann sollte, bei Gott dem Vater, Athos den vollen Gegenwert dafür bekommen. Er las weiter.

Bei seinem spirituellem Abstieg, entschied Ethan,

war das Gegenstück zum Nirwana die helle Aufregung, und am sechsten Tag hatte er sie erreicht.

»Was, zum Teufel, macht Millisor dort draußen?« wollte er von Kommandantin Quinn während einer ihrer kurzen Aufenthalte wissen.

»Er macht nicht soviel, wie ich gehofft hatte«, gab sie zu. Sie ließ sich auf ihren Stuhl fallen und drehte eine Locke aus ihrem dunklen Haar ständig um ihren Finger. »Er hat Sie oder Okita nicht bei den Stationsbehörden als vermißt gemeldet. Er hat keine verborgenen Personalreserven offenbart. Er hat keine Anstalten unternommen, die Station zu verlassen. Die Zeit, die er darauf verwendet, seine Tarnidentität aufrechtzuerhalten, deutet darauf hin, daß er sich für einen langen Aufenthalt eingräbt. Letzte Woche hatte ich gedacht, er warte nur auf den Rückflug von Athos, mit dem Sie kamen, aber jetzt wird deutlich, daß es da noch um etwas anderes geht. Etwas, das sogar noch wichtiger ist als ein Untergebener, der unerlaubt vom Dienst fernbleibt.«

Ethan ging im Zimmer auf und ab; seine Stimme wurde lauter. »Wie lange soll ich noch hier drinnen bleiben?«

Sie zuckte die Achseln. »Bis sich etwas entwickelt, nehme ich an.« Sie lächelte säuerlich. »Etwas könnte sich entwickeln, allerdings nicht für unsere Seite. Millisor, Rau und Setti haben selbst die Station durchsucht, wirklich unauffällig – sie kommen immer wieder zu diesem einen Korridor neben der Ökoabteilung zurück. Zuerst konnte ich mir nicht vorstellen, warum. Nun ja, Okitas Kleider hatten sich als frei von Wanzen erwiesen, aber sicherheitshalber habe ich sie an Admiral Naismith geschickt. Deshalb wußte ich, daß es nicht daran liegen konnte. Schließlich bekam ich die technischen Spezifikationen für diese Sektion in die Hände. Hinter dieser Korridorwand befinden sich die verdammten Fässer mit den Proteinkulturen. Ich glaube, daß in Okitas Körper vielleicht irgendein anorganischer Tracer eingepflanzt war, der nur auf einen Code reagiert. Irgendein armer Kerl wird sich in den nächsten Tagen bei seinem Hähnchen à la Kiew einen Zahn daran ausbeißen. Ich hoffe nur bei den Göttern, daß dies kein Transitreisender sein wird, der dann die Station verklagt... Soviel zum perfekten Verbrechen.« Sie seufzte tief. »Millisor hat es allerdings noch nicht herausbekommen – er ißt immer noch Fleisch.«

Ethan selbst hingen die ewigen Salate schon zum Hals heraus. Und dieses Zimmer und die Spannung, die Unentschlossenheit und die Hilflosigkeit. Und Kommandantin Quinn und die beiläufige Art, mit der sie ihn herumkommandierte.

»Ich habe nur Ihre bloße Aussage dafür, daß die Stationsbehörden mir nicht helfen können«, brach es plötzlich aus ihm heraus. »*Ich* habe Okita nicht erschossen. *Ich* habe überhaupt nichts getan! Ich habe nicht einmal einen Streit mit Millisor – Sie sind es, die mit ihm einen privaten Krieg zu führen scheinen. Er hätte mich von Anfang an nie für einen Geheimagenten gehalten, wenn Rau nicht Ihre Wanze gefunden hätte. Sie sind es, die mich immer tiefer und tiefer in die Sache verwickelt, um Ihrer Spionage zu dienen.«

»Er hätte Sie auf jeden Fall geschnappt«, bemerkte sie.

»Ja, aber alles, was ich hätte tun müssen, wäre gewesen, Millisor zu überzeugen, daß Athos sein Zeug nicht hat. Sein Verhör hätte das erzielt, wenn Ihre Einmischung nicht seinen Verdacht erregt hätte. Zum Teufel, er könnte ruhig kommen und unsere Reproduktionszentren inspizieren, wenn er will.«

Sie hob die Augenbrauen, ein Mienenspiel, das Ethan zunehmend irritierte. »Glauben Sie wirklich, Sie könnten das mit ihm aushandeln? Da würde ich persönlich lieber einen neuen Pestbazillus einschleppen.«

»Wenigstens ist er ein Mann«, versetzte Ethan.

Sie lachte. Ethans Stimmung erreichte den Siedepunkt. »Wie lange werden Sie mich hier eingesperrt halten?« wollte er erneut wissen.

Sie hielt abrupt inne. Ihre Augen weiteten, verengten sich. Ihr Lächeln verschwand. »Sie sind nicht eingesperrt«, bemerkte sie sanft. »Sie können jederzeit gehen. Natürlich auf eigene Gefahr. Ich werde zwar traurig sein, aber ich werde es überleben.«

Er verlangsamte sein hektisches Hin- und Hergehen. »Sie bluffen. Sie können mich nicht gehen lassen. Ich habe zuviel mitbekommen.«

Sie nahm die Füße vom Tisch herunter und hörte auf, ihre Haare zu drehen. Sie starrte ihn mit einer unbehaglichen Ausdruckslosigkeit an, wie jemand, der einen biologischen Probeschnitt für das Mikroskopieren vorbereitet und gerade berechnet, wie schmal die Probe sein muß, damit sie auf den Objektträger paßt. Als sie wieder sprach, knirschte ihre Stimme wie Kies: »Ich möchte sagen, Sie haben verdammt wenig mitbekommen.«

»Sie wollen nicht, daß ich den Stationsbehörden von Okita erzähle, nicht wahr? Damit haben Sie bei Ihren eigenen Leuten den Hals in der Schlinge …«

»Oh, meinen Hals wohl kaum. Die würden natürlich einen Wahnsinnsanfall bekommen, wenn sie herausfänden, was wir mit der Leiche angestellt haben – wobei Sie, wie ich hinweisen darf, ein williger Komplize waren. Kontaminierung ist eine viel ernstere Anklage hier als bloßer Mord. Fast so schlimm wie Brandstiftung.«

»So? Was kann man mir antun, mich deportieren? Das wäre keine Strafe, das wäre eine *Belohnung*!«

Ihre Augen verengten sich zu Schlitzen und verbargen ihr zunehmendes Funkeln. »Wenn Sie gehen, Mann von Athos, dann erwarten Sie nicht, daß Sie dann später jammernd wieder zu mir zurückkommen können, um Schutz zu suchen. Ich habe keine Verwendung für Feiglinge, Verräter – oder Schwule.«

Er nahm an, sie wolle ihn beschimpfen. Und so reagierte er auch. »Nun, ich habe keine Verwendung für eine hinterhältige, verschlagene, arrogante, anmaßende – *Frau*!« sprudelte er heraus.

Sie schürzte die Lippen und wies mit der Hand in einer stummen Aufforderung zur Tür. Ethan erkannte, daß er gerade das letzte Wort gehabt hatte. Sein Kreditbrief war in seiner Tasche, seine Schuhe waren an den Füßen. Mit zitternden Nasenflügeln und hocherhobenem Kopf marschierte er zur Tür hinaus. Sein Rücken kribbelte in Erwartung eines Betäuberstrahls oder von noch Schlimmerem. Doch nichts geschah.

Es war sehr, sehr still im Korridor, als sich die luftdichten Türen geschlossen hatten. War das letzte Wort wirklich das gewesen, was er gewollt hatte? Und doch – eher wollte er Millisor, Rau und Okitas Geist gegenübertreten, als zurück in sein Gefängnis kriechen und sich bei Quinn entschuldigen.

Entschlossenheit. Entscheidung. Aktion. Das war die Art, Probleme zu lösen. Nicht Davonrennen und Verstecken. Er würde Millisor aufsuchen und ihm von Angesicht zu Angesicht gegenübertreten. Er stapfte den Korridor hinab.

Als er den Promenadenausgang der Unterkunft erreicht hatte, ging er wieder normal und hatte seinen Plan zu der vernünftigeren Version abgewandelt, Millisor aus der sicheren Distanz einer öffentlichen Komkonsole anzurufen. Er würde selbst listig sein. Er würde sich nicht seiner eigenen Herberge nähern. Wenn notwendig, würde er vielleicht sogar seine eigenen Habseligkeiten zurücklassen und im letzten Augenblick vor dem Start ein Ticket für einen Flug fort von Station Kline kaufen – nach Kolonie Beta? – und so der ganzen Bande verrückter Geheimagenten entfliehen. Sobald er dann nach Station Kline zurückkäme, würden sie einander vielleicht schon in einen anderen Teil der Galaxis gejagt haben.

Er entfernte sich einige Ebenen von Quinns Unterkunft und fand eine Komkonsolenkabine.

»Ich möchte einen Transitreisenden kontaktieren, Ghem-Oberst Luyst Millisor«, sagte er dem Computer. Er buchstabierte den Namen sorgfältig. Seine Stimme zitterte kaum, wie er mit Befriedigung feststellte.

Keine Person dieses Namens auf Station Kline registriert, leuchtete es auf dem Holoschirm.

»Hm... Hat er die Station verlassen?« War er weg, und Kommandantin Quinn hatte ihn die ganze Zeit festgehalten...?

Keine Person dieses Namens während der letzten 12 Monate auf Station Kline registriert, verkündete der Holoscreen munter.

»Hm, hm – wie steht es mit einem Hauptmann Rau?«

Keine Person dieses Namens...

»Setti?«

Keine Person dieses Namens...

Um ein Haar hätte er Okita erwähnt. Er hielt verdutzt inne. Da ging ihm ein Licht auf: Millisor war der wirkliche Name des Mannes. Aber hier auf Station Kline benutzte er zweifellos einen Decknamen, mit entsprechenden gefälschten Ausweispapieren. Ethan hatte nicht die geringste Ahnung, wie der Deckname lauten könnte. Sackgasse.

Nicht wissend, was er tun solle, wanderte er die Promenade hinab. Er könnte einfach, überlegte er, in sein Zimmer zurückkehren und Millisor *ihn* finden lassen, aber ob er dabei eine Chance zum Verhandeln erhielte oder überhaupt ein Wort herausbekäme, bevor Okitas rachelüsterne Kameraden ihm die Kehle durchschnitten, war sehr fraglich.

Er war so mit sich selbst beschäftigt, daß ihm die vielen unterschiedlichen Passanten kaum auffielen, aber zwei Gesichter, die sich ihm näherten, waren ungewöhnlich. Die beiden schlicht gekleideten Männer von durchschnittlicher Körpergröße trugen leuchtende Muster auf ihre Gesichter gemalt, die ihre Haut völlig verdeckten. Dunkelrot war die Grundfarbe des einen, unterbrochen von Orange, Schwarz, Weiß und Grün in einem komplizierten Muster, das offensichtlich eine Bedeutung hatte. Der andere war hauptsächlich leuchtend blau, mit gelben, weißen und schwarzen Wirbeln, die Augen, Nase und Mund umrahmten und sich wiederholten. Sie waren in ein Gespräch miteinander vertieft. Ethan starrte sie verstohlen an, fasziniert und erfreut.

Erst, als sie Schulter an Schulter an ihm vorübergingen, erkannte Ethan die Gesichtszüge unter der Bemalung. Plötzlich erkannte er, daß er aufgrund seiner kürzlichen Lektüre wußte, was die Gesichtsbemalung bedeutete. Das waren Rangabzeichen cetagandischer Ghem-Lords.

Hauptmann Rau blickte im selben Moment auf, direkt in Ethans Gesicht. Raus Mund öffnete sich, seine Augen weiteten sich unter der blauen Maske, seine Hand griff schnell nach einer Tasche an seinem Gürtel. Eine Sekunde lang war Ethan bestürzt, wie gelähmt, dann rannte er los.

Hinter ihm erscholl ein Ruf. Ein scheußlicher *Nervendisruptor*-Schuß knisterte an seinem Kopf vorbei. Ethan blickte über die Schulter zurück. Rau hatte ihn anscheinend nur deshalb verfehlt, weil Millisor die tödliche Waffe nach oben geschlagen hatte. Sie schrien sich gegenseitig an, noch während sie die Verfolgung aufnahmen. Jetzt erinnerte sich Ethan deutlich daran, wie schrecklich die Cetagandaner sein konnten.

Mit dem Kopf voran sprang er in ein aufwärts führendes Liftrohr und schwamm so hektisch wie ein Lachs durch das schwache Feld des Rohrs, Hand über

Hand an den Haltegriffen nach oben. Die aufwärts fahrenden Passanten, die er anrempelte, schimpften empört.

Er stieg auf einer anderen Ebene aus, lief, nahm einen anderen Lift, wechselte wieder und wieder, mit vielen panischen Blicken nach hinten. Hier durch einen von Menschen wimmelnden Laden, dort durch eine menschenleere Bauzone – ZUTRITT NUR FÜR BEFUGTE – Drehung, Wende, Hakenschlagen, Sprung. Irgendwo verließ er den Transitbereich. Vorrichtungen an den Wänden, neben denen im Touristenghetto lange Listen von Instruktionen und Verboten hingen, waren hier nahezu unbezeichnet.

In einer Gerätekammer ging er schließlich zu Boden und blieb um Atem ringend liegen. Er schien seine Verfolger abgeschüttelt zu haben. Aber er hatte sich auf jeden Fall verirrt.

KAPITEL 7

Als er wieder bei Atem war und sein Herz zu pochen aufgehört hatte, saß Ethan eine Stunde lang da und machte sich Selbstvorwürfe. Wie, wegzurennen und sich zu verstecken waren also keine Art, Probleme zu lösen? Jede Aktion war besser, als in Quinns zellenähnlichem Hotelzimmer zu verrotten? Er dachte niedergeschlagen darüber nach, wie schnell doch der Blitz und das Knistern aus der silbrigen, glockenförmigen Mündung eines Nervendisruptors einen dazu veranlassen konnte, seine moralische Stellung neu zu bewerten. Er starrte in die Dunkelheit der Kammer. Quinns Gefängnis hatte zumindest ein Bad gehabt.

Jetzt würde er zu den Stationsbehörden gehen müssen. Er konnte nicht wieder zu Quinn gehen, das hatte sie deutlich gemacht, und er hatte nicht mehr die Illusion, daß er fähig wäre, mit den verrückten Cetagandanern einen Separatfrieden zu schließen. Er schlug seinen Kopf ein paarmal sanft gegen die Wand, als Zeichen seiner Selbsteinschätzung, erhob sich aus seiner Hocke und begann sein Versteck zu durchsuchen.

Ein Wandschrank voller Arbeitsoveralls für Stationsbewohner erinnerte ihn plötzlich an seine eigene Planetarierkleidung. Darauf folgte ein weiterer, schrecklicherer Gedanke: Hatte Quinn ihm eine weitere Wanze untergejubelt? Sie hatte sicherlich genügend Gelegenheiten dazu gehabt. Er zog sich bis auf die Haut aus und tauschte seine athosianischen Kleider gegen einen roten Overall und Stiefel aus, die nur ein bißchen zu groß waren. Die Stiefel scheuerten an seinen Füßen, aber er wagte nicht einmal, seine Socken anzubehalten. Er brauchte die Verkleidung ja nur lange genug, um sich zum nächsten Sicherheitsposten der Station zu schleichen – das heißt, herauszufinden, wo der Posten sich befand, und sich dann hinzuschleichen. Er beging jetzt keinen Diebstahl, denn er würde ja den Overall bei der ersten Gelegenheit zurückgeben.

Er schlüpfte aus der Kammer und wandte sich nach links, den Korridor hinab; dabei versuchte er, den wiegenden, entschlossenen Gang eines Stationsbewohners nachzuahmen, während er sich die Nummer der Kammer ins Gedächtnis einprägte, damit er später seine Kleider wiederfinden konnte. Er kam an zwei Frauen in blauen Overalls vorbei, die auf einer beladenen Palette schwebten, aber sie waren offensichtlich in Eile. Ethan konnte sich nicht aufraffen, sie anzuhalten und nach dem Weg zu fragen. Ein Stationsbewohner, und für einen solchen gab ihn seine rote Kleidung aus, hätte den Weg gewußt. Seine Frage wäre ihnen gewiß auch ohne seinen Akzent seltsam erschienen.

Seine ursprüngliche Annahme, wenn er nicht wüßte, wo er sich befand, dann würden es seine Verfolger auch nicht wissen, begann er gerade ernsthaft in Frage zu stellen, als ein Schrei, ein dumpfer Schlag und ein klirrendes Krachen seine Aufmerksamkeit auf den nächsten Querkorridor lenkten. Zwei Schwebepaletten waren kollidiert. Schreie und Flüche mischten sich mit dem Geklapper von Plastikschachteln, die von einer Palette stürzten, und darauf ein ohrenbetäubendes, kreischendes Gezwitscher. Gelbe Federkugeln flogen aus einer zu Boden gefallenen Schachtel in die Luft, sausten umher, wichen der Wand aus oder prallten von ihr ab.

Eine Frau schrie: »Die Gravitation! Die Gravitation!« Ethan erkannte jäh die Stimme. Es war die knochige Ökotechnikerin in der grün-blauen Uniform, Helda, von der Assimilationsstation. Sie blickte ihn wütend an, mit scharlachrotem Gesicht. »Die Gravitation! Wach auf, du Trottel, sie entkommen!« Sie krabbelte unter den Schachteln hervor und taumelte keuchend auf ihn zu.

Während Ethan noch mit seinem Gewissen rang, ob er sein Inkognito lüften und medizinische Hilfe anbieten sollte – die anderen drei beteiligten Personen schienen sich alle zu bewegen, setzten sich auf und beschwerten sich in gesunder Lautstärke –, riß Helda einen Deckel in der Wand neben Ethans Kopf auf und drehte an einem Rheostaten. Die verzweifelt flatternden Singvögel schlugen vergeblich mit den Flügeln, während sie an das Deck gesaugt wurden. Ethans Knie gaben fast nach, als sich sein Gewicht mehr als verdoppelte. Er bemerkte, daß er und die Ökotechnikern sich gegenseitig stützten.

»O ihr Götter, Sie schon wieder«, knurrte Helda. »Das hätte ich wissen müssen. Sind Sie im Dienst?«

»Nein«, quiekte Ethan.

»Gut. Dann können Sie mir helfen, diese verdammten Vögel aufzusammeln, bevor sie auf der ganzen Station Toxoplasmose verbreiten.«

Ethan erinnerte sich an die Krankheit, eine schwach ansteckende, langsame subvirale Lebensform, die die RNA angreift, und er fiel bereitwillig auf Hände und Knie, um hinter ihr herzukriechen und die ungefähr ein Dutzend hysterischen Vögel aufzuklauben, die von ihrem eigenen Gewicht an den Boden gepreßt wurden. Erst als der letzte Vogel wieder in seine Schachtel gesteckt und der Deckel mit dem Gürtel der Ökotechnikerin festgebunden war, schenkte sie den sich bitterlich beklagenden menschlichen Unfallopfern Aufmerksamkeit; die lagen flach auf dem Deck und keuchten um Atem. Als sie die Gravitationsschaltung wieder auf den Standardwert drehte, kam es Ethan vor, als könnte er abheben und selbst fliegen, so groß war seine Erleichterung.

Eines der Opfer, das sich jetzt unsicher aufsetzte, trug eine piniengrün-blaue Uniform wie Helda. Aus einem Schnitt auf seiner Stirn rann Blut über das Gesicht des Mannes. Nach einem Blick schätzte Ethan die

Verletzung als auffällig, aber oberflächlich ein. Sauberer Druck oberhalb der Wunde – nicht von seinen Händen, denn er hatte ja die Vögel angefaßt – würde sie im Nu versorgen. Die beiden bleichen Teenager von der anderen Palette, der eine männlich, der andere weiblich, wie Ethans inzwischen geübtes Auge sofort erkannte, umklammerten einander und starrten erschrocken auf das Blut, offensichtlich unter dem Eindruck, sie hätten den Mann beinahe getötet.

Ethan, der seine Hände zu losen Fäusten geballt hielt, um sich daran zu erinnern nichts zu berühren, wies in einem etwas barschen Ton der Autorität den erschrockenen Jungen an, einen Stoffbausch zu machen und die Blutung zu stoppen. Das Mädchen jammerte, sein Handgelenk sei gebrochen, aber Ethan hätte betanische Dollars gewettet, daß es nur verstaucht war. Helda, die ihre Hände genauso wie Ethan hielt, öffnete mit dem Ellbogen einen Kommunikator in der Wand und forderte Hilfe an. Höchste Priorität hatte für sie ein Dekontaminierungsteam aus ihrer eigenen Abteilung, danach wandte sie sich an den Sicherheitsdienst der Station, und erst an dritter Stelle kam ein Medtech für die Verwundeten dran.

Ethan stieß erleichtert den Atem aus. Welche glückliche Wende der Dinge! Statt daß er nach dem Sicherheitsdienst der Station suchen mußte, würde der Sicherheitsdienst zu ihm kommen. Er konnte sich der Gnade der Sicherheitsleute anvertrauen und war gleichzeitig nicht mehr im Gewirr der Station verloren.

Das Dekontaminierungsteam kam als erstes an. Luftdichte Türen sperrten den Bereich ab, und das Team begann, Wände, Böden, Decken und Lüftungslöcher mit Sonic-Schrubbern, Röntgensterilisatoren und starken Desinfektionsmitteln zu behandeln.

»Du mußt mit den Sicherheitsleuten reden, Teki«, wies Helda ihren Assistenten an, als sie die geschlossene Passagierpalette bestieg, die das Dekontaminierungsteam mitgebracht hatte. »Sorge dafür, daß die beiden hier ganz gehörig den Kopf gewaschen bekommen für ihre Spritztour.«

Die beiden Teenager wurden noch bleicher, und es beruhigte sie nur wenig, als Teki ihnen mit verstohlenem Kopfschütteln ein Zeichen gab.

»Los, kommen Sie mit!« fuhr Helda Ethan an.

»Was? Ah...« Einsilbige Knurrlaute mochten zwar seinen Akzent verbergen, eigneten sich aber kaum, um anderen Informationen zu entlocken. Also wagte Ethan zu fragen: »Wohin?«

»In die Quarantäne, natürlich.«

Quarantäne? *Für wie lange?* Er mußte die Worte laut ausgesprochen haben, denn der Mann vom Dekon-Team, der ihn zu der Schwebepalette scheuchte, sagte besänftigend: »Wir werden Sie bloß abschrubben und Ihnen eine Spritze geben. Wenn Sie eine Verabredung mit Ihrer Liebsten haben, können Sie sie von hier aus anrufen. Wir werden Ihre Entschuldigung bestätigen.«

Ethan wollte den Mann über sein fürchterliches Mißverständnis aufklären, aber die Anwesenheit der Ökotechnikerin hemmte ihn. Er ließ sich in die Palette drängen und setzte sich mit einem starren Lächeln der Frau gegenüber.

Das Verdeck wurde geschlossen und verriegelt und ließ kein Geräusch von draußen mehr durch. Ethan preßte sein Gesicht sehnsüchtig an die durchsichtige Fläche, als die Palette sich hob und an den beiden Sicherheitsleuten vorbeischwebte, die gerade in ihren orangefarbenen und schwarzen Uniformen eintrafen. Er bezweifelte, daß sie ihn hören könnten, wenn er schrie.

»Berühren Sie Ihr Gesicht nicht«, erinnerte ihn Helda zerstreut und warf einen letzten Blick auf den Unfallort. Dort schien jetzt alles unter Kontrolle zu sein; das Dekon-Team hatte die Schwebepalette mit den Vögeln übernommen und die luftdichten Türen wieder geöffnet.

Ethan zeigte Helda seine Fäuste, um ihr zu bedeuten, daß er sie verstanden hatte.

»Sie scheinen die Steriltechnik kapiert zu haben«, räumte Helda widerwillig ein, während sie sich zurücklehnte und ihn finster anblickte. »Eine Zeitlang habe ich gedacht, für Docks und Schleusen würden jetzt die geistig Behinderten angeheuert.«

Ethan zuckte die Achseln. Es herrschte Schweigen. Das Schweigen dauerte an. Er räusperte sich. »Um was ging's da?« fragte er schroff und deutete mit einem Ruck seines Kinns zurück zur Unfallstelle.

»Ein paar dumme Kinder haben mit einer Schwebepalette Sternenkrieger gespielt. Ihre Eltern werden von mir was zu hören bekommen. Wenn man Geschwindigkeit wünscht, dann soll man ein Bubblecar nehmen. Schwebepaletten sind für die Arbeit da. Oder meinen Sie die Vögel?«

»Die Vögel.«

»Beschlagnahmte Fracht. Sie hätten hören sollen, wie der Frachterkapitän zeterte, als wir sie sicherstellten. Als ob er ein Bürgerrecht hätte, in der ganzen Galaxis Krankheiten zu verbreiten. Obwohl, es hätte auch schlimmer sein können.« Sie seufzte. »Es hätten wieder Mastbullen sein können.«

»Mastbullen?« krächzte Ethan.

Sie schnaubte. »Eine ganze verdammte Herde lebender Mastbullen, die irgendwohin zur Zucht transportiert wurden. Die wimmelten nur so von Mikroparasiten. Ich mußte sie in Hälften schneiden, damit sie in den Entsorger paßten. Die schlimmste Schweinerei, die man je gesehen hat. *Die* haben wir bis in ihre Atome zerlegt, da können Sie Gift drauf nehmen. Die Eigentümer haben die Station verklagt.« Ihre Augen funkelten. »Sie haben verloren.« Einen Moment später fügte sie hinzu: »Ich hasse Schweinereien.«

Ethan zuckte wieder die Achseln und hoffte, sie würde diese Geste als Ausdruck des Mitgefühls deuten. Abgesehen von Millisor war diese erschreckende Frau der letzte Mensch auf der Station, dem er sich hätte offenbaren wollen. Er hoffte inständig, daß die Ökoabteilung sich nicht erkrankter Transitreisender auf die gleiche rücksichtslose Art entledigte.

»Hat Docks und Schleusen schon diesen Müllhaufen in Bucht 13 weggeräumt?« erkundigte sie sich plötzlich.

»Öh ... ah ...« Ethan räusperte sich.

Sie runzelte die Stirn. »*Was* ist mit Ihnen los? Sind Sie erkältet?«

Ethan hätte nicht gewagt zuzugeben, daß er Viren beherbergte. »Habe gestern meine Stimme überanstrengt«, murmelte er.

»Oh.« Sie lehnte sich zurück wie ein enttäuschter Hühnerhund. Da jetzt der Monolog offiziell ihre Sache war, schaute sie sich nach einem anderen Gesprächsthema um. »Also, *das* ist ja ein ekelhafter Anblick.« Sie machte mit ihrem Daumen ein Zeichen zur Seite; Ethan sah nichts als ein paar Stationsbewohner, die vorübergingen. »Man wundert sich, wie jemand es aushält, sich so gehenzulassen.«

»Was?« murmelte Ethan völlig verwirrt.

»Dieses dicke Mädchen.«

Ethan blickte über die Schulter zurück. Die Korpulenz, um die es da ging, war klinisch so gering, daß sie für sein Auge kaum sichtbar war, wenn man noch die zusätzliche Polsterung des weiblichen Körperbaus in Betracht zog.

»Die Biochemie«, schlug Ethan versöhnlich vor.

»Ha! Das ist nur eine Ausrede für den Mangel an Selbstdisziplin. Wahrscheinlich verschlingt sie nachts importierte planetarische Delikatessen.« Helda grübelte einen Augenblick lang. »Widerliches Zeug. Man weiß gar nicht, *woher* es stammt. Also, *ich* würde nie etwas anderes essen als sauberes Magerfleisch aus den Fässern und Salate – auch keine von diesen fettreichen, klebrigen Soßen …« Eine längere Erörterung ihrer Diät und Verdauung füllte die Zeit reichlich, bis die Schwebepalette an ihrem Ziel anhielt.

Ethan wartete, bis Helda ausgestiegen war, dann erhob er sich aus dem hintersten Winkel seines Sitzplatzes und streckte vorsichtig den Kopf hinaus.

Im Quarantänebereich herrschte ein krankenhausähnlicher Geruch, der in Ethan Heimweh nach Sevarin weckte. Ein quälender Klumpen stieg in seinem Hals auf; er schluckte ihn wieder hinunter.

»In diese Richtung, Sir.« Ein männlicher Ökotechniker in steriler Schutzkleidung gab ihm ein Zeichen, weiterzugehen. Ein paar weitere Techniker machten sich auf der Stelle mit Röntgensterilisatoren an die Passagierpalette heran. Ethan wurde in einen Korridor gewiesen, der von der Entladezone in eine Art Umkleideraum führte. Der Techniker in Schutzkleidung folgte ihm und wischte mit einem Sonic-Schrubber über seine unsichtbaren septischen Fußspuren.

Der Techniker gab Ethan eine kurze, genaue Anleitung, wie er die Dekontaminierungsdusche zu nehmen habe, und entfernte sich mit Ethans rotem Overall und den Stiefeln. »Keine Unterwäsche? Also, Leute gibt's!«

Ethans Ausweiskarte und Kreditbrief befanden sich in der Tasche des roten Overalls. Um ein Haar hätte er aufgeschrien. Aber er konnte es nicht ändern. Er duschte gründlich, trocknete sich ab, kratzte schließlich seine juckende Nase und wartete dann nackt und allein in der Kammer, sehr lange Zeit, wie ihm schien. Er erwog gerade das Für und Wider, splitternackt zurück durch die Korridore zu rennen, als der Techniker in Schutzkleidung zurückkehrte.

»Hallo.« Der Techniker ließ den gefalteten Overall und die Stiefel auf eine Bank fallen, drückte ein Hypospray gegen Ethans Arm und sagte: »Schauen Sie auf dem Weg nach draußen im Büro vorbei. In der anderen Richtung«, und dann ging er davon. »Ade.«

Ethan klopfte auf die Kleider. Seine Brieftasche war noch oder auf jeden Fall wieder in der Tasche. Er seufzte erleichtert, kleidete sich an, straffte die Schultern als Vorbereitung auf sein volles Geständnis und ging dann, auf den vagen Hinweis des Technikers hin, in die dem Eingang entgegengesetzte Richtung.

Er dachte gerade, er hätte sich wieder verlaufen, als er eine offene Tür sah und dahinter einen Raum mit einem besetzten Computerterminal. Der junge Mann von der Palette mit den Vögeln, Teki, traf gleichzeitig mit Ethan am Eingang ein. Er war jetzt bleich im Gesicht und trug einen weißen Plastikverband um die Stirn. Er hielt ziemlich atemlos an und ließ Ethan mit einem freundlichen Nicken zuerst eintreten. Die knochige Helda stand drinnen mit verschränkten Armen am Tresen und klopfte nervös mit dem Fuß.

Sie fixierte Teki mit einem kalten Blick. »Jetzt ist es aber Zeit, daß du dich von der Komkonsole getrennt hast. Ich dachte, ich hätte dir gesagt, du solltest deiner Freundin sagen, daß sie dich nicht während der Arbeit anruft.«

»Es war nicht Sara«, sagte Teki rechtschaffen. »Es war eine Verwandte. Mit einer *dienstlichen* Mitteilung.« Um Heldas Aufmerksamkeit bewußt abzulenken, wies er sie auf Ethan hin. »Schau mal, hier ist unser Helfer.«

Ethan schluckte und trat an die beiden heran. Er überlegte, wie er anfangen sollte, und wünschte sich, die Frau wäre nicht da.

»Okay«, sagte der Mann in der grün-blauen Uniform, der am Computerterminal saß. »Geben Sie mir bitte Ihre Karte.« Er hielt Ethan seine Hand hin.

Ethan vermutete, der Mann wolle einen Standardausweis für Stationsbewohner sehen. Er holte tief Luft, raffte sich auf und blickte die finster dreinschauende Frau an. Sein Geständnis wurde zu: »Öh … ah … hab sie nicht bei mir …«

Sie schaute noch finsterer. »Sie sollen Sie doch immer bei sich haben, Docks-und-Schleusen.«

»Nicht im Dienst«, brachte Ethan verzweifelt vor. »Mein anderer Overall.« Wenn er nur dieser schrecklichen Frau entkommen könnte, dann würde er direkt zum Sicherheitsdienst gehen …

Sie holte Luft.

Teki mischte sich ein. »Oh, komm schon, Helda, gib dem Burschen doch eine Chance. Er hat uns doch bei diesen verdammten Vögeln geholfen.« Er zwinkerte Ethan zu, nahm ihn am Arm und schleppte ihn zum anderen Ausgang des Raums. »Gehen Sie einfach und holen Sie sie, in Ordnung?«

Die Frau sagte: »Na, hör mal«, doch der Mann am Computer nickte.

»Kümmern Sie sich nicht um Helda«, flüsterte der junge Mann Ethan zu, während er ihn durch die innere Tür schob. Dann ging es durch eine Schleuse mit UV-Strahlung und Luftfiltern, und schließlich durch eine letzte luftdichte Tür nach draußen. »Sie treibt alle zum Wahnsinn. Ihre dicke Tochter ist auf einen Planeten ausgewandert, bloß um von ihr wegzukommen. Vermutlich hat sie sich nicht einmal für die Hilfe bedankt?«

Ethan schüttelte den Kopf.

»Nun, *ich* danke Ihnen.« Er nickte fröhlich; dann schlossen sich die luftdichten Türen zischend vor seinem Lächeln.

»Hilfe«, sagte Ethan leise. Er drehte sich um. Er befand sich in einem weiteren Standardkorridor, der genauso aussah wie tausend andere. In seelischer Qual kniff er kurz seine Augen zusammen, dann seufzte er und ging los.

Zwei Stunden später ging er immer noch; sicher lief er im Kreis. Die Posten des Stationssicherheitsdienstes, die im Transitbereich häufig und deutlich sichtbar waren, verschwanden hier in den eigenen Bereichen der Stationsbewohner. Oder vielleicht waren sie nur, wie die Vorrichtungen an der Wand, unauffällig gekennzeichnet, und er ging direkt an ihnen vorbei. Ethan fluchte leise, als an einem Fuß wieder eine Blase aufplatzte, die durch das Scheuern seiner schlecht passenden Stiefel entstanden war.

Als er in einen Querkorridor hineinblickte, erschrak er freudig: Das Zeug an den Wänden hatte wieder Aufkleber neben sich, Listen und Schlösser. Er schlug diesen Weg ein. Noch ein paar Kreuzungen, eine weitere Tür, und er fand sich auf einer öffentlichen Promenade wieder. Nicht weit entfernt schimmerte neben einem Brunnen eine Orientierungstafel.

»Hier bist du also«, murmelte er und suchte den Weg durch das Holovid. Buntes Licht leckte über seinen Finger. Da, nächster Sicherheitsposten: er blickte auf und verglich das Zeichen auf dem Plan mit einer verspiegelten Kabine auf dem Balkon am hintersten Ende der Promenade. Direkt eine Ebene unter dieser Promenade war seine eigene Herberge. Quinns Hotel war ein bißchen weiter weg, zwei Ebenen höher. Er überlegte ängstlich, wo das Zimmer war, in dem die Cetagandaner ihn verhört hatten. Sicherlich nicht weit genug weg. Er raffte sich auf und humpelte die Promenade hinauf, wobei er aus den Augenwinkeln nach Männern mit leuchtender Gesichtsbemalung und Frauen in schneidigen grau-weißen Uniformen Ausschau hielt.

STATION KLINE – SICHERHEITSDIENST leuchtete über der Kabine. Die Verspiegelung war nur äußerlich. Von innen hatte man einen schönen Überblick über die Promenade, wie Ethan bemerkte, als er die Kabine betrat. Reihen von Monitoren und Kommunikatoren füllten den kleinen Raum. Eine Sicherheitsperson saß da, mit hochgelegten Füßen, aß irgendwelche kleinen gebratenen Leckerbissen aus einem Beutel und blickte lässig auf das bunte Treiben drunten in der Halle.

Eine Sicherheits*frau,* korrigierte sich Ethan mit einem stummen Aufstöhnen. Jung und dunkelhaarig, erinnerte sie in ihrer orangefarbenen-schwarzen quasimilitärischen Uniform entfernt an Kommandantin Quinn.

Er räusperte sich. »Hm, verzeihen Sie ... Sind Sie im Dienst?«

Sie lächelte. »Leider ja. Von dem Augenblick an, wo ich diese Uniform anziehe, bis zu dem Moment, wo ich sie am Ende meiner Schicht wieder ablege, und außerdem immer, wenn sie mich anpiepsen. Aber ich habe um 24 Uhr frei«, fügte sie ermunternd hinzu. »Wie wäre es mit einem Molch-Nugget?«

»Ach, nein – nein, danke«, erwiderte Ethan nervös und lächelte unsicher. Ihr Lächeln wurde zu einem Strahlen. Er nahm einen neuen Anlauf. »Haben Sie davon gehört, daß heute vormittag ein Kerl auf einer der Promenaden einen Nervendisruptor abgefeuert hat?«

»Ihr Götter, ja! Tratscht man bei Docks und Schleusen schon darüber?«

»Oh ...« Ethan erkannte, woher die Zusammenhanglosigkeit dieses Gespräches rührte: der rote Overall führte sie in die Irre. »Ich bin kein Stationsbewohner.«

»Das erkenne ich an Ihrem Akzent«, stimmte sie freundlich zu. Sie setzte sich auf und legte ihr Kinn auf seine Hand. »Sie verdienen sich als Wanderarbeiter Ihre Reise durch die Galaxis, nicht wahr? Oder sind Sie hier gestrandet?«

»Hm, keins von beiden ...« Ethan lächelte weiter, da sie es auch tat. War dies irgendeine Form von Austausch zwischen den Geschlechtern, die man voneinander erwartete? Weder Quinn noch die Ökotechnikerin hatten so intensives Mienenspiel benutzt, aber

Quinn hatte zugegeben, untypisch zu sein, und die Ökotechnikerin war bestimmt verrückt. Sein Mund begann vor Lächeln zu schmerzen. »Aber was diese Schießerei angeht …«

»Oh, haben Sie mit irgend jemandem gesprochen, der dort war?« Ihr Strahlen ließ etwas nach, und sie setzte sich etwas wachsamer auf. »Wir suchen noch mehr Zeugen.«

Bei Ethan gewann jetzt die Vorsicht die Oberhand. »Hm – warum?«

»Es geht um die Anzeige. Natürlich behauptet der Kerl, er hätte aus Versehen gefeuert, als er seinem Freund seine Waffe vorführen wollte. Aber der Informant, der den Vorfall meldete, behauptet, daß der Kerl auf einen Mann geschossen hat, der wegrannte. Nun ja, der Informant ist verschwunden, und der Rest der sogenannten Zeugen ist der übliche Haufen – haben allerhand Dramatisches zu erzählen, aber wenn man sie festnagelt, dann stellt sich immer heraus, daß sie genau in dem Moment, als der Disruptor losging, in die andere Richtung geschaut oder ihren Stiefel zugemacht oder sonstwas haben.« Sie seufzte. »Nun, wenn bewiesen wird, daß der Kerl mit dem Disruptor *auf* jemanden gefeuert hat, dann wird er deportiert, aber wenn es ein Unfall war, dann können wir nur die illegale Waffe konfiszieren, ihm eine Geldstrafe aufbrummen und dann gehen lassen. Was wir nach weiteren 12 Stunden werden machen müssen, falls der Vorsatz der Schädigung nicht bewiesen werden kann.«

Rau in Haft? Ethan lächelte selig. »Wie steht es mit seinem Freund?«

»Der bürgt für ihn, natürlich. Er hat sich als sauber erwiesen, deshalb konnten wir gegen *ihn* nichts unternehmen.«

Wenn er die Sicherheitsfrau richtig verstand, dann war Millisor auf freiem Fuß. Ethans Lächeln erlosch. Und Setti auch, den Ethan nie gesehen hatte und deshalb nicht erkennen würde, selbst wenn er ihm direkt in die Arme liefe. Ethan holte tief Atem. »Ich heiße Urquhart.«

»Ich heiße Lara«, sagte die Sicherheitsfrau.

»Das ist hübsch«, sagte Ethan automatisch, »aber ...«

»Das war der Name meiner Großmutter«, vertraute ihm die Sicherheitsfrau an. »Ich meine, Familiennamen geben einem ein so schönes Gefühl der Kontinuität, nicht wahr? Es sei denn, es bleibt an einem so was hängen wie Sterilla, was einer unglücklichen Freundin von mir passierte. Sie kürzt es zu Illa ab.«

»Hm – das war nicht ganz das, was ich gemeint habe.«

Sie legte vergnügt ihren Kopf schräg.

»Was war nicht?«

»Wie bitte?«

»Was, das Sie sagten, war nicht das, was Sie gemeint haben?«

»Öh ...«

»... quhart«, vollendete sie. »Ein schöner Name. Ich glaube, Sie sollten sich seiner nicht schämen. Oder sind Sie deshalb als Kind gehänselt worden oder so was?«

Ethan stand mit offenem Mund da, völlig verwirrt. Aber bevor der Faden ihres Gesprächs noch verwickelter werden konnte, kam eine andere, ältere Sicherheitsfrau das Liftrohr herab, das die Kabine mit einer höheren Ebene verband. Sie verließ das Rohr mit energischem Schritt.

»Keine Privatgespräche während des Dienstes, Korporal, darf ich Sie daran erinnern – wieder einmal«, rief sie über die Schulter, als sie zu einem Wandschrank ging. »Machen Sie Schluß, wir haben einen Einsatz.«

Das Sicherheitsmädchen zog hinter dem Rücken ihrer Vorgesetzten eine Schnute und flüsterte Ethan zu: »24 Uhr, okay?« Sie richtete sich auf und nahm Haltung an, als ihre Offizierin zwei Handwaffen in Halftern aus dem Wandschrank holte. »Ist es ernst, Madame?«

»Wir werden für einen Durchsuchungskordon auf Ebenen C7 und C8 gebraucht. Ein Gefangener ist gerade aus der Haftzelle verschwunden.«

»Geflohen?«

»Man hat nicht gesagt ›entflohen‹, sondern ›verschwunden‹.« Die Offizierin verzog gleichgültig den Mund. »Wenn der Stab auf doppeldeutigen Ausdrücken besteht, dann werde ich mißtrauisch. Der Gefangene war der Dreckschlucker, den man heute vormittag von dem Nervendisruptor losgerissen hat. Nun, ich habe mir seine Waffe angeschaut. Beste Militärqualität, und nicht neu.« Sie hängte sich den Hochleistungsbetäuber um und reichte den zweiten ihrer Korporalin.

»Aha? Also war das eine Waffe aus einem überzähligen Armeevorrat.« Die Korporalin glättete ihre Uniform, prüfte ihr Gesicht in einem kleinen Spiegel, dann überprüfte sie mit gleicher Sorgfalt ihre Waffe.

»Nein, nein. Ich wette betanische Dollars gegen alles, was du willst, daß das wieder so ein gottverdammter nichtregistrierter militärischer Spionageagent ist.«

»Nicht schon wieder diese Plage. Ist es nur einer oder ein ganzer Haufen?«

»Ich hoffe, daß es kein Haufen ist. Das ist das Schlimmste. Unberechenbar, gewalttätig, kümmern sich nicht um die Gesetze, kümmern sich um Himmels willen nicht um die *öffentliche Sicherheit,* und nachdem man sich halb den Hals gebrochen hat, weil man sie mit Glacéhandschuhen anfaßt, wird man trotzdem noch auf Verlangen irgendeiner Botschaft getadelt, und die ganzen sorgfältig gesammelten Beweise werden ins Vakuum geschmissen ...« Sie wandte sich um und machte Ethan gegenüber scheuchende Bewegungen. »Raus, raus, wir müssen hier zusperren.« An ihre Korporalin gewandt fügte sie hinzu: »Du bleibst dicht bei mir, hörst du? Keine Heldentaten!«

»Jawohl, Madam.«

Und Ethan fand sich auf den Balkon ausgesperrt, während die beiden Frauen vom Sicherheitsdienst davoneilten. Die Korporalin blickte über die Schulter zurück; er stand da mit zaghaft erhobener Hand und stammelte: »Äh... äh...« Und sie winkte ihm freundlich mit den Fingern.

Drei Korridore überqueren. Zwei Ebenen nach oben. Durch Quinns Hotel hindurch, ein Labyrinth in einem Labyrinth. Die vertraute Tür. Ethan befeuchtete seine Lippen und klopfte.

Und klopfte wieder.

Und stand da...

Zischend öffnete sich die Tür. Seine Erleichterung wich seinem Erstaunen, als ein Reinigungsroboter ihn umrundete. Der Raum war so anonym und unberührt, als wäre er nie belegt gewesen.

»Wo ist sie hingegangen?« jammerte er rhetorisch, um seine Gefühle zu entladen.

Aber der Reinigungsroboter blieb stehen. »Bitte formulieren Sie Ihre Frage noch einmal, Sir oder Madam«, ertönte es von einem Gitter in seinem braunen Plastikgehäuse.

Ethan wandte sich erwartungsvoll dem Roboter zu. »Kommandantin Quinn – die Person, die dieses Zimmer belegt hatte – wohin ist die gegangen?«

»Vorhergehender Gast ist um 11 Uhr abgereist, Sir oder Madam. Vorhergehender Gast hat bei diesem Hotel keine Nachsendeadresse hinterlegt, Sir oder Madam.«

Elf Uhr? Sie muß binnen Minuten, nachdem er aus dem Zimmer gestürmt war, abgereist sein, rechnete Ethan nach. »Oh, Gott Vater...«

»Sir oder Madam«, zwitscherte der Roboter höflich, »bitte formulieren Sie Ihre Frage noch einmal.«

»Ich habe nicht mit dir gesprochen«, sagte Ethan und fuhr sich mit der Hand durchs Haar. Er hätte es sich am liebsten büschelweise ausgerissen.

Der Roboter blieb neben ihm. »Wünschen Sie noch etwas, Sir oder Madam?«

»Nein ... ah, nein ...«

Der Roboter surrte durch den Korridor davon.

Zwei Ebenen nach unten. Drei Korridore überqueren. Das Sicherheitsteam war noch nicht zurückgekehrt. Die Kabine war immer noch abgesperrt.

Ethan ließ sich neben dem Brunnen niedersinken und wartete. Diesmal würde er sich wirklich stellen, ganz sicher. Wenn Rau dadurch, daß er auf Ethan gefeuert hatte, auf die falsche Seite des Gesetzes geraten war, dann mußte Ethan sich folglich auf der richtigen Seite befinden, korrekt? Er hatte nichts vom Sicherheitsdienst zu befürchten.

Natürlich, wenn sie Rau als Verhafteten nicht in ihrem Sicherheitsbereich drinhalten konnten, wie wahrscheinlich war es dann, daß sie Rau als Mörder raushalten konnten? Ethan bemühte sich, diese Einflüsterung seiner Logik zu ignorieren: das war nur eine Furcht, die ihm Quinn eingepflanzt hatte. Der Sicherheitsdienst war seine beste Chance. Tatsächlich war jetzt, nachdem er Quinn unwiderruflich beleidigt hatte, der Sicherheitsdienst seine einzige Chance.

»Dr. Urquhart?« Eine Hand fiel auf Ethans Schulter.

Ethan sprang einen halben Meter hoch und wirbelte herum. »Was wollen Sie von mir?« fragte er heiser.

Ein blonder junger Mann trat konsterniert einen Schritt zurück. Er war von mittlerer Größe, zäh und schlank, in einer ungewohnten Planetariermode gekleidet: ein ärmelloses Strickhemd, weite Hosen, die an den Knöcheln in die Oberteile bequem aussehender Stiefel aus butterweichem Leder gestopft waren. »Verzeihen Sie mir. Falls Sie Dr. Ethan Urquhart von Athos sind, dann habe ich Sie überall gesucht.«

»Warum?«

»Ich hatte gehofft, Sie könnten mir helfen. Bitte, Sir, gehen Sie nicht weg ...« Er streckte eine Hand aus, als Ethan zurückzuckte. »Sie kennen mich nicht, aber ich interessiere mich sehr für Athos. Meine Name ist Terrence Cee.«

KAPITEL 8

Ethan schwieg einen Moment verwirrt, dann platzte er heraus: »Was wollen Sie von Athos?«

»Zuflucht, Sir«, sagte der junge Mann. »Denn ich bin sicherlich ein Flüchtling.« Die Spannung machte sein Lächeln unecht und ängstlich. Er wurde noch eindringlicher, als Ethan etwas zurücktrat. »Die Passagierliste des Zensuskuriers nannte Sie mit einem Ihrer Titel Sonderbotschafter. Sie können mir politisches Asyl gewähren, nicht wahr?«

»Ich… ich…«, stammelte Ethan. »Das war nur etwas, das der Bevölkerungsrat in letzter Minute ins Spiel brachte, weil niemand sicher war, was ich hier herausfinden würde. Ich bin in Wirklichkeit kein Diplomat. Ich bin Arzt.« Er starrte den jungen Mann an, der in einer Art gequälten Hungers zurückstarrte. Der Mediziner in Ethan listete automatisch die Symptome von Erschöpfung auf, die an Cee zu erkennen waren: die Vertiefungen seiner Haut waren grau, die Lederhaut des Auges war blutunterlaufen, seine sehnigen Hände zitterten kaum wahrnehmbar. Eine schreckliche Erkenntnis überkam Ethan. »Hören Sie… hm… Sie verlangen nicht zufällig von mir, daß ich Sie vor Ghem-Oberst Millisor schütze, oder?«

Cee nickte.

»Oh – o nein. Sie verstehen nicht, um was es geht. Hier draußen bin nur ich. Ich verfüge über keine Botschaft oder irgendso etwas. Ich will damit sagen, echte Botschaften haben Sicherheitswachen, Soldaten, eine ganze Geheimdienstabteilung…«

Cee lächelte schief. »Braucht der Mann, der Okitas tödlichen Unfall arrangiert hat, wirklich all das?«

Ethan blieb der Mund offenstehen; er war so bestürzt, daß er nichts zu antworten wußte.

Cee fuhr fort: »Die anderen sind so viele – Millisor kann die gesamten Ressourcen von Cetaganda gegen mich aufbieten – und ich bin allein. Der einzige, der noch übrig ist. Der einzige Überlebende. Wenn ich allein bleibe, dann ist es nicht eine Frage, ob sie mich umbringen, sondern nur, wie bald.« Er öffnete bittend seine feingliedrigen Hände. »Ich war sicher, ich sei ihnen entkommen, und es sei jetzt sicher zurückzukehren. Nur, um Millisor – den furchtlosen Vampirjäger höchstpersönlich!« – der Mund des jungen Mannes wurde vor Bitterkeit zu einem schmalen Strich – »vor dem letzten Zugang hockend zu finden. Ich bitte Sie, Sir. Gewähren Sie mir Asyl!«

Ethan räusperte sich nervös. »Ah – was meinen Sie eigentlich mit ›Vampirjäger‹?«

»So sieht er sich selbst.« Cee zuckte die Achseln. »Für ihn sind alle seine Verbrechen Heldentaten, zum Wohle von Cetaganda, weil jemand die schmutzige Arbeit machen muß – das ist genau sein Gedanke. Er ist stolz, sie zu tun. Aber er hat nicht die Nerven, an mir die schmutzige Arbeit selbst zu machen. Er haßt und fürchtet mich mehr als jede Hölle, in seiner geheimnistuerischen kleinen Seele – ha! Als wären seine Geheimnisse lebenswichtiger oder verbrecherischer, als die anderer Leute. Als gäbe ich einen Pfifferling für seine Geheimnisse oder seine Seele.«

Matt erkannte Ethan wieder die verwirrenden Symptome des Aneinandervorbeiredens. Er versuchte, in diesem schlingernden Wortwechsel sicheren Boden zu erreichen. »Was sind Sie?«

Der junge Mann trat zurück und sein Gesicht wurde plötzlich verschlossen vor Mißtrauen. »Asyl. Zuerst Asyl, und dann können Sie alles erfahren.«

»Was?«

Vor Ethans Augen wurde aus Mißtrauen Verzweiflung. Die Erregung, die die Hoffnung bei Cee ausgelöst hatte, verpuffte und ließ trostlose Nüchternheit zurück. »Ich verstehe. Sie sehen mich genauso wie *sie*. Eine medizinische Monstrosität, zusammengesetzt aus Stückchen vom Friedhof, zusammengekocht in einem Faß. Nun«, er holte entschlossen Luft, »so sei es. Aber vor meinem Tod werde ich mich wenigstens an Ghem-Hauptmann Rau rächen. Soviel schwöre ich Janine.«

Ethan reagierte auf den einzigen verständlichen Punkt in all dem Gerede und sagte mit aller Würde, die er aufbieten konnte: »Wenn Sie mit einem ›Faß‹ einen Uterusreplikator meinen, dann möchte ich Sie darüber unterrichten, daß ich selbst in einem Uterusreplikator ausgebrütet wurde, und das ist in jeder Hinsicht so gut wie jede andere Methode der Fortpflanzung. Sogar besser. Deshalb wäre ich Ihnen dankbar, wenn Sie meinen Ursprung oder meine Lebensarbeit nicht beleidigten.«

Über Cees Gesicht huschte etwas von der gleichen Verwirrung, die sich, so war sich Ethan sicher, auch auf seinem eigenen Gesicht abzeichnete. Warum auch nicht! Elend liebt Gesellschaft, dachte Ethan mit bitterer Befriedigung.

Der junge Mann – in Wirklichkeit der Junge, denn wenn man die altmachenden Auswirkungen der Erschöpfung außer acht ließ, dann war er sicher jünger als Janos – schien zum Sprechen anzusetzen, dann schüttelte er den Kopf und wandte sich ab.

Not, dachte Ethan verzweifelt, ist der Uterusreplikator der Erfindung. »Warten Sie!« rief er. »Ich gewähre Ihnen das Asyl von Athos!« Er hätte genausogut Cee die Vergebung seiner Sünden versprechen können, denn er hatte gleich wenig Macht, das eine wie das andere zu bewirken. Aber Cee wandte sich auf jeden Fall wieder um, und in seinen blauen Augen flammte wieder die Hoffnung auf, heiß wie eine Gasflamme. »Nur müssen Sie mir sagen«, fuhr Ethan fort, »wohin Sie die Eierstockkulturen gebracht haben, die der Bevölkerungsrat bei den Bharaputra-Labors bestellt hat.«

Jetzt war es an Terrence Cee, mit offenem Mund entsetzt dazustehen. »Hat Athos sie nicht bekommen?«

»Nein.«

Der Atem entwich zischend aus dem Mund des blonden Mannes, als hätte er einen Schlag in den Magen bekommen. »Millisor! Er muß sie an sich gebracht haben! Aber nein ... aber wie ... er konnte doch nicht verheimlichen ...«

Ethan räusperte sich sanft. »Wenn Sie nicht glauben, Ihr Oberst Millisor würde mich nur zum Spaß sieben Stunden lang nach ihrem Verbleib verhören – auf äußerst unangenehme Weise übrigens –, dann würde ich sagen, nein.«

Es war wirklich sehr erfrischend, jemanden anderen so erregt zu sehen, wie er selbst sich fühlte, dachte Ethan. Die Arme in seiner Verwirrung weit ausgebreitet, wandte sich Cee seinem neuen Beschützer zu.

»Aber Dr. Urquhart – wenn Sie sie nicht haben, und ich habe sie nicht, und Millisor hat sie auch nicht – wohin sind sie dann gelangt?«

Ethan dachte, jetzt verstehe er endlich Elli Quinns Aussage, daß sie es haßte, in der verdammten Defensive zu sein. Er hatte jetzt selbst sein volles Maß bekommen. Man lade genügend Mist darauf ab, dachte er heftig, dann mochte sogar der empfindliche Samen der Entschlossenheit in seinem furchtsamen Herzen zu etwas Größerem aufblühen. Er lächelte den blonden jungen Mann freundlich an. Cee sah wirklich wie eine kleinere, schlankere Ausgabe von Janos aus. Es lag an seiner Haar- und Augenfarbe. Aber um Cees Mund gab es kein Anzeichen jener Verdrießlichkeit, die manchmal Janos' Züge beeinträchtigte, wenn er verärgert oder erschöpft war.

»Was wäre«, schlug Ethan vor, »wenn wir unsere Informationen zusammentäten und es herausfänden?«

Cee blickte zu ihm auf – er war einige Zentimeter

kleiner als Ethan – und fragte: »Sind Sie wirklich der leitende Geheimdienstagent von Athos?«

»In gewissem Sinne ja«, murmelte Athos' einziger Agent jeder Art.

Cee nickte. »Es wäre mir ein Vergnügen, Sir.« Er holte tief Luft. »Ich brauche dann etwas reines Tyramin. Ich habe den letzten Rest meines Vorrats vor drei Tagen für Millisor verbraucht.«

Tyramin war eine Aminosäurenvorstufe für zahlreiche endogene chemische Substanzen des Gehirns, aber Ethan hatte noch nie davon gehört, daß es als Droge verwendet wurde. »Wie bitte?«

»Für meine Telepathie«, sagte Cee ungeduldig.

Der Boden schien unter Ethans Füßen nachzugeben – ganz, ganz tief. »Die ganze Psionik-Hypothese wurde vor Hunderten von Jahren endgültig widerlegt«, hörte er seine eigene Stimme in der Ferne sagen. »So etwas wie mentale Telepathie gibt es nicht.«

Terrence Cee berührte seine Stirn mit einer Geste, die Ethan an einen Patienten erinnerte, der eine Migräne beschreibt.

»Gibt es jetzt«, sagte Cee einfach.

Ethan fühlte sich geblendet vom Heraufdämmern einer neuen Zeit. »Wir stehen«, krächzte er schließlich, »mitten auf einer öffentlichen Promenade an einem der am gründlichsten überwachten Orte der Galaxis. Glauben Sie nicht, wir sollten lieber einen etwas ruhigeren Ort für unserer Gespräch aufsuchen, bevor Oberst Millisor aus einem Liftrohr heraushüpft?«

»Oh. O ja, natürlich, Sir. Ist Ihre konspirative Wohnung in der Nähe?«

»Oh ... Und Ihre?«

Der junge Mann machte eine Grimasse. »Solange meine Tarnung funktioniert.«

Ethan machte eine einladende Geste, und Cee ging voran. Konspirative Wohnung, schloß Ethan, mußte wohl ein allgemeiner Spionagebegriff für ein beliebiges Versteck sein, denn Cee nahm ihn nicht in eine Wohnung mit, sondern in eine billige Herberge, die für Transitreisende mit Arbeitserlaubnis der Station reserviert war. Hier waren Angestellte, Haushälterinnen und Gepäckträger untergebracht, sowie andere einfache Mitarbeiter des Dienstleistungsbereichs, über deren Aufgaben Ethan nur Mutmaßungen anstellen konnte, wie zum Beispiel die beiden Frauen in farbenfreudigen Kleidern und einem grellen, in seiner unnatürlichen Färbung fast cetagandanischen Make-up, die Cee und ihn ansprechen wollten und ihnen eine unverständliche Beschimpfung hinterherschickten, als sie eilig an ihnen vorbeigingen.

Cees Unterkunft sah fast genauso aus wie Ethans eigene unbenutzte Economy-Kabine, schlicht und eng. Ethan überlegte ziemlich furchtsam, ob Cee jetzt in diesem Augenblick seine Gedanken las – anscheinend nicht, denn der exilierte Cetagandaner zeigte kein Anzeichen, daß er Ethans Fehler schon erkannt hätte.

»Ich nehme an«, sagte Ethan, »daß Ihre Kräfte zeitweilig aussetzen.«

»Ja«, erwiderte Cee. »Wenn meine Flucht nach Athos so verlaufen wäre, wie ich sie ursprünglich geplant hatte, dann hätte ich nie vorgehabt, sie wieder zu benutzen. Ich nehme an, Ihre Regierung wird jetzt meine Dienste als Preis für ihren Schutz verlangen.«

»Ich … ich weiß nicht«, antwortete Ethan ehrlich. »Aber wenn Sie wirklich ein solches Talent besitzen, dann wäre es schade, es nicht einzusetzen. Ich meine, man kann sofort seine Anwendungsmöglichkeiten sehen.«

»Allerdings«, murmelte Cee bitter.

»Denken Sie mal an die Pädiatrie – was für eine diagnostische Hilfe für Patienten, die noch nicht sprechen können! Babies, die nicht sagen können, wo es weh tut oder wie es sich anfühlt. Oder für Schlaganfallpatienten oder gelähmte Unfallopfer, die alle Fähigkeit zur Kommunikation verloren haben und in ihren Körpern gefangen sind. Gott Vater« – Ethans Begeisterung wuchs – »Sie könnten ein absoluter Retter werden!«

Terrence Cee setzte sich ziemlich heftig hin. Seine Augen weiteten sich in Verwunderung, verengten sich in Verdacht. »Ich werde öfter für eine Bedrohung gehalten. Alle, denen ich bisher begegnet bin und die um mein Geheimnis wußten, haben bisher als einzige Einsatzmöglichkeit für mich die Spionage vorgeschlagen.«

»Nun – waren das selbst Spionageagenten?«

»Jetzt, da Sie es sagen – ja, zum größten Teil.«

»Also, da haben Sie's. Die sehen in Ihnen das, was sie selbst mit Ihrer Gabe wären.«

Cee blickte ihn sehr eigenartig an und lächelte zögernd. »Sir, ich hoffe, Sie haben recht.« Seine Haltung wurde weniger verschlossen, ein Teil der Spannung in seinen schlanken Muskeln ließ nach, aber seine blauen Augen blieben eindringlich auf Ethan gerichtet. »Erkennen Sie, daß ich kein menschliches Wesen bin, Dr. Urquhart? Ich bin ein künstliches genetisches Konstrukt, ein Kompositum aus einem Dutzend Quellen, mit einem Sinnesorgan, das in meinem Gehirn sitzt wie eine Spinne und das kein Mensch je besaß. Ich habe keinen Vater und keine Mutter. Ich wurde nicht geboren, ich wurde hergestellt. Und das erschreckt Sie nicht?«

»Na ja, nun – woher haben die Männer, die Sie gemacht haben, all ihre Gene herbekommen? Von anderen Leuten, sicherlich?« fragte Ethan.

»O ja. Sorgfältig ausgewählte Erbanlagen, alle politisch gereinigt.« Die Bitterkeit machte Cees Mund zu einem dünnen Strich.

»Also«, sagte Ethan, »wenn Sie, sagen wir mal, vier Generationen zurückzählen, dann ist *jeder* Mensch ein

Kompositum aus exakt sechzehn verschiedenen Quellen. Sie werden Vorfahren genannt, aber es kommt auf das gleiche heraus. Ihre Mischung war nur unwesentlich weniger zufällig, das ist alles. Also, ich betreibe Genetik. Abgesehen von dem neuen Organ, von dem Sie sprechen, kann ich das ›nur unwesentlich‹ entschieden garantieren. Das ist kein Test für Ihr Menschsein.«

»Was ist der Test für das Menschsein?«

»Nun – Sie haben offensichtlich einen freien Willen, sonst könnten Sie sich nicht Ihren Schöpfern widersetzen. Folglich sind Sie kein Automat, sondern ein Kind von Gott dem Vater, Ihm mit Ihren Fähigkeiten entsprechend verantwortlich«, sagte Ethan, als zitierte er einen Katechismus.

Hätte Ethan plötzlich Flügel bekommen und wäre er damit zur Decke hinaufgeflattert, dann hätte Cee ihn nicht erstaunter anstarren können. Es schien, als hätte man ihm diese vollkommen offensichtlichen Tatsachen nie zuvor dargelegt.

Cee drängte weiter. »Wenn ich kein Monster bin, was bin ich dann für Sie?«

Ethan kratzte sich nachdenklich am Kinn. »Wir bleiben alle Kinder des einen Vaters, wie sehr wir auch in anderer Hinsicht Waisen sein mögen. Sie sind natürlich mein Bruder.«

»Natürlich …?« wiederholte Cee. Er zog Beine und Arme an und rollte sich zu einer Kugel zusammen. Tränen traten zwischen seinen zusammengekniffenen Augenlidern hervor. Er rieb sein Gesicht grob an seinem Hosenknie und verschmierte die Tränen über sein gerötetes Gesicht. »Verdammt«, flüsterte er, »ich bin die ultimative Waffe, der Superagent. Ich habe alles überlebt. Wie können Sie mich jetzt zum Weinen bringen?« Mit plötzlicher Wildheit fügte er hinzu: »Wenn ich herausfinde, daß Sie mich anlügen, dann werde ich Sie umbringen, das schwöre ich Ihnen.«

Aus dem Mund eines anderen Mannes hätten diese Worte vielleicht hohl geklungen. Da die Drohung aber aus Cees abgrundtiefer Verzweiflung kam, traf sie Ethan wie ein Hieb in den Magen. »Sie sind offensichtlich völlig erschöpft«, versuchte er erschrocken, ihn zu besänftigen. Cee hatte seine Selbstbeherrschung noch nicht ganz wiedergewonnen, obwohl er sich deutlich darum bemühte, indem er achtsam atmete wie ein Yogi. Ethan suchte im Zimmer nach einem Papiertaschentuch und reichte es ihm. »Und ich denke, es dürfte ein schlimmer Stress sein, die Welt mit Millisors Augen zu sehen, falls Sie das in letzterer Zeit getan haben.«

»Sie haben es erfaßt«, würgte Cee. »Seit dieses Ding in meinem Kopf«, er machte wieder die Migränegeste, »voll entwickelt wurde, als ich dreizehn war, mußte ich immer wieder und wieder in seinen Geist eintauchen.«

»Igitt«, sagte Ethan in aufrichtigem Mitgefühl. »Nun, das ist es ja gerade.«

Cee stieß ein überraschtes Lachen aus, das mehr zu seiner Selbstbeherrschung beitrug als die Atemübung. »Wie können Sie denn das wissen?«

»Ich weiß überhaupt nicht, wie Ihre Telepathie funktioniert, aber ich bin dem Mann begegnet.« Ethan rieb sich nachdenklich die Lippen. »Wie alt sind Sie?« fragte er plötzlich.

»Neunzehn.«

In dieser Antwort war kein jugendlicher Trotz zu hören. Cee stellte nur eine Tatsache fest, als ob seine Jugend nie in einer Prüfung, die ihm gestellt worden war, eine Rolle gespielt hätte. Diese Einsicht machte Ethan frösteln, wie wenn er die Spitze eines Eisberges erblickt hätte. »Ach – wollen Sie mir nicht mehr von sich erzählen? Sozusagen Ihrem Einwanderungsbeamten.«

Die Arbeit hatte auf einer natürlichen Mutation der Zirbeldrüse aufgebaut, erklärte Terrence Cee. Er wußte nicht, wie Dr. Faz Jahar auf die wandernde Hexerin aufmerksam geworden war, eine häßliche, verarmte und völlig verrückte Frau. Aber sie war aus ihrer Slumhütte in das Universitätslabor des aufgeweckten jungen Mediziners geholt worden. Jahar kannte jemanden, der jemanden kannte, der einen hochrangigen Ghem-Lord in der Armee kannte und ihn veranlassen konnte, sich die Sache anzusehen und anzuhören; und so hatte sich Jahar den Traum eines Forschers verwirklicht: unbegrenzte geheime Finanzierung durch die Regierung. Die Wahnsinnige verschwand hinter einer Mauer aus Geheimhaltung und Vergessen und wurde nie wieder lebend gesehen. Natürlich stellte keiner ihrer früheren Bekannten je Nachforschungen an.

Cees Bericht war jetzt kühl und distanziert, ganz auf eine Sache konzentriert, wie etwas, das zu oft geübt und trainiert worden war. Ethan war sich nicht sicher, was zermürbender war: Cees vorausgegangener Zusammenbruch oder sein gegenwärtiges Übermaß an Selbstbeherrschung.

Der Telepathiekomplex wurde in vitro weiterentwickelt, zwanzig Generationen in fünf Jahren. Bei den ersten drei Humanexperimenten starben die Föten, denen er in die Chromosomen eingefügt worden war, noch bevor sie den Uterusreplikatoren entwachsen waren. Vier weitere starben im Säuglingsalter oder in der Kindheit an inoperablem Gehirnkrebs, drei an subtileren Funktionsstörungen.

»Beunruhigt Sie das?« fragte Cee und blickte Ethan an.

Ethan, der mit grünlich-weißem Gesicht zusammengekauert in einer Ecke saß, sagte: »Nein … erzählen Sie weiter!«

Die Spezifikationen der genetischen Entwürfe in der Matrix – Ethan hätte sie Kinder genannt – wurden strenger. Jahar versuchte es aufs neue. L-X-10-Terran-C war der erste Überlebende. Seine frühen Testergebnisse erwiesen sich als mehrdeutig, enttäuschend. Die Finanzierung wurde unterbrochen. Aber Jahar weigerte sich aufzugeben, nach so vielen menschlichen Opfern.

»Vermutlich«, sagte Cee, »kam Faz Jahar für mich fast einem Vater nahe. Er glaubte an mich – nein, er glaubte an seine eigene Arbeit in mir. Als die Kinderschwestern und die zusätzlichen Techniker von seinem Budget gestrichen wurden, unterrichtete er mich selbst. Er unterrichtete sogar Janine.«

»Wer ist Janine?« fragte Ethan nach einem Moment des Schweigens.

»J-9-X-Ceta-G war – meine Schwester, wenn Sie so wollen«, sagte Cee schließlich. Sein nach innen gerichteter Blick wich Ethans Augen aus. »Obwohl wir wenige Gene gemeinsam hatten, abgesehen von denen für das Zirbeldrüsen-Wahrnehmungsorgan. Sie war die einzige andere Überlebende von Jahars frühen Schöpfungen. Oder vielleicht war sie meine Frau. Ich bin mir nicht sicher, ob Jahar sie von Anfang an als eine Mitvorfahrin seines neuen Modellmenschen beabsichtigt hatte, oder ob sie nur eine experimentelle Bagatelle war – er ermunterte uns zum Sex, als wir älter wurden –, aber sie wurde nie als Geheimdienstagentin ausgebildet. Millisor betrachtete sie immer als eine Art potentieller Zuchtstute für ein Nest kleiner Spione – er hatte so geheime, sexuell gefärbte Phantasien über sie ...« Ethan war erleichtert, als Cee abbrach und ihm einen Bericht über Millisors fragwürdige Sexualität ersparte.

Dr. Faz Jahars Glück nahm eine abrupte Aufwärtswendung, als Terence Cee in die Pubertät eintrat. Der Abschluß seines Gehirnwachstums und die Veränderung in seinem biochemischen Gleichgewicht aktivierten endlich das frustrierend ruhige Organ. Cees telepathische Fähigkeiten wurden vorführbar, verläßlich, wiederholbar.

Es gab Beschränkungen. Das Organ konnte nur durch die Einnahme hoher Dosen der Aminosäure Tyramin in den Zustand elektrischer Aufnahmefähigkeit versetzt werden. Die Aufnahmefähigkeit ließ nach, sobald Cees Körper das Übermaß an Tyramin abbaute und zu seinem ursprünglichen biochemischen Gleichgewicht zurückkehrte. Die Reichweite der Telepathie war bestenfalls auf wenige hundert Meter beschränkt. Der Empfang wurde durch jede Barriere blockiert, die die von dem Zielgehirn ausgesandten elektrischen Signale störte.

Die geistigen Aktivitäten mancher Menschen waren deutlicher zu erfahren als die anderer, manche konnten überhaupt kaum aufgenommen werden, selbst wenn Cee den Körper seiner Zielperson faktisch berührte. Dies schien ein Problem des Zusammenpassens von Sender und Empfänger zu sein, denn die Gedanken einiger Menschen, die Terrence nur als ein formloses, breiiges Lebensgefühl wahrnahm, kamen bei Janine in halluzinatorischer Klarheit an – Subvokalisation, Sinneswahrnehmung, Strom des bewußten Denkens und so weiter –, und umgekehrt.

Zu viele Personen innerhalb der Zielreichweite erzeugten gegenseitige Interferenzen. »Wie auf einer Party, wo alles zu laut ist«, sagte Cee, »und wo es einen anstrengt, eine Konversation aus den anderen herauszuhören.«

Dr. Jahar hatte Terrence Cee während seines ganzen jungen Lebens auf seine Bestimmung im Dienste Cetagandas vorbereitet, und zuerst war Cee zufrieden, ja sogar stolz gewesen, diese Aufgabe zu erfüllen. Die ersten feinen Risse hat seine Entschlossenheit bekommen, als er mit den wahren Gedanken der hartgesottenen Sicherheitsleute vertraut wurde, die das Projekt umgaben. »Ihr Inneres paßte nicht zu ihrem Äußeren«, erklärte Cee. »Die Schlimmsten waren in ihrer Verdorbenheit schon so weit fortgeschritten, daß sie sie gar nicht wahrnahmen.«

Mit jedem experimentellen Auftrag in der Gegenspionage wurden die Risse größer.

»Millisors verhängnisvollster Fehler war«, sagte Cee nachdenklich, »daß er uns die Gedanken mutmaßlicher intellektueller Dissidenten erkunden ließ, während er sie über ihre Loyalität verhörte. Vorher hatte ich nicht gewußt, daß solche Leute möglich waren.«

Cee begann mit sorgfältig ausgewählten Instruktoren eine militärische Ausbildung. Man redete davon, ihn als Feldagenten einzusetzen, bei sicheren Aufträgen oder solchen, die lebenswichtig genug waren, um die Gefährdung seiner wertvollen Person zu rechtfertigen. Es war nie die Rede davon, daß er je zu den Ghem-Kameraden zugelassen würde, der eng verbundenen Gesellschaft der Männer, die das Offizierskorps und die Militärjunta kontrollierten, die ihrerseits den Planeten Cetaganda, seine Eroberungen und Außenposten kontrollierte.

Cees Telepathie öffnete ihm kein geheimes Fenster in das Unterbewußte seiner Objekte. Die einzigen Erinnerungen, die er sondieren konnte, waren diejenigen, die seine Zielpersonen gerade in diesem Augenblick sich vergegenwärtigten. Dadurch wurde ein Einsatz von Cee zur bloßen Überwachung in der Hoffnung, daß er beiläufig etwas Wertvolles aufschnappen würde, zu einer ziemlichen Verschwendung der Zeit des Telepathen. Organisierte Verhöre waren viel wirkungsvoller. Die Verhöre, an denen er teilnahm, nahmen an Ausmaß zu und wurden oft noch viel häßlicher.

»Das verstehe ich vollkommen«, sagte Ethan mit einem Schauder.

Es war vielleicht Janine, die als erste ihre Schöpfer

als ihre Kerkermeister betrachtete. Während der seltenen Gelegenheiten, wenn ihrer beider Fähigkeiten gleichzeitig aktiviert waren, tauschten sie den Traum von einer Flucht aus, über die sie nie laut sprachen. Beide begannen ihre Tyramintabletten einzusparen und zu horten. In völligem Schweigen wurden Fluchtpläne entwickelt, debattiert und ausgefeilt.

Der Tod von Dr. Faz Jahar war ein Unfall. Cee wurde ganz leidenschaftlich, als er versuchte, Ethan, der diesen Punkt gar nicht in Frage gestellt hatte, von der Wahrheit dieser Aussage zu überzeugen. Vielleicht hätte die Flucht besser geklappt, wenn sie nicht versucht hätten, das Labor zu zerstören und die vier neuen Kinder mitzunehmen. Das hatte die Dinge kompliziert. Aber Janine hatte darauf bestanden, daß keiner zurückgelassen würde. Als sie und Terrence häufiger an intensiveren Verhören von politischen Gefangenen teilnehmen mußten, gab Cee es auf, mit ihr über diesen Teil des Plans zu streiten.

Wenn nur Jahar nicht versucht hätte, seine Unterlagen und Genkulturen zu retten, dann wäre er nicht mit der Bombe in die Luft geflogen. Wenn nur die kleinen Kinder nicht von Panik gepackt worden wären und nicht aufgeschrien hätten, dann hätte die Wache sie vielleicht nicht entdeckt. Wenn Terrence und Janine nur eine andere Route, einen anderen Planeten, eine andere Stadt, andere Identitäten gewählt hätten, um so zu verschwinden.

Die Kühle von Cees Bericht wurde zu Eis, seine Stimme wurde ausdruckslos, entleert von jeglicher Emotion und ihm selbst. Er hätte genausogut die längst vergangenen Entscheidungen einer Gestalt aus uralten Zeiten verurteilen können, statt seiner eigenen, außer daß er sich unbewußt im Rhythmus seiner Worte zu wiegen begann. Ethan ertappte sich dabei, mit dem Fuß im gleichen Rhythmus zu klopfen, und er zwang sein Bein stillzuhalten.

Wenn er nur an jenem Nachmittag nicht das Appartement verlassen hätte, um den drunten an den Shuttledocks Karten spielenden Raumfahrern etwas Geld abzuknöpfen und Lebensmittel einzukaufen. Wenn er nur ein bißchen früher zurückgekommen oder Hauptmann Rau etwas später eingetroffen wäre. Wenn nur Janine nicht ihr Leben gegen Hauptmann Raus Nervendisruptor aufs Spiel gesetzt hätte, um ihn zu warnen. Wenn nur ... Wenn nur ... Wenn nur ...

Als er darum kämpfte, ihren Körper – jede Zelle barg das genetische Geheimnis in sich – nicht wieder in Millisors Hände fallen zu lassen, entdeckte Cee das veränderte Bewußtsein eines Berserkers in sich. Es dauerte einen ganzen Tag, bis Cee in der Lage war, ihre Leiche kryogenisch einfrieren zu lassen, viel zu lange, um dem Gehirntod zuvorzukommen, selbst wenn keine Disruptorverletzungen gewesen wären.

Er hatte trotzdem gehofft. Sein ganzer Wille war jetzt auf die einzige Obsession konzentriert, so schnell wie möglich soviel Geld aufzutreiben, wie er nur konnte. Terrence Cee, der Janines Skrupeln zuliebe sich einer fast redlichen Armut ergeben hatte, als sie noch lebte, lotete jetzt die fragwürdigen Anwendungen seiner Fähigkeit bis an ihre Grenzen aus, um die Mittel zusammenzubekommen, die er brauchte, um ihre Leiche zu sichern. Genug für den Flug eines Menschen und einer schweren Kryobox zu den Labors von Jackson's Whole, wo man – wie geflüstert wurde – mit hinreichend Geld alles kaufen konnte.

Aber selbst eine große Menge Geldes konnte nicht das Leben aus diesem Tod zurückkaufen. Man schlug freundlich Alternativen vor. Würde der ehrenwerte Kunde vielleicht einen Klon seiner Frau haben wollen? Man könnte eine Kopie erzeugen, die selbst der größte Experte nicht vom Original unterscheiden könnte. Er würde nicht einmal siebzehn Jahre warten müssen, bis die Kopie zur Reife heranwuchs; die Dinge konnten erstaunlich beschleunigt werden. Für einen gehörigen Preis könnte sogar die Persönlichkeit der Kopie mit einem erstaunlichen Grad von Ähnlichkeit neu erschaffen werden – vielleicht sogar verbessert, falls es am Original Aspekte gegeben haben sollte, die nicht ganz dem Geschmack des Kunden entsprachen. Der Klon selber würde den Unterschied nicht erkennen.

»Alles, was ich brauchte, um sie wiederzubekommen«, sagte Cee, »war ein Berg Geld und die Fähigkeit, mich zu überzeugen, daß Lügen Wahrheit waren.« Er hielt inne. »Ich hatte das Geld.«

Cee schwieg lange Zeit. Ethan regte sich unbehaglich, verlegen wie ein Fremder in der Gegenwart des Todes.

»Ich möchte Sie nicht drängen«, sagte er schließlich, »aber ich hoffe, Sie hatten vor, die Verbindung all dieser Dinge mit der Bestellung von 450 lebenden Eierstockkulturen zu erklären, die Athos an die Bharaputra-Labors schickte?« Er lächelte gewinnend und hoffte, daß Terrence Cee nicht genau vor dem Höhepunkt aufhören würde zu erzählen.

Cee blickte Ethan prüfend an und rieb sich Stirn und Schläfen in unbewußter Frustration. Nach einer Weile antwortete er: »Athos' Bestellung traf in der Genetikabteilung der Bharaputra-Labors ein, während ich immer wieder wegen Janine zu ihnen kam. Ich hatte noch nie zuvor von diesem Planeten gehört. Für mich klang es so seltsam und fern – ich dachte, wenn ich nur dorthin könnte, vielleicht könnte ich Millisor und meine Vergangenheit für immer hinter mir lassen. Nachdem Janines sterbliche Überreste«, er schluckte schmerzlich und wandte seine Augen von Ethan ab, »verbrannt worden waren, verließ ich Jackson's Whole und begann einen Umweg, um meine Spur zu verwischen. Ich nahm hier einen Job an, um eine Tarnidentität zu haben, während ich auf das nächste Schiff nach Athos wartete.

Ich kam hier vor fünf Tagen an. Aus purer Gewohnheit schaute ich im Register der Transitreisenden nach, ob sich Staatsangehörige von Cetaganda hier befänden. Und entdeckte, daß Millisor sich hier für drei Monate als Makler für Kunstgegenstände und Artefakte niedergelassen hatte. Ich konnte mir nicht vorstellen, daß ich ihn entdeckt haben könnte, bevor er mich entdeckte, bis ich ihm nahe genug kam, um seine Gedanken zu lesen. Er hatte alle Leute von der Überwachung der Transitreisenden abgezogen, um nach Ihnen und Okita zu jagen. Sie sind in der Überwachung der Ausgänge mindestens eine Woche zurück, und da sie jetzt einen Mann weniger haben, wird es lange dauern, bis sie aufgeholt haben. Ich glaube, ich schulde Ihnen mehr als ein Danke, Doktor. Was haben Sie übrigens mit Okita gemacht?«

Ethan ließ sich nicht ablenken. »Wozu haben Sie die Bharaputra-Labors in Hinsicht auf die Bestellung von Athos veranlaßt?« Er versuchte, Cee streng und kalt anzustarren.

Cee befeuchtete seine Lippen. »Nichts. Millisor denkt nur, ich hätte es getan. Es tut mir leid, daß er sich so hineingesteigert hat.«

»Ich bin nicht ganz so beschränkt, wie ich aussehe«, sagte Ethan sanft. Cee machte eine vage Geste, die sagen sollte: Das habe ich auch nie gedacht. »Ich habe zufällig von unabhängiger Quelle Informationen bekommen, daß das Top-Genetikteam von Bharaputra zwei Monate auf die Zusammenstellung einer Lieferung verwendete, die sie hätten in einer Woche fertigmachen können.« Ethan blickte sich in dem winzigen, kargen Raum um. »Ich stelle auch fest, daß Sie jetzt keinen Berg Geld mehr zu haben scheinen.« Ethan ließ seine Stimme noch sanfter klingen. »Haben Sie sie veranlaßt, eine Eierstockkultur aus den Überresten Ihrer Gattin zu erstellen, anstatt sie klonen zu lassen, als Sie erkannten, daß das Klonen das nicht wiederbringen konnte, was wesentlich an ihr war? Und dann haben Sie sie bestochen, diese Kultur in unsere Lieferung reinzuschmuggeln, mit der Absicht, ihr nach Athos zu folgen?«

Cee zuckte. Er öffnete den Mund; schließlich flüsterte er: »Ja, Sir.«

»Komplett mit dem Genkomplex für diese Zirbeldrüsenmutation?«

»Jawohl, Sir. Unverändert.« Cee starrte zur Decke. »Sie liebte Kinder. Sie riskierte es, welche zu haben, bevor Rau uns zum letztenmal einholte. Das war das letzte – das letzte, was ich für *sie* tun konnte. Alles andere wäre nur für mich gewesen. Können Sie das verstehen, Sir?«

Ethan nickte gerührt. In diesem Augenblick hätte er fröhlich jeden athosianischen Fundamentalisten niedergeschlagen, der gewagt hätte zu argumentieren, daß Cees tragische Fixierung auf sein verbotenes Weib ehrlos sei. Er erbebte ob seiner eigenen radikalen Emotion. Und doch, etwas paßte nicht zusammen. Er hatte es fast …

Der Türsummer ertönte.

Sie sprangen beide hoch. Cees Hand griff in die Jacke nach einer verborgenen Waffe. Ethan erbleichte lediglich.

»Weiß irgend jemand, daß Sie hier sind?« fragte Cee.

Ethan schüttelte den Kopf. Aber so, wie die Dinge standen, hatte er diesem jungen Mann den Schutz von Athos versprochen. »Ich werde nachschauen«, bot er an. »Sie … öh … geben mir Deckung«, fügte er hinzu, als Cee protestieren wollte. Cee nickte und glitt auf die andere Seite.

Die Tür öffnete sich zischend.

»Guten Abend, Botschafter Urquhart.« Elli Quinn

stand in der Türöffnung und strahlte ihn an. »Ich habe gehört, daß die Botschaft von Athos vielleicht Bedarf an Sicherheitswachen – an Soldaten – an einer Geheimdiensteinheit hat. Suchen Sie nicht weiter, Quinn ist hier, alle drei auf einmal. Ich biete einen speziellen Rabatt auf wagemutige Rettungsaktionen für jeden Kunden, der seine Bestellung vor Mitternacht abgibt. Es sind noch fünf Minuten bis dahin«, fügte sie nach einer kurzen Pause an. »Darf ich reinkommen?«

KAPITEL 9

Sie schon wieder«, stöhnte Ethan. Er blickte Kommandantin Quinn finster und böse an, während er ihren genauen Wortlaut – seinen genauen Wortlaut – zur Kenntnis nahm. »Wo haben Sie die Wanze versteckt, Quinn?«

»Auf Ihrem Kreditbrief«, antwortete sie prompt. »Mit dem sind Sie ja sogar schlafengegangen.« Sie wiegte sich auf ihren Zehen und hob den Kopf, um über Ethans Schulter gucken zu können. »Wollen Sie mich nicht Ihrem neuen Freund vorstellen, bitte?«

Ethan knurrte leise.

Quinn nickte. »Und ich muß sagen, Sie sind der beste Strohmann, den ich je hatte. Es ist einfach erstaunlich, wie Sie Schwierigkeiten anziehen.«

»Ich dachte, Sie hätten keine Verwendung für … äh … Schwule«, sagte Ethan kühl.

Sie grinste boshaft. »Na, jetzt nehmen Sie sich das mal nicht zu sehr zu Herzen. Um die Wahrheit zu sagen, ich habe schon überlegt, wie ich Sie jemals unter meinem Bett hervorbekommen würde. Ich war über Ihre Initiative wirklich sehr erfreut.«

Ethan verzog die Lippen, aber solange sie nicht ihren gestiefelten Fuß von der Türrille nahm, würden sich die Sicherheitsdichtungen nicht schließen. Mit aller Höflichkeit, die er gerade noch aufbieten konnte, trat er zur Seite.

Terrence Cees rechte Hand glättete nervös seine Jacke. »Ist sie eine Freundin?«

»Nein«, sagte Ethan schroff.

»Ja«, Kommandantin Quinn nickte lebhaft und zeigte ihrer neuen Zielperson ihr schönstes Lächeln.

Cee zeigte, wie Ethan gereizt bemerkte, die gleiche törichte Überraschung, die alle galaktischen Männer bei ihrer ersten Begegnung mit Kommandantin Quinn an den Tag legten; aber zu Ethans Erleichterung schien er sich viel schneller zu erholen und sein Blick sprang von ihrem Gesicht über ihr Halfter zu ihren Stiefeln und anderen Punkten, die man auf Waffen überprüfen mußte. Quinns Augen verfolgten Cees Bestandsaufnahme und erwiderten sie an ihm selber, mit einem selbstgefälligen Lächeln in den Augenwinkeln, da sie aus seinen Blicken wußte, wo sie nach *seinen* Waffen schauen mußte. Ethan seufzte. War die Söldnerin immer dazu bestimmt, ihnen einen Schritt voraus zu sein?

Die Türen schlossen sich zischend. Quinn setzte sich und hielt die Hände brav auf den Knien, fern von dem Arsenal, das sie mit sich tragen mochte. »Sagen Sie diesem netten jungen Mann, wer ich bin, Botschafter Urquhart.«

»Warum?« murrte Ethan.

»Ach, kommen Sie schon. Sie schulden mir schließlich einen Gefallen.«

»Was!« Ethan holte Luft, um dann seiner Empörung vollen Ausdruck zu verleihen, aber Quinn redete einfach weiter.

»Sicher. Wenn ich nicht meinen Cousin Teki instruiert hätte, Sie aus der Quarantäne zu schmuggeln, dann würden Sie noch immer ohne Ausweiskarte dort festhängen, rechtmäßiger Gefangener der Händewäscher. Und Sie und Mr. Cee hier wären sich nie begegnet.«

Ethans Mund klappte zu. »Stellen Sie sich selbst vor«, fauchte er schließlich.

Sie nickte ihm freundlich zu und wandte sich an Cee, wobei ihre geflissentliche Ungezwungenheit eine gespannte Erregung nicht ganz verbergen konnte. »Mein Name ist Elli Quinn. Ich habe den Rang einer Kommandantin in der Freien Dendarii-Söldnerflotte und den Posten einer Feldagentin im Nachrichtendienst der Flotte. Mein Auftrag war, Ghem-Oberst Millisor und seine Gruppe zu beobachten und ihre Mission aufzudecken. Vor allem dank Botschafter Urquhart habe ich endlich diesen Auftrag erfüllt.« Ihre Augen funkelten vor Befriedigung.

Terrence Cee starrte beide mit neuem Mißtrauen an. Das brachte Ethan zum Sieden, nach all seinen vorsichtigen Bemühungen, Cees beschädigtes Gemüt dazu zu bringen, ihm ein wenig zu vertrauen.

»Für wen arbeiten Sie?« fragte Cee.

»Admiral Naismith ist mein Befehlshaber.«

Cee wischte dies ungeduldig beiseite. »Und für wen arbeitet er?«

Ethan wunderte sich, warum ihm diese Frage nie gekommen war.

Kommandantin Quinn räusperte sich. »Einer der Gründe, weshalb man einen Söldneragenten engagiert, anstatt seine eigenen Leute einzusetzen, liegt natürlich gerade darin, daß der Söldner, wenn er gefangen wird, nicht enthüllen kann, wohin alle seine Berichte gegangen sind.«

»Mit anderen Worten, Sie wissen es nicht.«

»Stimmt.«

Cees Augen verengten sich. »Ich kann mir noch einen anderen Grund denken, warum man einen Söldner engagiert. Was ist, wenn man seine eigenen Leute überprüfen will? Wie kann ich sicher sein, daß Sie nicht selbst für die Cetagandaner arbeiten?«

Dieser schreckliche, aber logische Gedanke verschlug Ethan den Atem.

»Mit anderen Worten, vielleicht beurteilen Oberst Millisors Vorgesetzte ihn gerade für seine nächste Beförderung?« Quinn lächelte spöttisch. »Ich hoffe nicht, denn nach meinem letzten Bericht wären sie mit ihm sehr unzufrieden...« Aus dieser vagen Andeutung schloß Ethan, daß sie nicht die Absicht hatte, Okitas Tötung für sich in Anspruch zu nehmen. Diese Großmut weckte bei ihm allerdings keine Dankbarkeit.

»… die einzige Garantie, die ich Ihnen anbieten kann, ist dieselbe, auf die ich mich verlasse. Ich glaube nicht, daß Admiral Naismith einen Auftrag von den Cetagandanern annehmen würde.«

»Söldner werden reich, indem sie ihre Aufträge von dem annehmen, der ihnen am meisten bietet«, sagte Cee. »Dabei kümmern sie sich nicht darum, von wem die Aufträge sind.«

»Ah – hm. Das stimmt nicht ganz. Söldner werden reich, indem sie mit dem geringstmöglichen Verlust gewinnen. Um zu gewinnen hilft es, wenn man die bestmöglichen Leute befehligen kann. Und die allerbesten kümmern sich schon darum. Es ist wahr, in diesem Geschäft gibt es moralische Zombies und völlige Psychopathen – aber nicht unter Admiral Naismiths Leuten.«

Ethan konnte sich kaum davor zurückhalten, an dieser letzten Behauptung herumzukritisieren.

Einmal gut in Fahrt, redete sie jetzt weiter; dabei vergaß sie ihre sorgfältig eingenommene nichtdrohende Haltung und erhob sich, um in all ihrer nervösen Konzentration im Zimmer auf und ab zu gehen. »Mr. Cee, ich möchte Ihnen eine Offiziersstelle in der Freien Dendarii-Söldnerflotte anbieten. Schon allein aufgrund Ihres telepathischen Talents – sofern es bestätigt wird – kann ich Ihnen einen Posten als Leutnant mit Spezialaufgaben im Nachrichtendienst persönlich garantieren. Vielleicht auch mehr, angesichts Ihrer Erfahrung, aber ich bin sicher, ich kann Ihnen einen Leutnantsposten beschaffen. Wenn Sie tatsächlich für den militärischen Nachrichtendienst geschaffen und geboren wurden, warum machen Sie sich dann diese Bestimmung nicht zu eigen? Bei den Dendarii gibt es keine geheimen Machtstrukturen wie die Ghem-Lords, die Sie fördern, aber auch erledigen können. Sie steigen nur nach Ihren Verdiensten auf. Und für wie seltsam Sie sich auch halten mögen, Sie werden dort einen Kameraden finden, der noch seltsamer ist …«

»Darauf würde ich wetten«, murmelte Ethan.

»... Lebendgeburten, Replikatorgeburten, genetisch veränderte Leute aus marginalen Habitats – einer unserer besten Schiffskapitäne ist ein genetischer Hermaphrodit.«

Sie wirbelte herum, sie gestikulierte; sie würde sich, so kam es Ethan vor, wie ein Falke auf seinen neuen Schutzbefohlenen stürzen, wenn sie könnte, und ihn davontragen.

»Darf ich darauf hinweisen, Kommandantin Quinn, daß Mr. Cee um den Schutz von *Athos* gebeten hat.«

Sie machte sich nicht einmal die Mühe, sarkastisch zu werden. »Nun, das ist es ja gerade«, sagte sie schnell. »Wenn Sie Millisor fürchten, wo könnten Sie besser Schutz finden, als mitten in einer Armee?«

Außerdem, dachte Ethan, sah Kommandantin Quinn unfairerweise gut aus, wenn sie vor Erregung glühte ... Er guckte ängstlich auf Cee und war erleichtert, als er sah, wie dieser kühl und unberührt dreinblickte. Wenn diese Worte mit solcher Leidenschaft an ihn gerichtet worden wären, dann wäre er selbst vielleicht aufgesprungen und hätte sich zu den Söldnern gemeldet. Brauchten die Dendarii Schiffsärzte?

»Ich nehme an«, sagte Cee trocken, »sie würden mich erst einmal einer Befragung unterziehen wollen.«

»Tja«, sie zuckte die Achseln, »sicher.«

»Unter Drogen, ohne Zweifel.«

»Ach – nun, das *ist* obligatorisch für alle, die sich freiwillig zum Nachrichtendienst melden. Trotz aller guter bewußter Absichten ist es möglich, daß man ein eingeschleuster Spitzel ist und es nicht weiß.«

»Ein Verhör mit allen Schikanen, kurz gesagt.«

Sie blickte vorsichtiger drein. »Nun, wir haben natürlich alle Schikanen vorrätig. Falls nötig.«

»Um sie zu verwenden. Falls nötig.«

»Nicht an unseren *eigenen* Leuten.«

»Lady«, er berührte seine Stirn, »wenn dieses Ding da aktiviert ist, gehöre ich zu den *anderen* Leuten.«

Zum erstenmal nahm der Zweifel ihr etwas von ihrer Energie. »Ach so. Hm.«

»Und wenn ich mich entscheide, nicht mit Ihnen zu gehen – was werden Sie dann tun, Kommandantin Quinn?«

»Oh – tja ...« Sie sah wie eine Katze aus, die vorgab, nicht hinter einer Maus herzupirschen, dachte Ethan. »Sie sind noch nicht von Station Kline runter. Millisor lauert immer noch dort draußen. Ich könnte Ihnen noch ein oder zwei Gefallen erweisen ...«

»War das eine Drohung oder eine Bestechung?«

»Als Gegenleistung könnten Sie mir vielleicht etwas mehr Informationen über Millisor und den Geheimdienst von Cetaganda geben. Einfach, damit ich *etwas* an Admiral Naismith zu berichten habe.«

Ethan stellte sich eine Katze vor, die auf dem Kissen ihres Besitzers eine tote Maus ablegte.

Cee mußte sich etwas ähnliches vorgestellt haben, denn er erkundigte sich sarkastisch: »Würde meine Leiche ausreichen?«

»Admiral Naismith«, versicherte ihm Quinn, »würde das nicht sonderlich gefallen.«

Cee schnaubte. »Was wißt ihr Blinden denn schon von den Gedanken der Menschen? Was kann einer von euch wirklich sagen? Wenn ich Sie so blind anschaue wie jetzt, was kann ich da schon wissen?«

Quinn zögerte und dachte wirklich nach. »Nun, auf diese Weise müssen wir immerzu Menschen beurteilen«, sagte sie bedächtig. »Wir beurteilen Taten wie auch Worte und Auftreten. Wir stellen Vermutungen aufgrund unserer Vorstellungen an. Wir setzen auf jemanden Vertrauen, wenn Sie wollen«, sie nickte Ethan zu, der, von seinem ehrlichen Gewissen getrieben, zurücknickte, obwohl er nicht wünschte, eines ihrer Argumente zu unterstützen.

Cee ging im Zimmer auf und ab. »Sowohl Handlungen als auch Lügen können erzwungen sein, gegen den wirklichen Willen. Durch Furcht oder andere Dinge, wie ich weiß.« Er wandte sich um, drehte sich noch einmal um. »Ich muß es *wissen*. Ich muß es wissen.« Er blieb stehen, fixierte beide mit einem Blick, wie ein Mann, der die schwärzeste Nacht ergründen möchte. »Geben Sie mir etwas Tyramin. Dann werden wir miteinander reden. Dann kann ich wissen, was Sie *wirklich* sind.«

Ethan fragte sich, ob sich in seinem Gesicht das gleiche Entsetzen abzeichnete wie in Quinns. Sie sahen einander an und brauchten keine Telepathie, um sich die Gedanken des anderen vorstellen zu können; Quinn war zweifellos vollgestopft mit geheimen Vorgängen des Dendarii-Nachrichtendienstes; er selbst, nun ja – Cee würde schließlich zwangsläufig herausfinden, welchen Fehler er gemacht hatte, indem er bei Ethan Schutz suchte. Vielleicht sollte er es lieber nicht auf die harte Art und Weise erfahren. Ethan seufzte vor Bedauern, daß das schmeichelhaft überhöhte Bild, das Cee von ihm hatte, zerstört werden würde. Aber ein Narr, der verheimlichen will, daß er ein Narr ist, ist ein doppelter Narr. »Ich bin einverstanden«, willigte er düster ein.

Quinn kaute zerstreut auf der Lippe. »Das ist veraltet«, murmelte sie, »und das ebenfalls, und das muß inzwischen geändert worden sein – und all *das* weiß Millisor schon. Und der Rest ist rein privat.« Sie blickte auf. »In Ordnung.«

Cee schien verblüfft zu sein. »Sie sind einverstanden?«

Quinn verzog spöttisch den Mund. »Das erstemal, daß der Botschafter und ich über eine Sache einer Meinung sind, glaube ich.« Sie hob ihre Augenbrauen und blickte Ethan an, doch der murmelte nur »Hm«.

»Haben Sie Zugang zu reinem Tyramin?« wollte Cee von ihnen wissen. »Vorrätig?«

»Oh, jede Apotheke dürfte es auf Lager haben«, sagte Ethan. »Es gibt einige klinische Verwendungen bei ...«

»In eine Apotheke zu gehen wird ein Problem sein«, begann Cee grimmig, da platzte Quinn in einem Ton plötzlicher Erleuchtung heraus: »Oh. *Oh.*«

»Was: Oh?« fragte Ethan.

»Jetzt verstehe ich, warum Millisor sich solche Mühe gegeben hat, um in das kommerzielle Computernetz einzudringen, aber nicht, um in das militärische hineinzukommen. Ich konnte nicht begreifen, wie er sie wohl hätte verwechseln können.« Die Befriedigung, ein Rätsel gelöst zu haben, leuchtete in ihren dunklen Augen.

»Was?« fragte Ethan.

»Das ist eine Falle, stimmt's?« sagte Quinn.

Cee nickte bestätigend.

Sie erklärte es Ethan: »Millisor hat in das kommerzielle Computernetz eine Melderoutine eingeschmuggelt. Ich wette, wenn irgend jemand auf Station Kline reines Tyramin kauft, dann geht in Millisors Lauschposten ein Alarm los, und dann taucht Rau oder Setti oder jemand anderer auf – vorsichtig, weil es ja sicher auch falschen Alarm geben kann – und – o ja. Sehr hübsch.« Sie nickte mit professioneller Anerkennung.

Sie saß einen Moment lang da und kratzte geistesabwesend an einem ihrer vollkommenen Schneidezähne. Eine ehemalige Nägelkauerin, diagnostizierte Ethan. »Vielleicht finde ich einen Weg da drum herum«, murmelte sie.

Ethan hatte nie zuvor einen Lauschposten für Spionage eingenommen, und er fand die Apparate faszinierend. Terrence Cee schien nüchtern vertraut mit ihren Funktionsprinzipien zu sein, wenn auch nicht unbedingt mit den speziellen Modellen. Die Dendarii begeisterten sich anscheinend sehr für Mikrominiaturisierung nach betanischer Art. Nur die Notwendigkeit einer Schnittstelle für plumpe menschliche Augen und Finger hatte der Steuerkonsole, die auf dem Tisch zwischen Cee und Ethan geöffnet lag, die Größe eines kleinen Notizbuches verliehen.

Die von der kleinen Holovidscheibe dargebotene Sicht der Stationspassage, wo Quinn jetzt stand, tendierte dazu, ziemlich desorientierend mit den Bewegungen ihres Kopfes zu hüpfen, da die Vidaufnahmegeräte in ihren winzigen Glasperlenohrringen versteckt waren. Aber mit Konzentration und etwas Übung fand sich Ethan in der Projektion versunken und empfand beinahe die Illusion, ein Augenzeuge der Szene zu sein, die sich da die halbe Station entfernt abspielte. Cees verdunkeltes Zimmer verschwand aus seinem Bewußtsein, obwohl Cee selbst, der aufmerksam neben Ethan saß, ablenkend gegenwärtig blieb.

»Nichts kann schiefgehen, wenn du genau tust, was ich dir sage, und nicht versuchst, zu improvisieren«, erklärte Quinn ihrem Cousin Teki, der fesch wirkte in seiner frischen piniengrün-himmelblauen Uniform. Der weiße Verband auf Tekis Stirn vom Schwebepalettenunfall des Vortags war durch einen klaren, durchlässigen aus Plastik ersetzt worden. Ethan bemerkte befriedigt, daß es um den sauber verschlossenen Schnitt keine Rötung oder Schwellung gab. »Denk daran, das *Fehlen* eines Signals macht einen Abbruch notwendig«, fuhr Quinn fort. »Für Notfälle werde ich in der Nähe sein, aber versuche, mich nicht anzuschauen. Wenn du mich nicht vom Balkon winken siehst, dann dreh dich einfach auf der Stelle um und bring das Zeug zurück und sag ihnen, daß du das andere wolltest, das, hm …«

»Tryptophan«, murmelte Ethan, »zum Schlafen.«

»Tryptophan«, fuhr Quinn fort, »zum Schlafen. Dann geh einfach heim. Versuche nicht, nach mir Ausschau zu halten. Ich werde mich später mit dir in Verbindung setzen.«

»Elli, hat das etwas mit dem Kerl zu tun, bei dem du gestern so scharf darauf warst, ihn aus der Quarantäne loszubekommen?« fragte Teki. »Du hattest mir versprochen, es später zu erklären.«

»Es ist noch nicht später genug.«

»Es hat etwas mit den Dendarii-Söldnern zu tun, nicht wahr?«

»Ich bin im Urlaub.«

Teki grinste. »Du bist also verliebt? Zumindest ist er eine Verbesserung gegenüber dem verrückten Zwerg.«

»Admiral Naismith«, sagte Quinn steif, »ist kein Zwerg. Er ist fast fünf Fuß groß. Und ich bin auch nicht in ihn ›verliebt‹; ich bewundere nur seine Brillanz.« Das Bild wackelte, als sie auf ihren Fersen hüpfte. »Professionell gesehen.«

Teki pfiff, allerdings vorsichtig. »Schon gut, wenn es also nicht für den Zwerg ist, um was geht es dann? Du schmuggelst doch nicht Drogen oder irgend so ein verdammtes Zeug, oder? Es macht mir nichts aus, dir einen Gefallen zu tun, aber nicht einmal für dich will ich meinen Job riskieren, Cousinchen.«

»Du stehst auf der Seite der Engel, das versichere ich dir«, sagte Quinn ungeduldig zu ihm. »Und wenn du nicht zu deinem kostbaren Job zu spät kommen möchtest, dann ist es jetzt Zeit, daß du dich davonmachst.«

»Oh, schon gut«, Teki zuckte gutmütig die Achseln. »Aber ich möchte später die ganze Geschichte erfahren, hörst du?« Bevor er sich umwandte und durch die Passage davonschlenderte, mußte er noch eine letzte Frage anbringen. »Aber wenn alles so legal, moralisch und harmlos ist, warum sagst du dann immer wieder: ›Nichts kann schiefgehen‹?«

»Weil nichts schiefgehen *kann*«, sagte Quinn leise,

als handelte es sich um eine Beschwörung, und winkte ihm, er solle losgehen.

Ein paar Minuten später schlenderte sie hinter ihm her. Ethan und Cee kamen in den Genuß eines gemächlichen Schaufensterbummels durch die Passage. Nur ein gelegentlicher, lässiger Schwenk bestätigte ihnen, daß der Cousin noch in Sicht war. Teki betrat die Apotheke. Quinn näherte sich ihr, regulierte das Richtmikrophon in ihrer Haarspange und blieb stehen, um in der Auslage Medikamente gegen Raumkrankheit zu studieren.

»Hm«, sagte der Apotheker gerade, »danach ist wenig Nachfrage...« Er tippte an seinem Computerterminal einen Code ein. »Tabletten zu einem halben Gramm oder zu einem Gramm, Sir?«

»Hm – ein Gramm, nehme ich an«, antwortete Teki.

»Wird erledigt«, erwiderte der Mann. Es gab eine lange Pause. Dann das Geräusch weiterer Tastatureingaben, und einen gemurmelten Fluch des Apothekers. Das Geräusch einer Faust, die leicht auf die Verkleidung des Bedienungspaneels schlug. Ein trauriges Piepsen des Computers. Nochmals Tastatureingaben, eine Wiederholung des vorhergehenden Musters.

»Ist Millisors Falle aktiv?« flüsterte Ethan Cee zu.

»Fast sicher. Zeitverzögerung«, erwiderte Cee murmelnd.

»Es tut mir leid, Sir«, sagte der Apotheker zu Teki. »Da scheint es eine Störung zu geben. Wenn Sie so nett wären, einen Augenblick Platz zu nehmen, dann werde ich Ihre Bestellung manuell erledigen. Es dauert nur ein paar Minuten.«

Quinn wagte einen Blick auf den Ladentisch. Der Apotheker holte ein dickes Nachschlagewerk hervor, blies eine feine Staubschicht davon weg, und während er die dünnen Seiten umblätterte, ging er durch eine Hintertür hinaus.

Teki seufzte und ließ sich auf einer gepolsterten

Bank niedersinken. Er schaute zu Quinn empor; sie zog ihren Blick sofort vom Ladentisch ab und konzentrierte sich anscheinend fasziniert auf einen Ständer mit Empfängnisverhütungsmitteln. Ethan errötete verlegen und warf einen verstohlenen Blick auf Cee, doch da dessen Konzentration unbeeinträchtigt zu sein schien, blickte Ethan wieder geradewegs auf das Holovid. Der Galaktiker war ohne Zweifel an diese Dinge gewöhnt, da er selber zugegeben hatte, einige Jahre intim mit einer Frau zusammengelebt zu haben. Wahrscheinlich sah er nichts Schlimmes daran. Ethan selbst aber wünschte, Quinn würde sich wieder den Pillen gegen Raumkrankheit zuwenden.

»Teufel noch mal«, keuchte Quinn. »Das war aber schnell.«

Ein weiterer, verwirrender Blick auf den neuen Kunden, der hastig die Apotheke betrat. Er war von mittlerer Größe, unauffällig gekleidet und kompakt wie eine Bombe – Rau.

Rau verlangsamte abrupt seinen Schritt, guckte sich am Ladentisch um, entdeckte Teki und wanderte tief und ruhig atmend an der Auslage entlang. Er kam an dem Ständer mit den Verhütungsmitteln gegenüber von Quinn an. Sie mußte ihm ihr typisches strahlendes Lächeln geschenkt haben, denn seine Lippen verzogen sich unwillkürlich zu einem überraschten antwortenden Grinsen, bevor er sich in den Raum zurückzog, fort von ihrem ablenkenden Gesicht.

Der Apotheker kehrte endlich zurück und steckte Tekis Kreditkarte in den Computer, der jetzt korrekt arbeitete, die Karte schluckte und mit einem spröden Rülpser wieder von sich gab. Teki nahm sein Päckchen auf und verließ die Apotheke. Rau war nicht mehr als vier Schritte hinter ihm.

Teki wanderte langsam durch die Passage und blickte oft verstohlen auf den leeren Balkon am anderen Ende. Schließlich setzte er sich neben dem standardmäßigen Brunnen mit Grünpflanzen in der Mitte und wartete eine beträchtliche Zeit. Rau setzte sich in der Nähe nieder, holte einen Handprojektor heraus und begann zu lesen. Quinn hörte mit ihrem Schaufensterbummel nicht auf.

Teki blickte auf den Balkon, schaute frustriert auf sein Chronometer und starrte durch die Passage auf Quinn, die offenkundig keine Notiz von ihm nahm. Nach einigen weiteren Minuten ärgerlichen Klopfens mit dem Fuß stand Teki auf und ging los.

»Oh, Sir«, rief Rau und lächelte. »Sie haben Ihr Päckchen vergessen!« Er hielt es einladend hoch.

»Die Götter sollen dich holen, Teki!« flüsterte Quinn wütend. »Ich hatte doch gesagt, keine Improvisationen.«

»Oh… hm – danke.« Teki nahm das Päckchen aus des Todes höflicher Hand und stand einen Augenblick lang unschlüssig blinzelnd da. Rau nickte und kehrte zu seinem Handprojektor zurück. Teki seufzte betrübt und trottete wieder durch die Passage zur Apotheke.

»Verzeihen Sie«, sagte Teki zu dem Apotheker. »Ist jetzt Tyramin zum Schlafen, oder Tryptophan?«

»Tryptophan«, sagte der Apotheker.

»Oh, tut mir leid. Dann war es Tryptophan, was ich wollte.«

Es gab ein kurzes, gespanntes Schweigen. Dann sagte der Apotheker kühl: »Ganz recht, Sir. Wird sofort erledigt.«

»Es war kein totaler Ausfall«, sagte Quinn, nahm ihre Ohrringe ab und befestigte sie sorgfältig an ihren Halterungen in dem Monitoretui. »Zumindest habe ich bestätigt, daß Rau sich in Millisors Lauschposten versteckt. Aber das hatte ich mir sowieso vorgestellt.«

Sie steckte auch die Haarklammer in das Etui, verschloß es und ließ es in die Jacke gleiten. Sie zog mit einem Fuß einen Stuhl heran, setzte sich und stützte die Ellbogen auf Terrence Cees kleinem Falttisch auf. »Vermutlich werden sie jetzt Teki die nächste Woche überall folgen. Um so besser, mir gefällt es, wenn sich meine Gegner überarbeiten. Wenn er bloß nicht versucht, mich anzurufen, dann kann nichts schiefgehen.«

Es kann aber auch nichts klappen, dachte Ethan mit einem Seitenblick auf Terrence Cees Gesicht. Cee war fast hoffnungsvoll gewesen, als das Tyramin sich in ihrer Reichweite zu befinden schien. Jetzt war er verschlossen, kühl und wieder mißtrauisch.

Ganz abgesehen von seinem schlecht beratenen Versprechen, Cee zu schützen, konnte sich Ethan nicht aus diesem wilden Gewirr zurückziehen, solange Millisor für Athos eine Bedrohung blieb. Und worin auch ihre jeweiligen getrennten Ziele bestehen mochten, Cees und Quinns und sein eigenes, die Entwirrung würde sicherlich ihrer aller vereinte Kräfte erfordern.

»Vermutlich könnte ich etwas Tyramin stehlen«, sagte Quinn ohne Begeisterung. Offensichtlich war sie sich Cees neuerlicher Zurückhaltung bewußt. »Obwohl Station Kline nicht der einfachste Ort für diese Art Taktik ist…« Sie verstummte nachdenklich.

»Gibt es einen besonderen Grund, warum es reines Tyramin sein muß?« fragte Ethan plötzlich. »Oder brauchen Sie bloß so viele Milligramm Tyramin in Ihrem Blutkreislauf?«

»Ich weiß es nicht«, sagte Cee. »Wir haben immer einfach die Tabletten benutzt.«

Ethans Augen verengten sich. Er suchte auf dem kleinen Wandtisch nebendran nach einem Notizpaneel und begann eine Liste einzutippen.

»Was jetzt?« fragte Quinn und reckte den Hals.

»Eine ärztliche Verordnung, bei Gott dem Vater«, sagte Ethan und tippte mit zunehmender Erregung. »Tyramin kommt natürlicherweise in einigen Lebensmitteln vor, wissen Sie. Wenn Sie sich einen Speisenplan mit einer hohen Tyraminkonzentration zusammenstellen – Millisor kann schließlich nicht jeden Lebensmittelladen auf der Station überwachen – es ist doch nicht illegal, Essen zu kaufen, oder? Wahrscheinlich müssen Sie sich für vieles an die Importläden wenden, ich glaube nicht, daß vieles davon zum Standardangebot der Zimmerservicekonsole gehört.«

Quinn nahm die Liste. Während sie las, hob sie die Augenbrauen. »Das ganze Zeug hier?«

»Soviel, wie Sie davon bekommen können.«

»Sie sind der Arzt«, sagte sie mit einem Achselzucken und stand auf. Sie lächelte schief. »Ich glaube, Mr. Cee wird einen brauchen.«

Nach zwei Stunden gespannten Schweigens kam Quinn mit zwei großen Beuteln ins Cees Zimmer zurück.

»Jetzt wird getafelt, meine Herren«, rief sie und setzte die Beutel auf dem Tisch ab. »Was für ein Festmahl!«

Die Menge an Lebensmitteln schüchterte Cee sichtlich ein.

»Das – scheint ziemlich viel zu sein«, bemerkte Ethan.

»Sie haben nicht gesagt, wieviel«, betonte Quinn. »Aber er muß ja nur essen und trinken, bis er aktiviert ist.« Sie reihte die Flaschen von Rotwein, Burgunder, Champagner sowie hellem und dunklem Bier wie Soldaten nebeneinander auf. »Oder bis er umkippt.« Um die Getränke arrangierte sie fächerförmig gelben Käse von Escobar, weißen Käse von Sergyar, zwei Arten von mariniertem Hering, ein Dutzend Schokoladenriegel und süße, in Dill eingelegte Gurken. »Oder bis er sich übergeben muß«, schloß Quinn.

Nur die heiße, gewürfelte Hähnchenleber war ein einheimisches Nahrungsmittel aus den Zuchtfässern von Station Kline. Ethan dachte an Okita und würgte.

Er nahm einige der Sachen in die Hand und erbleichte, als er die Preisschilder las.

Quinn bemerkte, wie er das Gesicht verzog, und sagte: »Ja, Sie hatten recht, als Sie sagten, ich solle mich an die Importläden wenden. Haben Sie eine Vorstellung, wie das auf meiner Spesenrechnung aussieht?« Sie blickte auf die belegten Brote und nickte Terrence Cee aufmunternd zu. »*Bon appetit.*«

Sie streifte ihre Stiefel ab und legte sich auf Cees Bett, die Hände hinter dem Nacken verschränkt, mit einem sehr interessierten Ausdruck auf ihrem Gesicht. Ethan öffnete den Plastikverschluß einer Einliter-Spritzflasche mit Rotwein und holte hilfsbereit die Becher und anderen Utensilien, die die Zimmerservicekonsole bereithielt.

Cee schluckte voller Zweifel und setzte sich an den Tisch. »Sind Sie sicher, daß das funktioniert, Dr. Urquhart?«

»Nein«, sagte Ethan offen. »Aber es erscheint mir als ein ziemlich sicherer Versuch.«

Vom Bett war ein Kichern zu hören. »Ist Wissenschaft nicht wunderbar?« sagte Quinn.

KAPITEL 10

Um der Höflichkeit willen trank Ethan von dem Wein, überging allerdings Hähnchenleber, Dillgurken und Schokolade. Der Rotwein war trotz seines Preises nur Fusel, der Burgunder war jedoch nicht schlecht, und der Champagner – zum Nachtisch – schmeckte recht gut. Ein leicht zähflüssiges Gefühl der Körperlosigkeit warnte Ethan, daß seine Höflichkeit weit genug gegangen war. Er überlegte, wie Cee durchhielt, der noch pflichtbewußt kreuz und quer von den Sachen auf dem Tisch knabberte und nippte.

»Spüren Sie schon etwas?« erkundigte sich Ethan besorgt. »Kann ich Ihnen etwas geben? Mehr Käse? Noch einen Becher?«

»Einen Raumkrankheitsbeutel?« fragte Quinn hilfreich. Ethan blickte sie tadelnd an, aber Cee winkte nur ab und schüttelte den Kopf.

»Noch nichts«, sagte er. Er rieb sich unbewußt mit der Hand im Nacken. Ethan diagnostizierte bei sich beginnende Kopfschmerzen. »Dr. Urquhart, sind Sie ganz sicher, daß kein Teil der auf Athos eingetroffenen Lieferungen das gewesen sein könnte, was Bharaputra geschickt hat?«

Ethan kam es vor, als hätte er diese Frage schon tausendmal beantwortet. »Ich habe meine selbst ausgepackt und die anderen Kisten später gesehen. Das waren nicht einmal Kulturen, nur rohe tote Eierstöcke.«

»Janine …«

»Falls ihre … hm … Organspende zu einer Kultur zur Produktion von Eierzellen umgewandelt worden war …«

»Das war sie. Alle waren es.«

»Dann war sie nicht dabei. Es war überhaupt keine dabei.«

»Ich habe selbst gesehen, wie sie verpackt wurden«, sagte Cee. »Ich habe zugeschaut, wie sie auf den Docks des Shuttlehafens von Jackson's Whole verladen wurden.«

»Das engt Ort und Zeit, wo sie hätten vertauscht werden können, ein wenig ein«, stellte Quinn fest. »Es muß auf Station Kline gewesen sein, während der zwei Monate im Lagerhaus. Damit bleiben nur ... äh ... 426 verdächtige Schiffe übrig, die wir verfolgen müssen.« Sie seufzte. »Eine Aufgabe, die unglücklicherweise völlig meine Möglichkeiten übersteigt.«

Cee goß Burgunder in einen Plastikbecher und trank erneut. »Ihre Möglichkeiten übersteigt, oder einfach ohne Interesse für Sie ist?«

»Tja – schon gut, beides. Ich meine, falls ich die Sendung aufspüren wollte, dann würde ich Millisor die Kleinarbeit machen lassen und ihm einfach folgen. Aber die Lieferung ist von Interesse nur wegen diesem einen Genkomplex in einer Kultur, den Sie, wenn ich die Dinge recht verstehe, auch in sich tragen. Ein Pfund Ihres Fleisches würde meinen Zwecken genauso dienen – oder noch besser. Oder ein Gramm, oder ein Röhrchen mit Blutzellen ...« Sie verstummte und lud Cee damit ein, den Hinweis aufzugreifen.

Cee wich aus. »Ich kann nicht darauf warten, daß Millisor sie aufspürt. Sobald seine Mannschaft ihren Rückstand aufgeholt hat, werden sie mich hier auf Station Kline finden.«

»Mr. Cee, Sie haben noch einen kleinen Vorsprung«, betonte Quinn. »Ich wette, Millisor und seine Leute werden noch ziemlich viele Mannstunden vergeuden, indem sie dem armen, unschuldigen Teki überall folgen, während er seine Hausarbeit erledigt. Vielleicht langweilt es sie zu Tode«, hoffte sie, »und erspart mir so die Erledigung einer gewissen abscheulichen Aufgabe, die ich dem Hause Bharaputra versprochen habe.«

Cee richtete seinen Blick auf Ethan. »Will Athos die Lieferung nicht wiederhaben?«

»Wir hatten sie schon abgeschrieben. Obwohl wir keine neue kaufen müßten, wenn wir sie wiederfänden, fürchte ich, das wäre falsche Sparsamkeit, falls Millisor ihr dann mit einer Armee im Rücken und mit der Absicht auf Völkermord folgen würde. Er ist so besessen von der Vorstellung, daß Athos sie haben muß – eigentlich hätte ich gerne, daß er das verdammte Ding findet, einfach um sicher zu sein, daß Athos ihn los ist.« Ethan zuckte Cee gegenüber entschuldigend die Achseln. »Tut mir leid.«

Cee lächelte traurig. »Entschuldigen Sie sich nie für Ehrlichkeit, Dr. Urquhart.« Dann fuhr er eindringlicher fort: »Aber sehen Sie nicht, der Genkomplex *darf nicht* wieder in ihre Hände fallen. Nächstesmal werden sie vorsichtiger sein und aus ihren Telepathen wirkliche Sklaven machen. Und dann wird es für die Korrumpierung ihres Einsatzes keine Grenzen mehr geben.«

»Können sie wirklich Menschen ohne freien Willen herstellen?« sagte Ethan mit einem Frösteln. Das alte Schlagwort ›Greuel in den Augen Gottes des Vaters‹ schien hier mit einer realen und beunruhigenden Bedeutung erfüllt zu sein. »Ich muß sagen, mir gefällt diese Idee nicht, wenn man ihr zu ihrem logischen Schluß folgt. Maschinen aus Fleisch …«

Vom Bett her sprach Quinn träge in einem Ton, der, wie Ethan sich bewußt wurde, schnelle Gedankenbewegungen verbarg. »Es scheint mir, daß der Dämon sowieso aus der Flasche draußen ist, ob Millisor nun das Zeug zurückbekommt oder nicht. Durch lebenslange Gewohnheit denkt Millisor in den Begriffen der Gegenspionage. Er treibt diesen ganzen Aufwand nur, um sicherzustellen, daß niemand *anderer* es bekommt. Jetzt, wo Cetaganda weiß, daß es gemacht werden kann, wird man die Forschung mit der Zeit wiederholen. Fünfundzwanzig Jahre, fünfzig Jahre, wie lange es auch dauert. Aber dann sollte es lieber eine Rasse freier Telepathen geben, um Cetaganda zu widerstehen.« Ihre Augen blickten prüfend auf Cee, als suchte sie schon nach einer guten Stelle für eine Biopsie.

»Und was läßt Sie glauben, daß der Auftraggeber Ihres Admiral Naismith eine Verbesserung gegenüber den Cetagandanern wäre?« fragte Cee bitter.

Sie räusperte sich. Der Telepath hatte ihre Gedanken lesen können, seit er begonnen hatte, Fragen zu stellen, erkannte Ethan, und sie wußte es schon. »Also, dann schicken Sie doch eine Gewebeprobe von Ihnen an jede Regierung in der Galaxis, wenn Sie mögen.« Sie grinste wölfisch. »Millisor würde einen Schlaganfall erleiden, damit hätten Sie Ihre Rache und gleichzeitig wäre Athos damit aus dem Schneider. Mir *gefällt* Effizienz.«

»Um hundert Rassen von Sklaven zu schaffen?« fragte Cee. »Hundert Minoritäten von Mutanten, alle gefürchtet und gehaßt und mit aller rücksichtslosen Gewalt beherrscht, die ihren unsicheren Gefängniswärtern notwendig erscheint? Und auf den Tod gejagt, wenn diese Kontrolle versagt?«

Zum erstenmal in seinem Leben sah Ethan sich einen Scheitelpunkt der Menschheitsgeschichte umklammern. Das Problem dieser Stellung war, so fand er, daß in jede Richtung, in die man schaute, eine spiegelglatte, unkontrollierbare Rutschbahn abfiel, hinab in eine seltsame Zukunft, in der man dann leben mußte. Niemals hatte er größeres Verlangen gehabt zu beten, und nie war er sich weniger sicher gewesen, daß es etwas bewirken würde.

Cee schüttelte den Kopf und trank wieder. »Für mich selbst bin ich damit fertig. Nie mehr. Wenn Janine nicht gewesen wäre, dann wäre ich vor drei Jahren ins Feuer gegangen.«

»Aha«, sagte Quinn, »Janine.«

Cee blickte sie durchdringend an. Keineswegs betrunken, dachte Ethan. »Sie wollen ein Pfund Fleisch, Söldnerin? Das ist der Preis dafür: Finden Sie Janine für mich.«

Quinn verzog den Mund. »Vermischt, wie Sie sagen, mit dem Rest von Athos' Versandhandelsbräuten. Raffiniert.« Sie wickelte eine Haarsträhne um einen Finger. »Sie verstehen natürlich, daß meine Mission hier beendet ist. Ich habe meine Aufgabe erfüllt. Und ich könnte Sie hier betäuben, wo Sie sitzen, meine Gewebeprobe entnehmen und fort sein, bevor Sie wieder zu sich kommen.«

Cee regte sich unbehaglich. »Also?«

»Also, damit Sie das nur zur Kenntnis nehmen.«

»Was wollen Sie von mir?« fragte Cee. Seine Stimme klang ärgerlich. »Daß ich Ihnen vertraue?«

Ihre Lippen wurden zu einem Strich. »Sie vertrauen niemandem. Sie mußten nie jemandem vertrauen. Aber Sie verlangen, daß andere Ihnen vertrauen.«

»Oh«, sagte Cee und sah aus, als sei ihm plötzlich ein Licht aufgegangen. »Das.«

»Wenn Sie auch nur ein Wort *davon* ausplaudern«, sie lächelte mit zusammengebissenen Zähnen, »dann werde ich einen Unfall für Sie arrangieren, von dem Okita nie geträumt hätte.«

»Die persönlichen Geheimnisse Ihres Admirals sind ohne Interesse für mich«, sagte Cee steif. »Für diese Situation sind sie sowieso kaum relevant.«

»Für mich sind sie relevant«, murmelte Quinn, aber sie nickte ihm leicht zu, als bedingte Annahme dieser Zusicherung von Vertraulichkeit.

Jede Sünde, die Ethan je begangen oder erwogen hatte, kam ihm ungebeten in den Sinn. Er verstand, was Quinn gemeint hatte, ohne es auszusprechen. Offensichtlich verstand Cee es auch, denn er wechselte das Thema, indem er sich Ethan zuwandte.

Ethan kam sich plötzlich schrecklich nackt vor. Alle Gedanken, bei denen er am wenigsten ertappt werden wollte, schienen jetzt durch seinen Kopf zu rasen. Cees wunderbare körperliche Anziehung, zum Beispiel, seine nervöse, intelligente Schlankheit, die elektrisierenden blauen Augen – Ethan verfluchte seine eigene Schwäche für Blonde und zwang seine Gedanken zurück von einem Abgleiten ins Sexuelle. Wenn Cee beobachtete, wie er in Ethans Gedanken geistig entkleidet wurde, dann würde Ethans kühle medizinische Professionalität ihn kaum noch beeindrucken. Ethan beneidete Quinns gleichmütige, nie versagende Selbstbeherrschung.

Aber es könnte schlimmer sein. Er könnte daran denken, wie spinnwebendünn der Schild von Athos' Schutz war, den er angeblich vor Cee hielt und aufgrund dessen der Telepath so gefährlich viel enthüllt hatte. Wie sehr würde sich Cee verraten fühlen, wenn er entdeckte, daß das Asyl von Athos aus nicht mehr bestand als nur Ethans Intelligenz? Ethan errötete, zutiefst beschämt, und starrte zu Boden.

Er würde Cee an Quinn und den Glanz der Dendarii-Söldner verlieren, bevor er überhaupt eine Chance bekäme, ihm von Athos zu erzählen – über die schönen Meere, die angenehmen Städte, die geordneten Kommunen und die wie in einem Flickenteppich angeordneten terraformen Bauerngüter, und dahinter die weiten, wilden, einsamen Ödländer mit ihren faszinierenden Extremen an Klima und Menschen – die heiligmäßigen, wenn auch etwas schmuddeligen meditierenden Einsiedler, die gesetzlosen Fremdlinge ... Ethan stellte sich vor, wie er Cee zu einer Segeltörn entlang der Küste der Südprovinz mitnahm und dabei die Unterwasserzäune auf der Fischfarm seines Vaters überprüfte – gab es auf Cetaganda Ozeane? –, salziger Schweiß und Salzwasser, heiße harte Arbeit und danach kaltes Bier und blaue Garnelen.

Cee zitterte, wie ein Mann, der sich zwang, aus einem heiteren, aber gefährlichen narkotischen Traum zu erwachen. »Es gibt Ozeane auf Cetaganda«, flüsterte er, »aber ich habe sie nie gesehen. Mein ganzes Leben bestand aus Korridoren.«

Ethans Röte wurde zu Scharlach. Er kam sich durchsichtig vor wie Glas.

Quinn, die ihn beobachtete, stieß ein leises, bitteres Lachen aus. Sie hatte Ethan vollkommen verstanden. »Ihr Talent wird Sie auf Parties nicht populär machen, Cee, das prophezeie ich Ihnen.«

Cee schien sich willentlich zusammenzureißen. Ethan war erleichtert.

»Wenn Sie mir Asyl geben können, Dr. Urquhart, warum dann nicht auch Janines Nachkommenschaft? Und wenn Sie sie nicht schützen können, wie stellen Sie sich dann vor …«

Ethan war nicht erleichtert. Aber es hatte jetzt keinen Zweck zu lügen. »Ich habe noch nicht einmal herausgefunden, wie ich meine eigene Haut aus diesem Schlamassel herausbekomme«, gab er traurig zu, »geschweige denn Ihre.« Er beäugte Quinn. »Aber ich haue nicht ab.«

Ein Winken ihres Zeigefingers zeigte an, daß er getroffen hatte. »Ich möchte darauf hinweisen, meine Herren, daß wir, bevor einer von uns überhaupt etwas für diese genetische Lieferung tun kann, dieses verdammte Ding zuerst finden müssen. Nun, in dieser Gleichung scheint ein Element zu fehlen. Versuchen wir, es einzuengen. Wenn weder einer von uns noch Millisor es hat, wer sonst könnte es dann wohl haben?«

»Jeder, der herausgefunden hat, was es ist«, antwortete Cee. »Rivalisierende planetarische Regierungen. Kriminelle Organisationen. Freie Söldnerflotten.«

»Geben Sie gut acht, wen Sie in einem Atemzug erwähnen, Cee«, murmelte Quinn.

»Das Haus Bharaputra muß es gewußt haben«, sagte Ethan.

Quinn lächelte mit halbem Mund. »Und sie passen in zwei der drei Kategorien, da sie sowohl eine Regierung wie auch eine kriminelle Organisation darstellen… hm. Entschuldigen Sie meine Vorurteile. Ja. Bestimmte Personen im Haus Bharaputra wußten, um was es sich handelte. Sie wurden alle zu qualmenden Leichen. Ich befürchte, daß das Haus Bharaputra nicht länger weiß, was es da ausgebrütet hat. Das schließe ich aus Indizien; Bharaputra hat mich nicht völlig eingeweiht, aber ich unterstelle, wenn sie es gewußt hätten, dann hätte mein Auftrag gelautet, Millisor und Kumpane lebendig für ein Verhör zurückzubringen und nicht, wie ausdrücklich gewünscht, tot.« Sie fing Cees Blick auf. »Sie kennen ihre Gedanken zweifellos besser als ich. Klingen meine Überlegungen plausibel?«

»Ja«, gab Cee widerwillig zu.

»Wir bewegen uns im Kreis«, stellte Ethan fest.

Quinn drehte an ihrem Haar. »Jaa.«

»Wie wäre es mit einem einzelnen Unternehmer«, schlug Ethan vor, »der zufällig auf dieses Wissen stößt. Zum Beispiel ein Mann aus der Crew eines Schiffes…«

»Grrr«, stöhnte Quinn. »Ich sagte, die Skala der Möglichkeiten einzuengen, nicht, sie auszuweiten! Daten! Daten!« Sie schwang sich auf die Füße und musterte Cee. »Sind Sie für jetzt fertig, Mr. Cee?«

Cee saß zusammengekauert und drückte mit den Händen seinen Kopf. »Ja, gehen Sie. Jetzt nichts mehr.«

Ethan war besorgt. »Spüren Sie Schmerzen? Läßt sich der Schmerz lokalisieren?«

»Ja, kümmern Sie sich nicht drum, es ist immer so.« Cee taumelte zu seinem Bett, wälzte sich auf die andere Seite und rollte sich zusammen.

»Wohin gehen Sie?« fragte Ethan Quinn.

»Zuerst meine regulären Nachrichtenfallen auszuleeren; dann möchte ich das Personal des Lagerhauses ein bißchen aushorchen. Ob sich jedoch der menschliche Aufseher eines automatisierten Systems nach fünf bis sieben Monaten noch an eine Sendung unter Tausenden erinnern wird … Hm, na ja. Es ist halt ein offener Punkt, den ich abhaken werde. Sie können genausogut hierbleiben; hier ist es so sicher wie sonstwo.« Ein Ruck ihres Kopfes besagte: *Und Sie können ein Auge auf unseren Freund da im Bett haben.*

Ethan bestellte über die Zimmerservicekonsole ein Gramm Salyzilat und etwas Vitamin B und nötigte die Tabletten dem bleichen Telepathen auf. Cee nahm sie ein und rollte sich wieder zusammen, mit einer Geste, die besagen sollte: Kümmern Sie sich nicht um mich, die Ethan jedoch nicht beruhigen konnte. Doch Cees angespannte Benommenheit löste sich endlich und ging in Schlaf über.

Ethan wachte bei ihm und ärgerte sich erneut über seine eigene Hilflosigkeit. Er hatte nichts anzubieten, nichts, das auch nur halb so clever wäre wie Quinns Sack voller Tricks. Nichts außer einer hartnäckigen Überzeugung, daß sie alle das Problem vom falschen Ende her anpackten.

Quinns Rückkehr weckte Ethan, der auf dem Fußboden eingeschlafen war. Er erhob sich ächzend, ließ sie ins Zimmer und rieb sich den Schlaf aus den Augen. Es war auch Zeit für eine neue Rasur; vielleicht konnte er sich von Cee ein Enthaarungsmittel borgen.

»Wie ist es gegangen? Was haben Sie herausgefunden?« fragte er.

Sie zuckte die Achseln. »Millisor hält weiter seine Tarnroutine aufrecht. Rau ist wieder auf dem Lauschposten. Ich könnte dem Sicherheitsdienst der Station einen anonymen Tip geben, wo man nach ihm suchen sollte, aber wenn er dann wieder aus der Haft entkäme, müßte ich ihn wieder an einer neuen Stelle aufspüren. Und der Lagerhausaufseher kann besten Aquavit literweise trinken und stundenlang reden, ohne daß er sich an etwas erinnert.« Sie unterdrückte ein Rülpsen und roch selbst ein bißchen nach Alkohol.

Auf das Geräusch ihrer Stimmen hin erwachte Cee und setzte sich am Rand seines Bettes auf. »Oh«, murmelte er, legte sich erheblich vorsichtiger wieder hin und blinzelte. Einen Moment später setzte er sich wieder auf. »Wie spät ist es?«

»Neunzehn Uhr«, sagte Quinn.

»Oh, verdammt.« Cee sprang auf. »Ich muß in die Arbeit.«

»Ist es gut, daß Sie überhaupt hinausgehen?« fragte Ethan besorgt.

Quinn runzelte nachdenklich die Stirn. »Er sollte wahrscheinlich seine Tarnung einstweilen lieber beibehalten. Bis jetzt hat sie funktioniert.«

»Ich sollte lieber mein Einkommen beibehalten«, sagte Cee, »falls ich mir jemals ein Ticket kaufen möchte, um diesen vakuumverpackten Rattenbau zu verlassen.«

»Ich kaufe Ihnen ein Ticket«, bot Quinn an.

»Wenn ich mit Ihnen reise«, sagte Cee.

»Ja, natürlich.«

Cee schüttelte den Kopf und stolperte ins Bad.

Quinn forderte über die Zimmerservicekonsole Orangensaft und Kaffee an. Ethan nahm beides dankbar entgegen und machte am Tisch einen Platz für Cee frei.

Quinn nippte an einer isolierten Ballonflasche mit einer schimmernden schwarzen Flüssigkeit. »Nun, meine Schicht war eine Pleite, aber wie steht's mit der Ihren? Hat Cee etwas Neues gesagt?«

Das war nur höfliche Konversation, vermutete Ethan. Sie hatte vermutlich jeden Schnarcher aufgezeichnet, den sie von sich gegeben hatten.

»Wir haben die meiste Zeit geschlafen.« Ethan trank

von dem Kaffee, der heiß war und scheußlich schmeckte, irgendein billiges synthetisches Zeug. Ethan dachte daran, daß das Getränk zu Lasten von Cees Konto ging, und verkniff sich deshalb eine Bemerkung. »Aber ich habe über das Problem des Aufspürens der Lieferung nachgedacht. Es scheint mir, daß wir es von der falschen Seite angegangen haben. Betrachten Sie doch mal die Indizien dessen, was tatsächlich auf Athos angekommen ist.«

»Nach Ihren Worten Müll, um die Boxen zu füllen.«

»Ja, aber ...«

Ein Piepsen wie von einem gefangenen Küken kam aus Quinns zerknitterter grau-weißer Jacke. Sie klopfte auf die Taschen und murmelte: »Was, zum Teufel – o ihr Götter, Teki, ich hab' dir doch gesagt, du solltest mich nicht in der Arbeit anrufen ...« Sie zog einen kleinen Piepser heraus und betrachtete eine numerische Leuchtanzeige.

»Was ist das?« fragte Ethan.

»Mein Notrufsignal. Nur ganz wenige Leute haben den Code. Vermutlich nicht aufspürbar, aber Millisor hat einige Geräte, die ... – hm, das ist nicht die Nummer von Tekis Konsole.«

Sie drehte sich auf ihrem Stuhl herum, zu Terrence Cees Komkonsole. »Sagen Sie nichts, Doktor, und bleiben Sie außerhalb der Reichweite der Vid-Kamera.«

Auf der Holovid-Scheibe erschien das Gesicht einer kecken jungen Frau mit kastanienbraunem Haar in einem blauen Stationsoverall.

»Oh«, Quinn klang erleichtert, »du bist's, Sara.« Sie lächelte.

Sara lächelte nicht. »Hallo, Elli. Ist Teki bei dir?«

Ein winziger Spritzer Kaffee schoß aus dem Mundstück der Ballonflasche, als Quinns Hand sich krampfhaft spannte. Ihr Lächeln erstarrte. »Bei mir? Hat er gesagt, daß er mich besuchen wollte?«

Sara kniff die Augen zusammen. »Mach keine Spielchen mit mir, Elli. Du kannst ihm sagen, daß *ich* rechtzeitig im Blaufarn-Bistro war. Und ich warte für keinen Kerl länger als drei Stunden, selbst wenn er eine schicke grün-blaue Uniform trägt.« Sie blickte düster auf Quinns grau-weiße Uniform. »Ich bin nicht so vernarrt in Uniformen wie er. Ich gehe nach Hau … – aus. Ich gehe aus, und du kannst ihm sagen, daß eine Party auch ohne ihn anfangen kann.« Ihre Hand griff nach dem Schalter.

»Warte, Sara! Schalte nicht ab! Teki ist nicht bei mir, ehrlich!« Quinn war schon drauf und dran gewesen, buchstäblich in das Vid hineinzukriechen; jetzt entspannte sie sich leicht, als Saras Hand zögerte. »Um was geht es denn? Ich habe Teki zum letztenmal genau vor seinem Schichtbeginn gesehen. Ich weiß, daß er ganz ordnungsgemäß in die Ökoabteilung gegangen ist. Sollte er dich nach der Schicht treffen?«

»Er hat gesagt, er werde mich zum Dinner ausführen, und zum Null-G-Ballett, wegen meines Geburtstags. Und es hat schon vor einer Stunde angefangen.« Das Mädchen schniefte, hinter ihrem Ärger verbarg sich Sorge. »Zuerst dachte ich, er würde länger arbeiten, aber ich habe angerufen und man hat mir gesagt, er sei rechtzeitig gegangen.«

Quinn warf einen Blick auf ihr Chronometer. »Ich verstehe.« Ihre Hände umklammerten den Tischrand. »Hast du schon bei ihm zu Hause oder bei einem seiner anderen Freunde angerufen?«

»Ich habe überall angerufen. Dein Vater hat mir deine Nummer gegeben.« Das Mädchen runzelte in erneutem Mißtrauen die Stirn.

»Aha.« Quinns Finger trommelten auf ihrem Betäuberhalfter, in dem jetzt ein glänzendes leichtes Zivilmodell steckte. »Aha.« Der Gedanke, daß Quinn einen Vater habe, versetzte Ethan einen Schock. Er mußte sich zwingen, dem Gespräch zu folgen.

Quinn faßte das Mädchen im Vid schärfer ins Auge. Ihre Stimme klang tiefer und schärfer. Diese Frau hat wirklich in einem Kampf Kommando geführt, dachte Ethan unwillkürlich. »Hast du den Sicherheitsdienst angerufen?«

»Den Sicherheitsdienst!« Das Mädchen zuckte zurück. »Warum denn, Elli?«

»Ruf jetzt dort an und sag ihnen alles, was du mir gesagt hast. Gib eine Vermißtenmeldung für Teki ab.«

»Für einen Kerl, der sich zu einem Rendezvous verspätet? Elli, die werden mich auslachen. Du machst dich doch über mich lustig, oder?« fragte sie unsicher.

»Ich meine es todernst. Verlange Captain Arata zu sprechen. Sag ihm, daß Kommandantin Quinn dich geschickt hat. Er wird nicht lachen.«

»Aber Elli …«

»Tu es jetzt gleich! Ich muß gehen. Ich melde mich wieder bei dir, sobald ich kann.«

Das Bild des Mädchens löste sich in einem funkelnden Schneegestöber auf. Quinn zischte leise einen Fluch.

»Was ist los?« fragte Cee, der aus dem Bad kam und die Manschetten seines grünen Overalls zuknöpfte.

»Ich glaube, Millisor hat Teki zum Verhör geschnappt«, sagte Quinn. »In diesem Fall hat sich meine Tarnung gerade in Rauch aufgelöst. Verdammt! Es gibt keinen logischen Grund, warum Millisor das tun sollte! Denkt er jetzt schon mit seinen Gonaden? Das sieht ihm nicht ähnlich.«

»Vielleicht die Logik der Verzweiflung«, sagte Cee. »Okitas Verschwinden hat ihn sehr aufgeregt. Und noch mehr Dr. Urquharts Wiedererscheinen. Er hatte ein paar sehr seltsame Theorien über Dr. Urquhart.«

»Aufgrund deren Sie sich große Mühe gegeben haben, mich zu finden«, sagte Ethan. »Es tut mir leid, daß ich nicht der Superagent bin, den Sie erwartet haben.«

Cee warf ihm einen ziemlich seltsamen Blick zu. »Braucht Ihnen nicht leidzutun.«

»Ich wollte Millisor aus dem Gleichgewicht bringen.« Quinn biß mit einem hörbaren Knacken einen Fingernagel durch. »Aber nicht so weit. Ich habe ihm keinen Grund geliefert, Teki zu schnappen. Oder hätte nicht, wenn der getan hätte, was ich gesagt hatte, und sofort umgekehrt wäre – ich bin doch nicht so dumm, einen Nichtprofi in die Sache zu verwickeln. Warum habe ich nicht auf mich selbst gehört? Der arme Teki wird nicht wissen, was ihn da getroffen hat.«

»Sie hatten keine solchen Skrupel, mich in die Sache zu verwickeln«, bemerkte Ethan pikiert.

»Sie waren doch schon darin verwickelt. Und außerdem war ich nicht Ihr Babysitter, als Sie ein Kleinkind waren. Und außerdem ...« Sie hielt inne und warf ihm einen Blick zu, der dem seltsam ähnelte, den Cee ihm gerade zugeworfen hatte, »Sie unterschätzen sich selbst«, schloß sie.

»Wohin gehen Sie?« fragte Ethan erschrocken, als sie zur Tür ging.

»Ich werde ...«, begann sie entschlossen. Sie streckte die Hand nach der Türsteuerung aus, zögerte und zog sie wieder zurück. »Ich werde das Ganze überdenken.«

Sie drehte sich um und begann im Zimmer auf und ab zu gehen. »Warum halten sie ihn so lange fest?« fragte sie. Ethan war sich nicht ganz sicher, ob die Frage an ihn gerichtet war oder an Cee oder an die Luft. »Sie hätten in fünfzehn Minuten alles aus ihm herausquetschen können, was er wußte. Und ihn dann in einem Bubblecar aufwachen und meinen lassen, er wäre auf dem Heimweg eingeschlafen, ohne daß er etwas gemerkt hätte, und ich auch nicht.«

»Die haben in fünfzehn Minuten alles herausgefunden, was ich wußte«, bemerkte Ethan, »aber das hat sie nicht aufgehalten.«

»Ja, aber ihr Verdacht war geweckt worden, wie Sie ganz richtig gemerkt haben, tut mir leid, durch die Wanze, die sie an Ihnen gefunden haben. Ich habe aber absichtlich keine Wanze an Teki versteckt, damit das nicht wieder passieren konnte. Außerdem können sie Teki in den Akten von Station Kline bis zu seiner Empfängnis zurückverfolgen. Sie waren ein Mann ohne Vergangenheit, oder zumindest ohne zugängliche Vergangenheit, und das ließ jede Menge Raum für paranoide Phantasien.«

»Und das Ergebnis davon war, daß sie sieben Stunden brauchten, um sich zu überzeugen, daß sie von Anfang an recht hatten«, sagte Ethan.

Cee meldete sich zu Wort: »Und seit Okitas Verschwinden halten sie Sie für einen Agenten, der sieben Stunden Verhör erfolgreich widerstanden hat. Vielleicht sind sie jetzt noch weniger bereit, ›Ich weiß nicht‹ als Antwort zu akzeptieren.«

»In diesem Fall«, sagte Quinn grimmig, »je eher ich Teki da raushole, um so besser.«

»Entschuldigen Sie«, sagte Ethan, »aber wo rausholen?«

»Wahrscheinlich aus Millisors Quartier. Wo Sie verhört wurden. Ihr ruhiges Zimmer, das ich bis jetzt nicht habe verwanzen können.« Sie fuhr sich wild mit den Händen durch das Haar. »Wie, zum Teufel, soll ich das anstellen? Ein Frontalangriff auf einen verteidigten Würfel mitten unter einem Haufen unschuldiger Zivilisten in der heiklen technischen Umgebung einer Raumstation …? Klingt nicht sehr wirkungsvoll.«

»Wie haben Sie Dr. Urquhart gerettet?« fragte Cee.

»Ich habe – geduldig – gewartet, bis er herauskam. Ich habe lange Zeit auf die beste Gelegenheit gewartet.«

»Ganz schön lange, ja«, stimmte Ethan aufrichtig zu. Sie lächelten sich verkniffen zu.

Sie lief im Zimmer auf und ab wie eine rasende Tigerin. »Man will mich in Panik versetzen. Das weiß ich. Das spüre ich. Millisor greift durch Teki nach mir. Und Millisor ist ein Mann ohne Hemmungen. Ihr Götter! Keine Panik, Quinn! Was würde Admiral Naismith in der gleichen Situation tun?« Sie stand still, mit dem Gesicht zur Wand.

Ethan stellte sich Dendarii-Sternenkämpfer im Angriff vor, Wellen von Angreifern in Raumanzügen, ominös dahinzockelnde Plattformen für Hochenergiewaffen, die in Stellung gingen.

»Mach nie selbst«, murmelte Quinn, »wozu du einen Experten verleiten kannst, daß er es für dich tut. Das würde er sagen. Taktisches Judo vom Raummagier selbst.« Ihr aufrechter Rücken bändigte die Dynamik der Zen-Meditation. Als sie sich wieder umwandte, leuchtete ihr Gesicht vor Freude. »Ja, genau das würde er tun! Hinterlistiger kleiner Zwerg, ich liebe dich!« Sie salutierte vor einem unsichtbar Anwesenden und stürzte sich auf die Komkonsole.

Cee warf Ethan einen verzweifelt fragenden Blick zu, aber der zuckte nur hilflos die Achseln.

Das Abbild einer wachsam dreinschauenden Angestellten in Piniengrün und Himmelblau erschien über der Vidscheibe. »Hier ist die Epidemiologie-Hotline der Ökoabteilung. Was kann ich für Sie tun?« begann die Angestellte höflich.

»Ich möchte einen Verdacht auf einen Krankheitsüberträger melden«, sagte Quinn in ihrer schroffsten, nüchternsten Art.

Die Angestellte schob sich ein Reportpaneel zurecht und legte ihre Finger zum Schreiben bereit darauf. »Mensch oder Tier?«

»Mensch.«

»Transitreisender oder Stationsbewohner?«

»Transitreisender. Aber er überträgt sie vielleicht schon jetzt auf einen Stationsbewohner.«

Die Angestellte zeigte noch ernsthafteres Interesse. »Und die Krankheit?«

»Alpha-S-D-Plasmid-3.«

Die Angestellte hielt im Schreiben inne. »Alpha-S-D-Plasmid-2 ist eine sexuell übertragene Nekrose der Weichteile, die ihren Ursprung auf Varusa Tertius hatte. Meinen Sie das?«

Quinn schüttelte den Kopf. »Dies ist eine neue und viel virulentere mutierte Variante der varusanischen Lendenfäule. Nach meinen letzten Informationen hat man noch nicht einmal das Gegenvirus entwickelt. Haben Sie in Ihrer Abteilung noch nicht davon gehört? Dann haben Sie aber Glück.«

Die Angestellte hob die Augenbrauen. »Nein, Madame.« Sie tippte wie wild und justierte mehrmals ihr Erfassungsgerät. »Und der Name des Verdächtigen?«

»Ghem-Lord Harman Dal, ein cetagandanischer Makler für Kunstwerke und Artefakte. Er hat eine neue Agentur im Transitbereich, die gerade vor ein paar Wochen lizensiert wurde. Er hat mit einer Menge Leute Kontakt.«

Ethan schloß daraus, daß Harman Dal Millisors Deckname war.

»Du lieber Himmel«, sagte die Angestellte. »Wir sind auf jeden Fall froh, daß wir diese Meldung bekommen. Ach...« Die Angestellte überlegte und suchte nach den richtigen Worten. »Und wie haben Sie von der Krankheit dieser Person erfahren?«

Quinns strenger Blick wanderte vom Gesicht der Angestellten zu ihren eigenen Füßen, in entfernte Winkel des Zimmers, auf ihre zuckenden Hände. Sie suchte sich offensichtlich herauszuwinden. Sie wäre errötet, wenn sie die Chance gehabt hätte, ihren Atem lange genug anzuhalten. »Was würden Sie meinen?« murmelte sie und schaute auf ihre Gürtelschnalle.

»Oh.« Die Angestellte errötete. »Oh. Nun, in diesem Fall sind wir Ihnen äußerst dankbar, daß Sie sich entschlossen haben, sich zu melden. Ich versichere Ihnen, daß alle diese epidemiologischen Angelegenheiten mit striktester Vertraulichkeit behandelt werden. Sie müssen sofort einen unserer eigenen Quarantäneärzte aufsuchen ...«

»Absolut«, stimmte Quinn zu und heuchelte nervösen Eifer. »Kann ich jetzt nach unten kommen? Aber ... aber ich habe schreckliche Angst, daß Dal, wenn Sie sich nicht beeilen, Ihnen drei Patienten liefern wird, statt nur zwei.«

»Ich versichere Ihnen, Madame, unsere Abteilung hat Erfahrung in der Behandlung heikler Situationen. Bitte stecken Sie Ihre Ausweiskarte in die Maschine, damit sie gelesen werden kann ...«

Quinn tat dies, versprach erneut, sich direkt in der Quarantäne zu melden, erhielt noch einmal die Versicherung der Anonymität und der Dankbarkeit und schaltete aus.

»Also, Teki«, seufzte sie, »Hilfe ist unterwegs. Ich habe mit meinem echten Namen eine kriminelle Handlung unterschrieben, aber der Preis war in Ordnung.«

»Ist es hier gegen das Gesetz, krank zu sein?« fragte Ethan verdutzt.

»Nein, aber eine falsche Meldung über einen Krankheitsüberträger abzugeben, ist entschieden gegen das Gesetz. Wenn Sie die ganze Maschinerie sehen, die jetzt in Gang gesetzt wird, dann werden Sie begreifen, warum man Witzbolde entmutigt. Aber ich stelle mich lieber jederzeit einer kriminellen Beschuldigung statt Plasmafeuer. Ich werde die Geldstrafe auf mein Spesenkonto setzen.«

Auf Cees Gesicht zeichnete sich respektvolle Freude ab. »Wird Admiral Naismith das billigen?«

»Er gibt mir vielleicht eine Medaille.« Quinn

zwinkerte ihm zu; sie war jetzt wieder fröhlich. »Nun, die Ökoabteilung erlebt an ihrem neuen Patienten vielleicht mehr Widerstand als erwartet. Am besten geben wir ihr ein bißchen diskrete Unterstützung, oder? Können Sie mit einem Betäuber umgehen, Mr. Cee?«

»Ja, Kommandantin.«

Ethan hob zögernd die Hand. »Ich habe bei der Armee von Athos eine Grundausbildung bekommen«, hörte er sich selbst sich verrückterweise freiwillig melden.

KAPITEL 11

Am Ende entschied sich Quinn für Ethan und nicht für Cee, ihre Person bei dem zu begleiten, was sie ›die zweite Angriffswelle‹ nannte. Sie stationierte den Telepathen an den Liftrohren am Ende des Korridors von Millisors Transitunterkunft und bewaffnete ihn mit dem zweiten ihrer beiden zusammenpassenden Betäuber.

»Bleiben Sie außer Sicht, und nehmen Sie jeden aufs Korn, der abhaut«, instruierte sie ihn, »und zögern Sie nicht zu feuern. Bei einem Betäuber können Sie sich immer später für Fehler entschuldigen.«

Diese Worte veranlaßten Ethan, die Augenbrauen zu heben, als er sich umwandte, um neben ihr durch den Korridor zu gehen.

»Na ja, fast immer«, murmelte sie und blickte über die Schulter zurück, um Cees Versteck im Dekor des Vorraums der Liftrohre zu überprüfen, zwischen Topfpflanzen, Spiegeln und verwinkelten Gesprächsnischen. Die Unterkunft, die Millisor gewählt hatte, war deutlich für eine Schicht von Reisenden bestimmt, deren Spesen Ethans Budget überstiegen.

In diesem Augenblick entdeckte Ethan einen fatalen Fehler in dem Angriffsplan. »Sie haben mir keinen Betäuber gegeben«, flüsterte er Quinn eindringlich zu.

»Ich hatte nur zwei«, murmelte sie ungeduldig. »Hier. Nehmen Sie meinen Medizinkasten. Sie können den Sanitäter spielen.«

»Was soll ich damit tun? Rau über den Schädel schlagen?«

Sie grinste flüchtig. »Wenn Sie die Chance dazu bekommen, sicher. In der Zwischenzeit wird Teki ein Gegenmittel gegen das brauchen, womit sie ihn vollgepumpt haben. Sie werden wahrscheinlich den Antagonisten gegen Schnell-Penta haben wollen. Es ist hier drinnen direkt neben dem Schnell-Penta. Sollten sich die Dinge wirklich schlimm entwickelt haben, dann überlasse ich alles Ihrer ärztlichen Erfahrung.«

»Ach so«, sagte Ethan besänftigt. Das machte fast einen Sinn.

Er wollte gerade zu einem neu formulierten Protest ansetzen, da schob ihn Quinn in das beschränkte und unzureichende Versteck, das von einer Türnische gebildet wurde. Vom anderen Ende des Korridors kamen aus der Nähe des massiven Frachtlifts drei Gestalten, die eine verschlossene Passagierpalette mit dem stilisierten Farn- und Wasser-Emblem der Ökoabteilung auf der Vorderseite mit sich führten. Als sie in das weiche, wohlige Licht traten – das nach Ethans Empfinden aufgrund sorgfältiger psychologischer Untersuchungen der Reaktionen des menschlichen Gehirns auf ausgewählte optische Wellenlängen gestaltet worden war – entpuppten sich die drei Figuren als ein stämmiger Mann vom Sicherheitsdienst sowie zwei Ökotechniker, ein Mann und eine Frau.

Eine knochige, eckige Frau, deren Gangart schon die ganze persönliche Wärme und den Charme eines Beiles ausstrahlten …

»Gott Vater«, piepste Ethan, »das ist ja Helda die Schreckliche …«

»Keine *Panik*«, zischte Quinn ihn an und schob ihn noch tiefer in die Nische. Die war kaum 20 Zentimeter tief, nicht genug, um eine Person zu verstecken, geschweige denn zwei. »Drehen Sie ihnen einfach den Rücken zu und tun Sie so, als täten Sie etwas Normales, und dann werden die Sie kaum bemerken. Hier, drehen Sie sich um, stützen Sie die Hand neben meinem Kopf an die Wand«, sie brachte ihn hastig in die entsprechende Stellung, »lehnen Sie sich vor, reden Sie leise …«

»Was soll ich denn da vorgeben zu tun?«

»Schmusen. Seien Sie jetzt still und lassen Sie mich

horchen. Und schauen Sie mich nicht so an, oder ich muß gleich loskichern. Obwohl ein wohlplaziertes Kichern die Sache vielleicht noch überzeugender machen würde ...«

Etwas Normales tun? Ethan war sich nie in seinem Leben unnormaler vorgekommen. Seine Schulterblätter prickelten in Erwartung eines tödlichen Ausbruchs aus Millisors Zimmer, auf der anderen Seite des Korridors. Es half ihm nichts, daß er nicht sehen konnte, was da kam. Quinn hatte natürlich eine schöne Sicht, mit dem zusätzlichen Bonus, daß ihr Gesicht teilweise von Ethans Arm verdeckt wurde und daß sein Körper den ihren gegen verirrte Schüsse abschirmte.

»Nur einen Sicherheitsmann zu ihrer Unterstützung?« murmelte Quinn. Ihre Augen funkelten unter den flatternden Wimpern. »Gut, daß wir gekommen sind.«

Aus ihrer Jacke ertönte ein gedämpftes Piepsen. Ihre Hand schlüpfte in die Tasche, um das Geräusch abzustellen. Sie hob ihren Piepser gerade hoch genug, um die Nummernanzeige sehen zu können. Sie verzog den Mund.

»Was ist?« flüsterte Ethan ihr ins Ohr.

»Die Nummer der Komkonsole in dem Zimmer von diesem Mistkerl Millisor«, murmelte sie freundlich und legte ihre andere Hand realistisch um Ethans Nacken. »Also, er hat meinen Code aus Teki herausgequetscht. Wahrscheinlich will er, daß ich ihn anrufe, damit er mir drohen kann. Lassen wir ihn schwitzen.«

Ethan, der allmählich verzweifelte, drückte sich kunstvoll eng an sie und drehte sich auf eine Seite, damit er eine bessere Sicht gewann.

Ökotechnikerin Helda drückte den Türsummer von Millisors Zimmer und blickte auf ein Reportpaneel in ihrer Hand. »Ghem-Lord Harman Dal? Transitreisender Dal?«

Keine Antwort.

»Ist er zu Hause?« fragte der andere Ökotechniker.

Zur Antwort zeigte Helda auf eine verschlossene Anzeigetafel in der Wand. Ethan vermutete, daß es sich bei ihren bunten Lichtern um eine Art Life-Support-Anzeigecode handelte, denn der andere Ökotechniker sagte: »Aha. Und noch dazu mit Gesellschaft. Vielleicht ist es tatsächlich so.«

Helda betätigte wieder den Summer. »Transitreisender Dal, hier spricht Biokontrollwartin Helda von Station Kline. Ich fordere Sie auf, diese Tür sofort zu öffnen, ansonsten verstoßen Sie gegen die Biokontroll-Vorschriften 176b und 2a.«

»Laß ihm wenigstens Zeit, sich die Hosen anzuziehen«, sagte der andere Ökotechniker. »Ich glaube, das muß für ihn peinlich sein.«

»Soll es ihm doch peinlich sein«, sagte Helda schroff. »Der Dreckschlucker verdient es, bringt er doch mit seinem verrottetem Schwanz...« Sie drückte erneut auf den Summerknopf.

Als zum drittenmal keine Antwort kam, zog sie ein Gerät aus ihrer Jacke und hielt es über den Schließmechanimus der Tür. Die Lämpchen des Gerätes blinkten, aber nichts geschah.

»Ihr Götter«, sagte der andere Ökotechniker, »die haben ja die Notfallschaltkreise blockiert!«

»Nun, *das* ist eine Verletzung der Feuerschutz-Vorschriften«, sagte der stämmige Sicherheitsmann zufrieden und tippte schnell eine Meldung auf seinem Reportpaneel ein. Auf einen fragenden Blick des anderen Ökotechnikers hin erklärte er, warum er plötzlich so guter Dinge war. »Ihr Biokontroll-Leute könnt vielleicht schon auf mittelbare Beweise hin alle Bürgerrechtsgarantien für Transitreisende beiseiteschieben, aber *ich* brauche dokumentierte Begründungen, oder man zieht mir die Haut ab.« Er seufzte neidisch.

»Dal, heben Sie sofort die Blockierung dieser Tür auf!« schrie Helda wütend in die Sprechanlage.

»Wir könnten seinen Speiseservice von unten unterbrechen«, schlug der andere Ökotechniker vor. »Dann müßte er schließlich herauskommen.«

Helda knirschte mit den Zähnen. »So lange warte ich nicht darauf, daß ein infizierter Dreckschlucker sich entschließt, mit mir zu kooperieren.« Sie trat zu einer verschlossenen Steuertafel, die ein bißchen weiter hinten in der Wand eingelassen war und die Aufschrift trug: FEUER-KONTROLLE – NUR FÜR BEFUGTE, und steckte ihre Ausweiskarte in den Leseschlitz. Mit einem Zischen glitten die durchsichtigen Türen der Steuertafel gehorsam zur Seite. Sie hätten es nicht gewagt, sich zu weigern, dachte Ethan. Helda drückte eine komplizierte Folge von leuchtenden Tasten.

Durch die verschlossene Tür von Millisors Zimmer drangen ein gedämpftes zischendes Brausen und schwache Schreie. Helda lächelte befriedigt.

»Was macht sie da?« flüsterte Ethan in Quinns Ohrmuschel.

Quinn grinste grimmig. »Feuerkontrolle. Auf den Planeten habt ihr automatische Sprinklersysteme, die Wasser auf Brände rieseln lassen. Ziemlich uneffizient. Hier dichten wir das Zimmer ab und pumpen die Luft heraus. Wirklich schnell. Kein Sauerstoff, keine Oxidation. Millisor war entweder nicht schlau oder nicht dumm genug, die Feuerkontrollventile zu verstopfen …«

»Hm … ist das nicht ziemlich hart gegenüber jemand, der drinnen in der Falle sitzt?«

»Normalerweise gibt es zuerst einen Alarm, das Zimmer zu räumen. Helda hat ihn übersprungen.«

Das Öffnungsgerät, das der andere Ökotechniker auf den Türmechanismus drückte, blinkte und piepste. Von drinnen ertönte ein verzweifeltes Klopfen.

»Jetzt möchte Millisor die Tür öffnen und kann nicht, wegen des Druckunterschieds«, flüsterte Quinn.

Nach einer ziemlich langen Pause kehrte Helda den

Luftstrom um. Die Türverschlüsse öffneten sich mit einem hörbaren Puff und Zischen. Millisor und Rau stolperten mit blutenden Nasen keuchend in den Korridor. Mit Schlucken und Kieferbewegungen bemühten sie sich, den Druck des Innenohrs auszugleichen.

»Helda hat den armen Kerlen nicht einmal Gelegenheit gelassen, ihr etwas über ihre Geisel zu erzählen«, sagte Quinn mit einem spöttischen Lächeln. »Eine *effiziente* Dame ...«

Schließlich kam Millisor zu Atem. »Sind Sie wahnsinnig?« knurrte er die drei Stationsbeamten an. Er faßte den Sicherheitsmann ins Auge. »Meine diplomatische Immunität ...«

Der Sicherheitsmann deutete mit dem Daumen auf Helda. »Sie hat hier die Leitung.«

»Wo ist Ihre Vollmacht?« schrie Millisor wütend. »Dieser Raum ist legal bezahlt und in Besitz genommen, und außerdem habe ich eine diplomatische Ausnahmegenehmigung der Klasse IV. Sie haben kein Recht, meine Bewegungsfreiheit einzuschränken oder zu behindern, ausgenommen bei einer Anklage wegen eines Schwerverbrechens ...«

Ethan konnte nicht sagen, ob das Gepolter gespielt oder echt war, ob da Harman Dal oder Ghem-Oberst Millisor sprach.

»Die Rechte, von denen Sie reden, gelten für Transitreisende gegenüber dem Sicherheitsdienst«, sagte Helda scharf. »Ein Notfall der Biokontrolle setzt sie außer Kraft. Steigen Sie jetzt in diese Schwebepalette.«

Ethan und Quinn hatten bisher die Rollen gaffender Zuschauer gespielt. Nun fiel Raus Blick auf sie; mit einer Hand griff er nach dem Arm seines Vorgesetzten und stoppte dessen nächstes Argument. Millisor wandte den Kopf und klappte den Mund zu. Es konnte einen frösteln lassen, wie soviel Wut so abrupt zurückgenommen wurde. Nicht erstickt, sondern von der Oberfläche verbannt, aufbewahrt für einen späteren Augenblick. Hinter Millisors Augen brodelten die Gedanken.

»Heh«, sagte der Sicherheitsmann, als er den Kopf ins Zimmer steckte, »da drinnen ist noch ein dritter Kerl. An einen Stuhl gebunden und nackt.«

»Das ist widerlich«, sagte Helda. Sie warf Millisor einen vernichtenden Blick zu.

Der vernichtende Blick verfehlte seine Wirkung und prallte an Millisors wilden Überlegungen ab. Rau machte eine nervöse Bewegung. Seine Hand zuckte in Richtung seiner Jacke, aber Millisor und Quinn warnten ihn aus ihren unterschiedlichen Perspektiven mit einem Kopfschütteln.

»Er blutet«, sagte der Sicherheitsmann, trat ins Zimmer und zog nach einem Blick zurück auf Millisor und Rau nachdenklich seinen Betäuber aus dem Halfter.

»Das ist nur die Nase«, rief Helda. »Es sieht immer wie ein Schlachtfest aus, aber ich garantiere Ihnen, es ist noch niemand an Nasenbluten gestorben.«

»Mein Freund hier ist Arzt«, zwitscherte Quinn und schob sich schnell in die Gruppe. »Können wir helfen?«

»O ja«, rief der Sicherheitsmann; es klang erleichtert.

Quinn packte Ethan und schob ihn an sich vorbei in das Zimmer; dabei behielt sie weiter Millisor und Rau lächelnd im Auge. Irgendwie hatte ihr Betäuber den Weg in ihre Hand gefunden. Der Sicherheitsmann blickte zu ihr zurück und nickte dankbar. Helda zog sich mürrisch Plastikhandschuhe über und folgte Ethan, um selbst den Schauplatz der Ausschweifungen in Augenschein zu nehmen.

Ethan trat besorgt an Millisors festgeschnürtes Opfer heran. Der Sicherheitsmann kniete neben dem Stuhl nieder und zupfte versuchsweise an den Drähten, mit denen Tekis Knöchel gefesselt waren. Sie schnitten in die Beine; aus der Haut rann Blut. Tekis Kleider waren auf dem Bett abgelegt, in einer Anordnung, die typisch für eine Durchsuchung war. Auch seine Armgelenke waren mit Drähten gefesselt; entlang der engen Fesseln schwoll die Haut rot an. Der untere Teil seines Gesichts war blutverschmiert. Tekis Kopf hing schlaff, aber seine Augen waren offen und glänzten unnatürlich. Er kicherte, als der Sicherheitsmann seinen Knöchel berührte. Der Sicherheitsmann sprang verdutzt zurück, musterte ihn mit zunehmender Grimmigkeit und holte sein Reportpaneel heraus, wie ein Schwertkämpfer, der seine Waffe zieht. »Die Sache gefällt mir nicht«, stellte er fest.

Helda, die Ethan gefolgt war, blieb abrupt stehen. »Bei allen Göttern! Teki! Ich habe immer schon gedacht, daß du ein Idiot bist, aber das übertrifft alles ...«

»Ich bin nicht im Dienst«, sagte Teki leise in einem Ton der Würde. »Ich muß mich außer Dienst nicht von dir schikanieren lassen, Helda.« Er riß an seinen Fesseln, erneut begann Blut über seine Füße zu rinnen.

Helda verstummte, als sie die Szene besser sehen konnte. Aber nicht für lange. *»Was bedeutet das?«*

»Steht er unter Drogen, Doktor?« fragte der Sicherheitsmann, als Ethan sich neben Teki niederkniete. »Unter welchen? War dies eine Privatsache, die aus dem Ruder gelaufen ist, oder ist es etwas Strafbares?« Seine kräftigen Finger warteten hoffnungsvoll auf seinem Reportpaneel.

»Unter Drogen gesetzt und gefoltert«, sagte Ethan knapp und öffnete Quinns Erste-Hilfe-Kasten. »Und auch noch entführt.« Er holte ein Vibraskalpell heraus; ein Schnitt, und die Drähte sprangen mit einem Peng auseinander.

»Vergewaltigt?«

»Das bezweifle ich.«

Helda trat an sie heran. Auf den Klang von Ethans Stimme hin wandte sie ihm den Kopf zu und starrte ihn an. »Sie sind kein Arzt«, keuchte sie. »Sie sind wieder der Trottel von Docks und Schleusen. Meine Abteilung hat ein Wörtchen mit Ihnen zu reden.«

Teki kreischte vor Gelächter. Erschrocken ließ Ethan den sterilen Schwamm fallen, mit dem er Tekis Knöchel behandelte. »Du bist die Dumme, Helda! Er ist wirklich ein Doktor.« Er beugte sich zu Ethan – beinahe wäre der Stuhl umgekippt – und teilte ihm verschwörerisch mit: »Verraten Sie nicht, daß Sie Athosianer sind, sonst bekommt sie einen Anfall. Sie haßt Athos.« Er nickte zufrieden und ließ dann erschöpft seinen Kopf wieder hängen.

Helda zuckte zurück. »Ein Athosianer? Soll das ein Witz sein?« Sie blickte von neuem zornig auf Ethan.

Ethan war mit seiner Arbeit beschäftigt und zeigte mit einer Kopfbewegung auf Teki. »Fragen Sie ihn, er ist voll von dem Wahrheitsserum.« Tekis Puls raste, seine Gliedmaßen waren kalt, aber er stand nicht ganz unter Schock. Ethan befreite seine Handgelenke. Es war beruhigend, daß Teki nicht vom Stuhl fiel, sondern sich aus eigener Kraft aufsetzte. »Aber zu Ihrer Information, Madame, ich bin in der Tat Dr. Ethan Urquhart von Athos. *Botschafter* Doktor Urquhart, auf einer besonderen Mission für den Bevölkerungsrat.«

Er hatte nicht wirklich erwartet, sie damit zu beeindrucken, aber zu seiner Überraschung erbleichte sie und trat zurück. »So?« sagte sie in einem neutralen Ton.

»Erzählen Sie ihr das nicht, Doktor«, drängte ihn Teki erneut. »Seit ihr Sohn nach Athos abgehauen ist, wagt niemand mehr, diesen Planeten in ihrer Gegenwart zu erwähnen. Sie kann nicht einmal über die Entfernung dort an ihm herummeckern – die Burschen von der athosianischen Zensur schicken alle Vids mit einer Frauenstimme zurück. Sie erreicht ihn dort *überhaupt* nicht.« Teki brach in Gekicher aus. »Ich wette, der ist dort so glücklich wie 'ne Auster.«

Ethan schrak vor dem Gedanken zurück, in eine Familienstreiterei hineingezogen zu werden. Der Sicherheitsmann blickte ebenso mißtrauisch drein, fragte jedoch: »Wie alt war der Junge?«

»Zweiunddreißig«, kicherte Teki.

»Oh.« Der Sicherheitsmann verlor das Interesse daran.

»Haben Sie ein Gegenmittel gegen dieses – sogenannte – Wahrheitsserum, *Doktor*?« erkundigte sich Helda frostig. »Falls ja, dann schlage ich vor, daß Sie es ihm verabreichen, und dann werden wir den Rest drunten in der Quarantäne klären.«

Ethan wurde langsamer. Die Worte kamen eines nach dem anderen von seinen Lippen, wie Tropfen zähflüssigen Honigs. »Wo Sie diktatorische Vollmachten besitzen und wo Sie ...« Er blickte auf und schaute in ihre kalten, erschrockenen Augen. Die Zeit blieb stehen. »Sie ...«

Die Zeit sprang vorwärts. »Quinn!« brüllte Ethan.

Als sie prompt erschien und Millisor und Rau mit Stößen ihres Betäubers vor sich her trieb, sprang Ethan auf die Füße. Es kam ihm vor, als müßte er in einem engen Kreis herumlaufen oder sich die Haare in dichten Strähnen ausreißen oder Quinn an ihrer grauweißen Jacke packen und schütteln, bis ihre Zähne klapperten. Er schlug mit den Fäusten in die Luft. Seine Worte sprudelten aufgeregt heraus.

»Ich habe immerzu versucht, es Ihnen zu sagen, aber Sie haben nie Zeit gehabt zuzuhören. Stellen Sie sich mal vor, Sie sind der Agent oder wer auch immer auf Station Kline, der versucht, Athos' Lieferung an sich zu bringen. Sie entscheiden sich aus dem Stegreif, das gefrorene Gewebe durch anderes Material zu ersetzen. Wir wissen, daß es improvisiert worden sein muß, denn wenn es geplant gewesen wäre, dann hätten Sie echte Kulturen mitbringen können und niemand hätte je gemerkt, daß ein Austausch stattgefunden hat, richtig? Wo, wo in Gott des Vaters Namen kann man selbst auf Station Kline 450 menschliche Eierstöcke besorgen? Nicht genau 450. Dreihundertachtundachtzig und dazu sechs Eierstöcke von Kühen. Ich glaube, nicht einmal Sie könnten die aus Ihrem Ärmel zaubern, Kommandantin Quinn.«

Quinn öffnete den Mund, schloß ihn wieder und blickte äußerst nachdenklich drein. »Machen Sie weiter, Doktor.«

Millisor hatte aufgehört, Harmon Dal zu spielen, und stand da, ohne Quinns Betäuber zu beachten, alle Aufmerksamkeit auf Ethan gerichtet. Rau beobachtete gespannt seinen Anführer, ob der ein Signal zur Aktion geben würde. Der andere Ökotechniker blickte verwirrt drein; der Sicherheitsmann hatte zwar die Augenbrauen ebenso verwirrt gehoben, verfolgte aber jedes Wort.

Ethan sprudelte weiter. »Vergessen Sie die 426 verdächtigen Schiffe. Verfolgen Sie die Spur rückwärts von einem einzigen Schiff, dem Zensuskurier, dessen Ziel Athos war. Methode, Motiv und Gelegenheit, bei Gott! Wer hat leichten Zugang zu jedem Winkel und jedem Kämmerchen auf Station Kline, wer kann in einem bewachten Transferlagerhaus aus und ein gehen, ohne daß jemand Fragen stellt? Wer hat jeden Tag Zugang zu menschlichen Leichen? Leichen, bei denen man ein paar Gramm ausgewählten Gewebes nie vermissen wird, weil die Körper unmittelbar nach dem Diebstahl biochemisch zerstört werden? Aber nicht genug Leichen, als es für den Zensuskurier Zeit war, nach Athos abzufliegen, was, Helda? Daher die Eierstöcke der Kühe, die aus Verzweiflung dazugeworfen wurden, um die Zahl zu erhöhen, und die unzureichend gefüllten Boxen und die leere Box.« Ethan verstummte keuchend.

»Sie sind verrückt«, würgte Helda hervor. Ihre Gesichtsfarbe hatte von Weiß auf Rot gewechselt und war jetzt wieder weiß. Millisor verschlang sie mit verblüfften Blicken. Quinn sah aus wie eine Verzückte, die eine beseligende Vision erlebt. Die Finger des Sicherheitsmannes lagen wie gelähmt auf seinem Reportpaneel.

»Nicht so verrückt wie Sie«, sagte Ethan. »Was haben Sie gehofft zu erreichen?«

»Eine überflüssige Frage«, versetzte Millisor. »Wir wissen, was sie erreicht hat. Vergessen Sie die Dekoration und finden Sie heraus, wo ...« Mit einer heftigen Geste ihres Betäubers erinnerte Quinn ihn daran, daß sein Status vom Inquisitor zum Gefangenen gewechselt hatte.

»Sie kommen alle mit in die Quarantäne ...«

»Es ist vorbei, Helda«, sagte Ethan. »Ich wette, wenn ich mich in Ihrer Assimilationsstation umschaue, dann entdecke ich sogar noch einen Schrumpffolienverpacker.«

»O ja«, fiel Teki hilfsbereit ein. »Wir benutzen ihn zum Verpacken von verdächtigen Schadstoffen, die dann zur späteren Analyse gelagert werden. Er befindet sich unter der Naßbank. Ich habe einmal meine Schuhe verpackt, an einem Tag, wo nicht viel los war. Ich habe auch versucht, Wasser zu verpacken, um Ballons zu machen, die man dann die Liftrohre hinunterschmeißen könnte, aber das hat nicht funktioniert ...«

»Halt den Mund, Teki!« fuhr ihn Helda verzweifelt an.

»Das ist nicht so schlimm wie das, was Vernon mit den weißen Mäusen gemacht hat ...«

»Hören Sie auf«, knurrte Millisor verärgert aus dem Mundwinkel. Teki gab nach und saß blinzelnd da.

Ethan breitete die Hände aus und fragte Helda sanfter und eindringlicher: »Warum? Ich muß es verstehen.«

Ihre angestaute Gehässigkeit brach fast gegen ihren Willen in Worte aus. »Warum? Sie müssen noch fragen, warum? Euch mutterlose widernatürliche Scheißkerle abzuschneiden, das war der Grund. Ich hatte die Absicht, auch die nächste Lieferung in die Hände zu bekommen, falls es eine geben würde, und die nächste und wieder die nächste, bis ...« Sie brachte kein Wort mehr hervor. Wegen ihrer Wut? Nein, erkannte Ethan, wegen ihrer Tränen, und sein schwungvoller intellektueller Triumph bekam einen bitteren Beigeschmack. »Bis ich Simmi von dort wegbekommen hätte und er wieder zur Vernunft gekommen und heimgekehrt wäre und sich eine echte Frau genommen hätte, und ich schwöre, ich würde diesmal nicht ein Haar auf ihrem Kopf kritisieren. Ich darf ja auf diesem schrecklichen dreckigen Planeten nicht einmal meine eigenen Enkel sehen ...« Sie kehrte Ethan den Rücken zu und stand steif und trotzig da, doch sie hielt sich die Hände vor ihr rotes, verschmiertes, häßliches Gesicht, hilflos und schnaubend.

Ethan glaubte jetzt zu verstehen, was ein mit Propaganda vollgestopfter junger Soldat empfinden mußte, wenn er zum erstenmal im Kampf durch einen plötzlichen Zufall auf das menschliche Gesicht seines Feindes stieß. Einen stolzen Moment lang hatte er sich in seiner Macht gesonnt, sie zu brechen. Jetzt stand er wie ein Narr da, mit den Scherben in der Hand. Ganz und gar nicht heldenhaft.

»Ihr Götter«, murmelte der Sicherheitsmann in einer Mischung aus Respekt und Schadenfreude, »muß ich eine Ökopolypin verhaften ...?«

Teki kicherte. Der andere Ökotechniker war sichtlich bestürzt über Heldas Geständnis und blickte drein, als wüßte er nicht, ob er sich einmischen oder unsichtbar machen sollte.

»Aber was haben Sie mit den *anderen* gemacht?« Millisor beugte sich mit zusammengebissenen Zähnen vor.

»Was für anderen?« schniefte Helda.

»Die gefrorenen menschlichen Eierstockkulturen, die Sie aus den Boxen für Athos genommen haben«, brachte Millisor hervor, behutsam wie ein Mann, der in einsilbigen Wörtern zu einem Mutanten spricht.

»Ach, die habe ich weggeworfen.«

Auf der Stirn des Cetagandaners traten die Adern hervor. Ethan hätte jede einzelne benennen können. Millisor schien nur mit Mühe atmen zu können. »Idiotisches Miststück«, keuchte er, »idiotisches Miststück, weißt du, was du angestellt hast…?«

Quinns Gelächter klang wie ein Morgengeläut. »Admiral Naismith wird das gefallen.«

Die stählerne Selbstbeherrschung des Ghem-Obersten brach schließlich zusammen. »Idiotisches Miststück!« kreischte er und stürzte sich auf Helda, die Hände wie Klauen ausgestreckt. Die Betäuberstrahlen aus den Waffen von Quinn und dem Sicherheitsmann trafen ihn in einem sauberen Kreuzfeuer, und er fiel um wie ein gefällter Baum.

Rau stand bloß da, schüttelte den Kopf und murmelte immer wieder: »Scheiße, Scheiße, Scheiße…«

»Versuchter Angriff«, summte der Sicherheitsmann über seinem Reportpaneel, »auf eine Biokontroll-Aufseherin in Ausübung ihres Dienstes…«

Rau wollte sich zur Tür schleichen.

»Vergessen Sie nicht den Ausbruch aus der Haft«, fügte Quinn hilfsbereit an. »Das hier ist der Kerl«, sie wies auf Rau, »denn ihr alle gesucht habt, weil er kürzlich aus C-9 verschwunden ist. Und ich wette, wenn Sie dieses Zimmer durchsuchen, dann finden Sie alle Arten militärischer Kostbarkeiten, die der Zoll von Station Kline nicht genehmigt hat.«

»Zuerst zur Quarantäne«, sagte der andere Ökotechniker nach einem nervösen Blick auf seine noch emotional gelähmte Vorgesetzte.

»Aber Botschafter Urquhart wird sicher wünschen, eine Anzeige für den eingestandenen Diebstahl und die Zerstörung von athosianischem Eigentum zu machen«, erinnerte Quinn. »Wer wird wen verhaften?«

»Wir werden jetzt *alle* in die Quarantäne gehen, wo ich Sie alle beisammenhalten kann, bis ich dieser Sache auf den Grund gekommen bin«, sagte der Sicherheitsmann entschlossen. »Leute, die aus C-9 verschwinden, werden herausfinden, daß es eine ganz andere Sache ist, aus der Quarantäne zu entwischen.«

»Nur allzu wahr«, murmelte Quinn.

Rau verzog stumm die Lippen, als zwei weitere schwer bewaffnete Sicherheitsbeamte im Eingang erschienen und ihm den Rückzug abschnitten. Das Zimmer wirkte plötzlich rappelvoll. Ethan hatte nicht gesehen, wie der stämmige Sicherheitsmann Verstärkung angefordert hatte; er mußte es irgendwann zuvor getan haben. In seiner Achtung stieg der langsam wirkende Mann um eine Stufe.

»Ja, Sir?« sagte einer der neuen Beamten.

»Ihr habt lang genug gebraucht«, sagte der Sicherheitsmann. »Durchsucht den da«, er zeigte auf Rau, »und dann könnt ihr uns helfen, sie alle in die Quarantäne zu bringen. Diese drei werden beschuldigt, eine ansteckende Krankheit zu übertragen. Der hier wird benannt als der Ausbrecher von C-9. Die hier wird eines Diebstahls bezichtigt, und zwar von dem da, der eine Stationsuniform zu tragen scheint, für die er nicht berechtigt ist, und der auch behauptet, daß der dort entführt wurde. Für den da, der bewußtlos am Boden liegt, werde ich, wenn er aufwacht, eine Liste mit Beschuldigungen haben, die so lang ist, wie ich groß bin. Diese drei werden alle Erste Hilfe brauchen ...«

Ethan erinnerte sich an Teki, schlich sich zu ihm und drückte ihm das Hypospray mit dem Schnell-Penta-Gegenmittel in den Arm. Der junge Mann tat ihm fast leid: sein närrisches Grinsen wich schnell dem Gesichtsausdruck eines Mannes, der einen schrecklichen Kater hat. Inzwischen holten die Sicherheitsleute aus Rau, der keinen Widerstand leistete, alle möglichen mysteriösen glitzernden Gegenstände heraus.

»…und die hübsche Dame in Grau, die soviel über die Angelegenheiten aller anderen zu wissen scheint, behalte ich als unentbehrliche Zeugin zurück«, schloß der Sicherheitsmann. »Ach – wo ist sie überhaupt?«

KAPITEL 12

In der Quarantäne folgte Rau, ohne ein Wort zu sagen, der Bahre seines noch betäubten Vorgesetzten zu der von der Biokontrolle geforderten Untersuchung des Genitalbereichs. Seit sie Millisors Zimmer unter schwerer Bewachung verlassen hatten, hatte er tatsächlich nicht mehr geredet, war jedoch in einer Art grimmiger Loyalität nahe bei Millisor geblieben, wie ein Hund, der sich weigert, seinen eingesargten Herrn zu verlassen.

Ethan war sich nicht sicher, welche Tests notwendig waren, um Alpha-S-D-Plasmid-2 – oder dessen sagenhafte Mutation 3 – zu entdecken, aber nach dem mürrischen Ausdruck auf Raus Gesicht hatte er den Verdacht, daß sie ziemlich invasiv gewesen sein mußten. Er hätte sich besser gefühlt, wenn Rau mit dem geringsten Zeichen zu erkennen gegeben hätte, daß er Sinn für Humor besaß. Doch als er einen letzten Blick auf Ethan warf, funkelten seine Augen, als wären sie Messerklingen, die das Licht reflektierten.

Ethan seinerseits wurde in ein Büro gebracht, zu einem langen, langen Gespräch mit dem Sicherheitsdienst in Person des stämmigen Beamten, der sie verhaftet hatte, und einer Beamtin, die anscheinend die Vorgesetzte des anderen war. Mittendrin gesellte sich ein dritter Sicherheitsmann dazu, der als Captain Arata vorgestellt wurde, ein neurasthenischer eurasischer Typ mit glattem schwarzen Haar, bleicher Haut und Augen wie Nadeln. Er sagte wenig und hörte aufmerksam zu.

Ethans erster Impuls, ihnen alles zu sagen und sich ihrer Gnade anzuvertrauen, wurde fast auf der Stelle durch das Problem mit Okita gedämpft. Er schaffte es, Okita nicht zu erwähnen. Unter der anstrengenden Wirkung dieser drei Augenpaare machte Ethan aus

Cetagandas psionischem Durchbruch das etwas vagere Ereignis, daß »auf Jackson's Whole an einer der Eierstockkulturen in der Lieferung für Athos herumgepfuscht worden war, und zwar mit verändertem genetischen Material, das man von Cetaganda gestohlen hatte«. Ethan vermied es völlig, Cee zu erwähnen. Es hätte die Dinge noch mehr kompliziert…

»Dann«, sagte die Frau vom Sicherheitsdienst, »hat Ökotechnikerin Helda eigentlich Athos einen Gefallen getan, wenn auch unabsichtlich. Sie hat Ihren Genpool tatsächlich vor Kontamination bewahrt.«

Ethan erkannte, daß sie indirekt Druck auf ihn ausübte, die Beschuldigungen gegen Helda fallenzulassen, damit Station Kline eine öffentliche Peinlichkeit erspart bliebe. Er dachte an die Massen von Handelsgütern, die durch die angeblich sicheren Zwischenlager der Station gingen. Die Erkenntnis, daß die drei Leute von der Station ebenso in der Klemme saßen wie er selbst, hatte auf ihn eine wunderbar aufmunternde Wirkung, und er ging sofort in die Offensive.

Die Sicherheitsleute wurden außerordentlich höflich. Das halbe Dutzend kleinerer Anschuldigungen, die der stämmige Beamte gegen Ethan gesammelt hatte, wurde Ethans Status als Botschafter gegenübergestellt und löste sich irgendwie in Luft auf. Man würde nicht zulassen, versicherten sie ihm, daß sich noch einmal solch ein Akt des Vandalismus ereignete, wie Helda ihn begangen hatte. Ökotechnikerin Helda sei schon in dem Alter, wo sie vorzeitig pensioniert werden könne, ohne daß man Fragen stellte. Botschafter Urquhart brauche sich nicht um Ghem-Lord Harmon Dal oder Oberst Millisor, wie er ihn nannte, den Kopf zu zerbrechen; er und seine Assistenten seien definitiv für die Deportation auf dem ersten verfügbaren Schiff vorgesehen, aufgrund des bewiesenen Verbrechens der Entführung.

»Übrigens, Herr Botschafter«, warf Captain Arata ein, »haben Sie eine Ahnung, wo sich der dritte und der vierte Mitarbeiter des Ghem-Lords befinden?«

»Sie wollen damit sagen, daß Sie Setti noch nicht verhaftet haben?« fragte Ethan.

»Wir arbeiten daran«, sagte Arata. Sein kühles, beherrschtes Gesicht gab Ethan keinen Hinweis darauf, was diese Antwort bedeutete.

»Sie sollten dann lieber Oberst Millisor fragen, wenn er aufwacht. Was den anderen angeht, da ... äh ... sollten Sie besser Kommandantin Quinn fragen.«

»Und wo *ist* Kommandantin Quinn jetzt, Herr Botschafter?«

Ethan seufzte. »Vermutlich auf ihrem Rückweg zu den Dendarii-Söldnern.« Mit ihrem Rekruten Cee im Schlepptau, zweifellos. Wie lange würde der entwurzelte junge Mann überleben, abgeschnitten von seinen eigenen Träumen? Länger, als er leben würde, wenn Millisor ihn eingeholt hätte, mußte Ethan in aller Ehrlichkeit zugeben. Laß es bleiben. Laß es bleiben.

Arata seufzte auch. »Aalglatte Hexe«, murmelte er. »Wir werden uns darum kümmern. Sie schuldet mir noch einige Informationen.«

Und dann war Ethan frei zu gehen. »Danke für Ihre freundliche Unterstützung, Herr Botschafter. Wenn es irgend etwas gibt, womit Station Kline Ihren Aufenthalt angenehmer machen kann, so sagen Sie es uns bitte.« Sie erwähnten Helda nicht mehr; auch er erwähnte Helda nicht mehr. »Noch einen schönen Tag, Herr Botschafter.«

In dem Korridor, der zu den Ausgangsschleusen führte, blieb Ethan stehen. »Jetzt fällt mir gerade ein, Captain Arata, es gibt etwas, das Sie für mich tun können.«

»Ja, Sir?«

»Oberst Millisor wird doch bewacht, nicht wahr?

Wenn er wach ist, wäre es dann für mich möglich, mal kurz mit ihm zu sprechen?«

Arata blickte ihn nachdenklich an. »Ich werde es überprüfen, Sir.«

Ethan begleitete den Sicherheitsoffizier aus dem Verwaltungsbereich hinaus und durch zwei weitere Sterilisierungsschleusen. Dort trafen sie auf einen Ökotechniker in Schutzkleidung, der gerade einen verglasten Raum verließ, auf dessen Tür die Warnung ›Betreten verboten‹ leuchtete. Der Ökotechniker schaltete die Leuchtschrift aus und begann sich aus seinem Schutzanzug herauszuschälen. Ein bewaffneter Wächter reichte von drinnen einen ähnlichen Anzug, zu einem Bündel zusammengerollt, heraus, und der Ökotechniker warf es in einen Wäschebehälter.

»Wie geht es Ihrem Patienten?« erkundigte sich Captain Arata.

Der Ökotechniker bemerkte Aratas Rangabzeichen. »Er ist wach und orientiert. Es gibt noch nachwirkenden Tremor vom Betäubertrauma, ebenso Kopfweh. Er hat chronisch erhöhten Blutdruck, stressbedingte Gastritis, seine Leber hat Anzeichen präzirrhotischer Degeneration, und seine leicht vergrößerte Prostata wird man in den nächsten paar Jahren im Auge behalten müssen. Kurz gesagt, seine Gesundheit ist normal für einen Mann in seinem Alter. Was er *nicht* hat, ist Alpha-S-D-Plasmid-2, -3, -29, oder sonst eine Nummer. Er hat nicht einmal eine leichte Erkältung. Irgend jemand hat uns mit dieser Meldung eines Krankheitsüberträgers an der Nase herumgeführt, Captain, und ich hoffe, Sie finden heraus, wer. Für diese Art Unsinn habe ich nämlich keine Zeit.«

»Wir arbeiten daran«, versicherte Captain Arata.

Ethan folgte Arata in den jetzt nicht mehr abgeriegelten Raum. Arata gab dem Wächter ein Zeichen, sich draußen vor der Tür zu postieren, und blieb selbst höflich, aber entschlossen in entspannter Haltung im Zimmer stehen. Es war vermutlich zwecklos, ihn zu ersuchen, außer Hörweite zu warten, überlegte Ethan; der Raum wurde zweifellos abgehört.

Ethan trat an das Bett heran, auf dem Millisor in gewöhnlicher Patientenkleidung lag, und zwar festgeschnallt, wie Ethan mit Erleichterung feststellte. Er ging noch näher heran. Millisor bewegte sich nicht. Seine Hände lagen entspannt, als wäre es nach seiner Logik ausreichend, einmal seine Fesseln getestet zu haben. Er beobachtete Ethan mit kühler Berechnung. Bei alldem kam sich Ethan wie ein schrecklicher Feigling vor, wie ein Gaffer, der an einem gefesselten Raubtier herumschnüffelte, das mutigere Jäger gefangen hatten.

»Hm, guten Tag, Oberst Millisor«, begann Ethan albern.

»Guten Tag, Dr. Urquhart«, erwiderte Millisor mit einem ironischen Kopfnicken, das wie eine angedeutete Verneigung wirkte. Er schien jetzt frei von persönlicher Animosität zu sein – ein Profi wie Quinn. Natürlich hatte er auch keine persönliche Animosität an den Tag gelegt, als er Ethans Hinrichtung befohlen hatte.

»Ich … hm … wollte nur absolut und endgültig sicher sein, daß Sie das klar verstanden haben: Athos besitzt die Lieferung genetischen Materials von Jackson's Whole nicht und hat sie zu keinem Zeitpunkt in Händen gehabt«, sagte Ethan.

»Die Wahrscheinlichkeit scheint sich jetzt in diese Richtung zu entwickeln«, stimmte Millisor zu. »Ich zweifle an allem, wissen Sie.«

Ethan dachte darüber nach. »Es muß dann für Sie schrecklich verwirrend sein, der Wahrheit zu begegnen.«

Millisors Lippen zuckten nüchtern. »Glücklicherweise geschieht das sehr selten.« Seine Augen verengten sich. »Also, was halten Sie von Terrence Cee, nachdem Sie ihm jetzt begegnet sind?«

Ethan zuckte schuldbewußt zusammen. »Von wem?«

»Kommen Sie, Doktor. Ich weiß, daß er hier ist. Ich fühle seine Figur in der taktischen Situation. Haben Sie ihn attraktiv gefunden, Athosianer? Viele Leute finden ihn attraktiv. Ich habe oft überlegt, ob sein Talent wirklich nur in einer Richtung funktionierte.«

Das war ein häßlicher Gedanke, besonders weil er Cee tatsächlich sehr attraktiv gefunden hatte. Ethan bekam eine Heidenangst. Millisor schaute jetzt mit verstohlenem Interesse auf Arata und lauerte auf Reaktionen des Sicherheitsoffiziers auf diese neue Wendung des Gesprächs. Ethan beeilte sich, jede unnötige Erweiterung von Millisors geheimer Abschußliste zu verhindern. »Ich habe über Mr. Cee mit … mit niemandem gesprochen. Nur für den Fall, daß Sie sich diese Frage gestellt haben.«

Millisor hob ungläubig die Augenbrauen. »Als einen Gefallen mir gegenüber?«

»Als einen Gefallen den anderen gegenüber«, korrigierte Ethan.

Millisor akzeptierte dies mit einem leichten, behelfmäßigen Nicken. »Aber Cee ist auf Station Kline. Wo, Doktor?«

Ethan schüttelte den Kopf. »Ich weiß es wirklich nicht. Und wenn Sie das nicht glauben wollen, dann ist es Ihr Problem.«

»Dann weiß es Ihre Lieblingssöldnerin. Das kommt aufs gleiche heraus. Wo ist sie?«

»Sie ist nicht mein!« widersprach Ethan erschrocken. »Ich habe überhaupt nichts mit Kommandantin Quinn zu tun. Sie arbeitet auf eigene Verantwortung. Wenn Sie ein Problem mit ihr haben, dann machen Sie es mit ihr aus, nicht mit mir.«

Ohne einen einzigen Muskel zu bewegen wurde Arata noch gespannter.

»Im Gegenteil«, sagte Millisor, »sie hat meine ganze Bewunderung. Vieles, das ich mir nicht erklären konnte, ist jetzt völlig klar. Es würde mir nichts ausmachen, sie selbst zu engagieren.«

»Hm – ich glaube nicht, daß sie verfügbar ist.«

»Alle Söldner haben ihren Preis. Vielleicht nicht Geld allein, auch Rang, Macht, Vergnügen.«

»Nein«, sagte Ethan fest. »Sie scheint in ihren Befehlshaber verliebt zu sein. Ich habe dieses Phänomen schon in der Armee von Athos beobachtet – die Heldenverehrung, die bestimmten höheren Offizieren von ihren Untergebenen entgegengebracht wird – manche der Vorgesetzten mißbrauchen ihre Überlegenheit, andere tun es nicht. Ich weiß nicht, zu welcher Kategorie ihr Admiral gehört, aber in beiden Fällen glaube ich nicht, daß Sie Gleiches bieten können.«

Arata nickte in schweigender Zustimmung und blickte etwas düster drein.

»Ich kenne dieses Phänomen auch«, seufzte der Ghem-Lord. »Tja, zu schade.« Von dem Mann im Bett schien eine Kälte auszuströmen, daß Ethan sich fragte, ob seine Verteidigung von Quinns Ehre nicht vielleicht unpassend gewesen war. Aber Millisor war sicher immobilisiert.

»Ich bekenne, Doktor, Sie verwirren mich«, fuhr Millisor fort. »Wenn Sie und Cee nicht Mitverschwörer waren, dann können Sie nur sein Opfer gewesen sein. Ich begreife nicht, was Sie davon haben, wenn Sie weiterhin diesen Mann schützen, nach dem, was er versucht hat, Athos anzutun.«

»Er hat nicht versucht, Athos etwas anzutun, außer daß er dort einwandern wollte. Das ist wohl kaum ein Verbrechen. Nach dem zu schließen, was ich bisher von der Galaxis gesehen habe, war das völlig plausibel. Ich kann es kaum erwarten, daß ich selbst wieder heimkehre.«

Millisor hob seine Augenbrauen fast bis zum Haaransatz; das war eine der wenigen Gesten, die ihm momentan möglich waren. »Bei Gott! Ich fange an zu glauben, daß Sie wirklich ein so naiver Narr sind, wie Ihr Gesicht Sie scheinen macht, Doktor! Ich dachte, Sie wüßten, was mit Ihrer Lieferung geschehen ist.«

»Ja, er hat also seine Frau da hineingetan. Er ist vielleicht ein bißchen nekrophil. Wenn man seine Erziehung bedenkt, dann kann man sich eigentlich nur wundern, daß der Mann nicht noch viel seltsamer ist.«

Millisor brach tatsächlich in lautes Gelächter aus. Ethan spürte keinen Impuls, mitzulachen. Er betrachtete den Ghem-Lord mit Unbehagen.

Millisor seufzte. »Lassen Sie mich Ihnen zwei Tatsachen mitteilen. Überholte Fakten, seit diese idiotische Stationsbewohnerin ihren hirnrissigen Sabotageakt vollbracht hat. Erstens: der fragliche Genkomplex«, er warf einen Blick auf Arata, »war rezessiv und würde nicht im Phänotyp erscheinen, wenn er nicht in beiden Hälften des Genotyps vorkommt. Zweitens: jede einzelne der für Athos bestimmten Kulturen hatte den Komplex eingefügt bekommen. Durchdenken Sie das mal, Doktor.«

Ethan tat es.

In der ersten Generation hätten die Eierstockkulturen ihre rezessiven, verborgenen Erbfaktoren an die Kinder weitergegeben, und in dem Maß, wie die alten Kulturen abstarben, sehr bald an alle auf Athos geborenen Kinder. Aber erst beim Eintritt der zweiten Generation in die Pubertät würde das funktionsfähige telepathische Organ in seiner statistischen Hälfte der Bevölkerung erscheinen, aufgrund der Rückzüchtung auf die doppelt-rezessiven Kulturen. In der dritten Generation würde in der Hälfte der verbleibenden Bevölkerung das Organ von Latenz zu Funktionsfähigkeit übergehen, und so fort; die telepathische Mehrheit würde die nichttelepathische Minderheit in ständiger Zunahme um die Hälfte des verbleibenden Rests verdrängen.

Aber inzwischen würden auch die Nichttelepathen die Gene in ihrem Körper tragen und so potentielle Väter telepathischer Söhne darstellen. Der Genkomplex würde sich in der ganzen Bevölkerung verbreiten, und es wäre zu spät, ja unmöglich, ihn auszurotten.

Die Frage *Warum Athos*? war endlich beantwortet. Natürlich Athos. Nur Athos.

Die Kühnheit, die Vollkommenheit, die Schönheit – und die Ungeheuerlichkeit – von Cees geheimem Plan verschlug Ethan den Atem. Es paßte alles zusammen, mit der überwältigenden Offensichtlichkeit eines mathematischen Beweises. Das war auch die Erklärung für Cees fehlenden Berg Geld.

»Nun, wer kann jetzt die Wahrheit nicht erkennen?« spottete Millisor sanft.

»Oh«, sagte Ethan sehr leise.

»Das Heimtückischste an dem kleinen Monstrum ist sein Charme«, fuhr Millisor fort und beobachtete Ethan aufmerksam. »Wir haben ihn absichtlich so gemacht, ohne damals zu wissen, daß die Grenzen seines Talents ihn unfähig zum Feldagenten machen würden. Allerdings, nach den Schwierigkeiten zu schließen, die er uns später gemacht hat, haben wir vielleicht in diesem Punkt auch nicht recht gehabt. Aber verwechseln Sie nicht Charme mit Tugend, Doktor. Er ist gefährlich, völlig ohne jede Loyalität gegenüber der Menschheit, der er entstammt, von der er aber kein Teil ist ...«

Ethan überlegte, ob das als Gleichsetzung der Menschheit mit Cetaganda verstanden werden sollte.

»... ein Virus von einem Menschen, der das ganze Universum nach seinem verdrehten Ebenbild ummodeln würde. Sicher verstehen Sie besser als alle anderen, daß tödliche Ansteckungen energische Gegenmaßnahmen erfordern. Aber wir wenden die kontrollierte Gewalt eines chirurgischen Eingriffs an. Sie dürfen nicht die Propaganda des Virus für bare Münze nehmen. Wir sind nicht die Metzger, zu denen er uns in Ihren Augen machen möchte.«

Millisor drehte seine Hände in seinen Fesseln und öffnete sie flehend. »Helfen Sie uns. Sie müssen uns helfen.«

Ethan starrte verunsichert auf Millisors Fesseln. »Es tut mir leid ...« Gott Vater, entschuldigte er sich tatsächlich bei Millisor? »Nein, Oberst, ich erinnere mich an Okita. Ich kann verstehen, daß ein Mann ein Killer ist, glaube ich. Aber ein *gelangweilter* Killer?«

»Okita ist nur ein Werkzeug. Das Messer des Chirurgen.«

»Dann hat Ihr Dienst einen Menschen in eine Sache verwandelt.« Ein altes Zitat ging Ethan durch den Kopf: *An ihren Früchten sollt ihr sie erkennen ...*

Millisor kniff die Augen zusammen; er verfolgte dieses Argument nicht weiter, sondern fragte statt dessen, mit einem Blick auf Arata: »Und was haben Sie eigentlich mit Sergeant Okita gemacht, Dr. Urquhart?«

Ethan schaute auch auf Arata, und er bedauerte, daß er das Thema nicht angeschnitten hatte. »*Ich* habe nichts mit ihm gemacht. Vielleicht ist ihm ein Unfall passiert. Oder er ist vielleicht desertiert.« Oder, wenn er an Okitas endgültiges Schicksal dachte, wäre vielleicht ›desertiert‹ das angemessenere Wort ... Ethan unterdrückte diesen Gedankengang. »Jedenfalls kann ich Ihnen nicht helfen. Selbst wenn ich Cee Ihnen gegenüber verraten wollte – falls es das ist, worum Sie mich bitten –, ich weiß wirklich nicht, wo er ist.«

»Oder wohin er unterwegs ist?« suggerierte Millisor.

Ethan schüttelte den Kopf. »Irgendwohin, soweit ich weiß. Das heißt, irgendwohin, außer nach Athos.«

»Leider, ja«, murmelte Millisor. »Vorher war Cee an diese Lieferung gebunden. Wenn ich das eine hätte, dann hätte ich das andere an der Leine. Jetzt, da die Lieferung zerstört ist, was eine sehr armselige Alternative dazu ist, daß wir sie gefunden hätten, ist er völlig ungebunden. Irgendwohin«, Millisor seufzte, »irgendwohin ...«

Der Ghem-Oberst, rief sich Ethan entschlossen ins Gedächtnis, war derjenige, der festgebunden war. Er selbst war auf freiem Fuß; es lag an ihm, dieses Gespräch zu beenden, bevor der aalglatte Spion noch weitere Informationen aus ihm herausholte.

Auf seinem strategischen Rückzug zur Tür blieb Ethan stehen. »Ich will Ihnen jedoch noch etwas zu denken geben, Oberst. Wenn Sie in diesem Ton mit mir gesprochen hätten, als wir uns zum erstenmal trafen, anstatt das zu tun, was Sie getan haben, dann hätten Sie mich vielleicht überzeugt und Erfolg gehabt.«

Endlich ballte Millisor die Fäuste und riß an seinen Fesseln.

Und so kehrte Ethan in sein eigenes Zimmer zurück, das er an seinem ersten Tag auf Station Kline gemietet und seither überhaupt nicht benutzt hatte. Er dankte seinem launischen Glück, daß er dafür schon im voraus gezahlt hatte, denn seine persönliche Habe war noch so vorhanden, wie er sie zurückgelassen hatte. Er badete, rasierte und schnitt sich die Nägel, zog sich endlich wieder die eigenen Kleider an und nahm ein leichtes Mahl aus der Zimmerservicekonsole ein.

Beim Kaffeetrinken seufzte er. Fast zwei Wochen hatte ihn dieses Abenteuer gekostet – er mußte jetzt das Datum nachschauen, da seine Zeitrechnung durcheinandergekommen war –, als Quinns Strohmann, Millisors bewegliches Ziel, Cees Schachfigur, als jedermanns Pingpongball, und was hatte er dafür vorzuweisen? Neue Erfahrungen? Sobald er seinen roten Overall und die Stiefel zurückgegeben haben würde, bliebe kein greifbareres Andenken zurück als das, was er gelernt hatte. Er holte seinen Kreditbrief heraus und betrachtete ihn. Vermutlich war irgendwo daran noch Quinns mikroskopisch kleine Wanze. Wenn er laut hineinschreien würde, könnte er damit ein Rückkopplungskreischen in ihrem linken Ohr auslösen? Aber sie war fort, ohne ein Wort des Abschieds. Wie dem auch sei, Leute, die mit ihren Kreditkarten redeten, würden zweifellos ihre Mitmenschen nervös machen, selbst auf Station Kline.

Er legte sich erschöpft hin, doch seine Nerven waren noch zu angespannt und erlaubten keinen Schlaf. War es Tag oder Nacht? Wer konnte das auf Station Kline sagen? Er konnte nicht sagen, was er mehr vermißte, den Tagesrhythmus von Athos oder sein Wetter. Er hatte Verlangen nach Regen oder nach einer frischen Polarfront, die ihm die Spinnweben aus dem Kopf bliese. Er konnte die Klimaanlage einschalten, aber der Geruch bliebe derselbe.

Nachdem er fast eine Stunde damit verbracht hatte, all die Dinge, die er in diesen letzten vierzehn Tagen hätte sagen oder tun sollen, mit den tatsächlichen Ereignissen zu vergleichen, gab er angewidert auf, zog sich an und ging hinaus. Wenn der Schlaf sich nicht einstellen wollte, dann könnte er wenigstens etwas Nützliches mit seiner Zeit anstellen. Athos zahlte ja schließlich eine schreckliche Summe dafür.

Er spazierte zurück zu der Ebene im Transitbereich, wo die Botschaften und Konsulate konzentriert waren und begann sich ernsthaft nach korrekten biologischen Lieferfirmen umzusehen. Die meisten der technisch fortgeschritteneren Planeten hatten etwas anzubieten. Kolonie Beta bot neunzehn verschiedene Lieferquellen an, von rein kommerziellen Unternehmen bis zu einem von der Regierung finanzierten Genpool an der Universität von Silica, der gänzlich mit erbetenen Spenden talentierter und begabter Bürger versorgt wurde. So sehr es Ethan auch mißfiel, noch einen Rat von Quinn über irgendwas anzunehmen, schien doch Kolonie Beta die beste Adresse zu sein. Er würde nicht enttäuscht werden, versicherte ihm die Frau, die das Handelsinformationssystem bediente. Als er das Büro verließ, hatte er das Gefühl, endlich eine gute Tagesarbeit geleistet zu haben, und war mit sich zufrieden. Er war mit der weiblichen Angestellten genau wie mit einem Mann umgegangen. Es war zu schaffen und überhaupt nicht schwer.

Er kehrte in sein Zimmer zurück, nahm einen schnellen Imbiß ein und setzte sich dann an seine Komkonsole, um ein paar Preisvergleiche für das billigste Rückflugticket nach Kolonie Beta anzustellen. Die direkteste Route ging über Escobar und bot ihm eine Gelegenheit, einen weiteren potentiellen Lieferanten zu prüfen, ohne daß dadurch dem Bevölkerungsrat zusätzliche Kosten entstünden. Wenigstens die Hälfte des Komitees wurde mit ihm zufrieden sein, und das war wahrscheinlich ungefähr das beste Ergebnis, das er erzielen konnte.

Als er endlich alle seine Entscheidungen getroffen hatte, übermannte ihn die Müdigkeit. Er legte sich hin, um eine Minute auszuruhen.

Stunden später rief ihn ein hartnäckiges Summen seiner Komkonsole in einen schlaffen Wachzustand zurück. Da er unbequem abgewinkelt gelegen hatte, mit den Schuhen an den Füßen, war ein Bein eingeschlafen und kribbelte, als er zur Tastatur stolperte, um die Taste für Empfangsbereitschaft zu drücken.

Über der Holovidscheibe erschien Terrence Cees Gesicht. »Dr. Urquhart?«

»Tja, von Ihnen noch einmal zu hören hatte ich nicht erwartet.« Ethan rieb sich den Schlaf aus den Augen. »Ich dachte, Sie hätten keine weitere Verwendung mehr für das Asyl von Athos. Da Sie und Quinn ja beide zu den praktischen Leuten gehören.«

Cee zuckte zusammen. Er sah ausgesprochen unglücklich aus. »Genaugenommen bin ich dabei abzureisen«, sagte er mit dumpfer Stimme. »Ich wollte Sie noch einmal sehen, um … um mich zu entschuldigen. Können Sie mich umgehend in der Andockbucht C-8 treffen?«

»Ich glaube schon«, sagte Ethan. »Begeben Sie sich also mit Quinn zu den Dendarii-Söldnern?«

»Ich kann jetzt nicht mehr sprechen. Tut mir leid.« Cees Abbild wurde zu einem funkelnden Schneegestöber, dann war es verschwunden.

Vielleicht stand Quinn neben Cee und hinderte ihn daran, offen zu reden. Ethan unterdrückte den Gedanken, den Sicherheitsdienst anzurufen und Captain Arata zu sagen, wo er nach ihr suchen sollte. Er und Quinn waren jetzt quitt; Hilfe und Schaden glichen einander aus. Sein Geheimnis war geklärt; sie hatte den Geheimdienstcoup gelandet, den sie gewollt hatte. Damit sollte es sein Ende haben.

Als er aus seiner Herberge auf die Promenade hinaustrat, erhob sich ein Mann, der müßig an dem Teich in der Mitte gesessen war und die Goldfische mit Körnern aus einem per Kreditkarte zu aktivierenden Automaten gefüttert hatte, und näherte sich ihm.

Ethan unterdrückte den Impuls, in schriller Paranoia die Promenade zurückzulaufen. Der Mann konnte nicht Setti sein. Seinem rassischen Typus nach war er kein Cetagandaner: groß, dunkelhäutig und mit einem hohen Nasenrücken; er trug eine rosafarbene Seidenjacke mit schreiend bunter Stickerei.

»Dr. Urquhart?« fragte der Mann höflich.

Ethan blieb auf Abstand. Wenn das ein weiterer verdammter Spion war, dann würde er ihn kopfüber in den Teich werfen, schwor sich Ethan … »Ja?«

»Ich frage mich, ob ich Sie um einen kleinen Gefallen bitten dürfte.«

»Um was geht es?«

Der Mann holte einen kleinen, flachen, länglichen Gegenstand aus seiner Jacke, einen kleinen Holovid-Projektor. »Sollten Sie Ghem-Oberst Luyst Millisor noch einmal sehen, dann hätte ich gerne, daß Sie ihm diese Nachrichtenkapsel übergeben. Die Nachricht wird durch Eingabe seiner militärischen Dienstnummer aktiviert.«

Zweifellos gehörte der Mann zu Millisors Ring. »Oberst Millisor befindet sich in Haft beim Sicherheitsdienst der Station. Falls Sie ihm eine Nachricht zukommen lassen wollen, dann besuchen Sie ihn dort einfach.«

»Aha.« Der Mann lächelte. »Vielleicht werde ich das tun. Jedoch, wer kann sagen, welche Zufälle die Drehung des großen Rades uns bringen mag? Nehmen Sie ihn auf jeden Fall. Wenn sich keine Gelegenheit ergibt, ihn abzuliefern, dann werfen Sie ihn einfach weg.« Er versuchte, den kleinen Projektor Ethan aufzudrängen, doch Ethan wich ihm aus und trat einen Schritt zurück. Anstatt Ethan über die Promenade zu hetzen, blieb der Mann stehen und schüttelte den Kopf. Er legte die Nachrichtenkapsel auf einer Bank nieder, die Ethan zwischen sie gebracht hatte. »Ich überlasse es Ihrer Entscheidung, Sir.« Er verbeugte sich mit einer schwungvollen Gebärde, die an eine Kniebeuge erinnerte, wandte sich um und ging weg.

»Ich werde ihn nicht anfassen«, erklärte Ethan kategorisch. Der Mann lächelte ihm über die Schulter zu und betrat ein nahegelegenes Liftrohr. »Ich werde ihn zum Sicherheitsdienst nehmen!« rief Ethan. Der Mann wölbte die Hand hinter dem Ohr und schüttelte den Kopf, während er in dem gläsernen Rohr aufstieg. »Ich werde … ich werde …«, fluchte Ethan leise, als die rosafarbene Erscheinung aus seinem Blickfeld verschwand.

Ethan umkreiste die Bank und betrachtete den kleinen Apparat aus den Augenwinkeln. Schließlich steckte er ihn mit einem wortlosen Brummen ein. Er würde ihn bei erster Gelegenheit zu Captain Arata bringen; sollte der sich doch den Kopf darüber zerbrechen. Er blickte auf sein Chronometer und eilte weiter.

Da die Andockbucht sich in einem Frachtabschnitt befand, der vom Transitbereich aus gesehen auf der gegenüberliegenden Seite der Station lag, mußte er ein Bubblecar nehmen. Diesmal hatte er einen Plan der Station griffbereit zur Hand und bog nicht falsch ab.

Die Andockbucht war außerordentlich still. Ein einziges Verbindungsrohr war aktiviert, was darauf schließen ließ, daß sich auf der anderen Seite ein kleines Schiff befand, vielleicht ein Schnellkurier, der speziell für diesen Anlaß gemietet war. Auf jeden Fall war es kein kommerzieller Flug, für den weitere Fracht aufgeladen wurde. Quinns Spesenkonto mußte wirklich flexibel sein, überlegte Ethan.

Allein mitten in der Bucht saß Terrence Cee in seinem grünen Stationsoverall blaß auf einer Packkiste. Er blickte auf, als Ethan aus einem Rampenkorridor trat. »Sie sind aber schnell gekommen, Dr. Urquhart.«

Ethan blickte auf das Verbindungsrohr. »Ich hatte mir vorgestellt, daß Sie einen planmäßigen Flug erreichen wollten. Ich hatte nicht gedacht, daß Sie so luxuriös reisen würden.«

»Ich dachte, Sie würden vielleicht überhaupt nicht kommen.«

»Weil … weshalb? Weil ich die ganze Wahrheit über diese Lieferung herausgefunden habe?« Ethan zuckte die Achseln. »Ich kann nicht sagen, daß ich das billige, was Sie zu tun versucht haben. Aber angesichts der offensichtlichen Probleme, die Ihre … Ihre Rasse, sollte ich wohl sagen, überall sonst als Minorität zu erleiden hätte, glaube ich, daß ich verstehen kann, warum Sie das getan haben.«

Ein melancholisches Lächeln huschte über Cees Gesicht und war gleich wieder verschwunden. »Sie verstehen es? Aber natürlich. Sie würden es verstehen.« Er schüttelte den Kopf. »Ich hätte Ihnen sagen sollen, daß ich hoffte, Sie würden nicht kommen.«

Ethan folgte mit den Augen der Richtung von Cees Kopfnicken.

Im Schatten neben einem Deckenträger stand Quinn. Aber sie sah ungewöhnlich erschöpft aus. Ihre schneidige Uniformjacke fehlte; sie trug nur ein schwarzes T-Shirt und ihre Uniformhosen. Ihre Stiefel fehlten auch. Und als sie ins Licht trat, erkannte Ethan, daß ihr Betäuberhalfter leer war.

Sie trat vor, weil ein Mann in der orangefarbenen-schwarzen Uniform des Sicherheitsdienstes von Station Kline sie anstieß. Also hatten sie sie endlich doch geschnappt. Ethan mußte fast kichern. Es würde faszinierend sein zu beobachten, wie sie sich da jetzt herausschlängelte ...

Sein Humor erstarb, als er die Waffe besser sehen konnte, die der gedrungene, gleichgültig dreinblickende Mann ihr in den Rücken stieß. Ein tödlicher Nervendisruptor. Völlig unvorschriftsmäßig für den Sicherheitsdienst.

Schritte waren zu hören. Ethan wandte den Kopf in die andere Richtung und sah, wie Millisor und Rau auf sie zukamen.

KAPITEL 13

Ethan und Quinn wurden innerhalb der Reichweite des Nervendisruptors, den der Mann in der Sicherheitsuniform in nervösen Händen hielt, nebeneinander gestellt. Cee wurde unter Raus Betäuber von ihnen getrennt. Mehr war nicht nötig, damit Ethan stumm ihren relativen Status richtig einschätzen konnte.

Aus der Nähe sah Quinn noch mitgenommener aus: eine Lippe war aufgeplatzt und geschwollen, sie war weiß im Gesicht und zitterte entweder von den Schmerzen oder von den Nachwirkungen einer schwächeren Betäubung. Ohne ihre Stiefel wirkte sie kleiner. Cee stolperte wie eine Leiche, die einen Platz zum Hinlegen sucht; er war erstarrt und eisig, das blaue Leuchten seiner Augen war erloschen.

»Was ist passiert?« flüsterte Ethan Quinn zu. »Wie haben *die* Sie überhaupt gefunden, wo es der Sicherheitsdienst doch nicht geschafft hat?«

»Ich habe den verdammten Piepser vergessen«, zischte sie durch die zusammengebissenen Zähne. »Ich hätte ihn in den ersten Müllschlucker schieben sollen, an dem wir vorbeikamen. Ich wußte, daß er gefährlich war! Aber Cee stritt mit mir, und ich war in Eile, und … ach, zum Teufel, was für einen Zweck …« Sie biß sich frustriert auf die Lippe, zuckte zusammen und leckte sie vorsichtig. Ihr Blick kehrte immer wieder zu ihren Gegnern zurück; sie rechnete die Nachteile zusammen, verwarf das Ergebnis und versuchte es aufs neue, ohne besseres Glück.

Millisor ging um sie herum, glatt und selbstzufrieden. »Ich bin so froh, daß Sie es einrichten konnten, Dr. Urquhart. Wir hätten für Sie und die Kommandantin getrennte Unfälle arrangieren können, aber wenn wir Sie beide zusammen haben, gibt uns das eine ziemlich ausgezeichnete Gelegenheit zur – Effizienz.«

»Rache?« fragte Ethan mit zitternder Stimme. »Aber wir haben nie versucht, Sie umzubringen.«

»O nein«, protestierte Millisor. »Rache hat damit nichts zu tun. Sie beide wissen einfach zu viel, um weiter am Leben bleiben zu dürfen.«

Rau grinste häßlich. »Erzählen Sie ihnen noch den Rest, Oberst«, drängte er.

»Ach ja. Mit Ihrem Sinn für Humor, Kommandantin, werden Sie besonders das zu schätzen wissen. Betrachten Sie einmal, wenn Sie wollen, all diese unbenutzten Verbindungsrohre an der Außenwand. An beiden Enden verschlossen ergeben sie sehr private kleine Abteile. Gerade der richtige Ort für ein Paar mit ziemlich seltsamem Geschmack an Abenteuern beim Arrangieren eines Schäferstündchens. Wie bedauerlich, daß in dem gesunden Schlaf, der auf ihre Anstrengungen folgt...«

Rau schwenkte fröhlich seinen Betäuber, um anzudeuten, auf welche Weise dieser gesunde Schlaf erreicht würde.

»...das Verbindungsrohr zum Raum hin geöffnet wird, um die automatische Förderanlage aus dem Laderaum eines Frachters anzuschließen. Besagter Frachter ist unmittelbar nach dem Start meines Kuriers an dieser Andockbucht fällig. Sollen wir Sie beide vollkommenen nackt zurücklassen?« überlegte er laut. »Oder nur nackt unter der Gürtellinie, um den Eindruck von leidenschaftlicher Hast und Fummelei zu erwecken?«

»Gott Vater!« stöhnte Ethan entsetzt. »Der Bevölkerungsrat wird denken, ich sei lasterhaft genug gewesen, um mit einer Frau in einem Verbindungsrohr... ah... körperliche... aham...«

»Die Götter mögen mich davor bewahren«, erwiderte Quinn leise und sah gleichermaßen entsetzt aus,

»daß Admiral Naismith denkt, ich sei dumm genug, um mit was auch immer es in einem Verbindungsrohr zu treiben!«

Terrence Cees Blick irrte in der Andockbucht umher, als suchte er den Tod ebenso verzweifelt wie Quinn eine Möglichkeit zur Flucht. Er machte eine leichte, ruckartige Bewegung; sofort zielte Rau mit dem Betäuber auf ihn.

»Träum weiter, Mutant«, knurrte Rau. »Wir geben dir keine Chance. Eine falsche Bewegung, und du wirst betäubt an Bord getragen.« Er verzog die Lippen zu einem unangenehmen Grinsen. »Du willst doch nicht die Show verpassen, die deine Freunde für uns aufführen werden, oder?«

Cee ballte die Hände zu Fäusten und öffnete sie wieder; Verzweiflung und Wut, beide gleich ohnmächtig, kämpften in ihm um die Oberherrschaft. »Es tut mir leid, Doktor«, flüsterte er. »Sie haben der Kommandantin einen Nervendisruptor an den Kopf gehalten, und ich wußte, daß sie nicht blufften. Ich dachte, vielleicht würden Sie nicht kommen, bloß auf einen Anruf von mir hin. Ich hätte die Kerle sie erschießen lassen sollen. Tut mir leid, tut mir leid ...«

Quinns Lippen krümmten sich sarkastisch und begannen aufs neue zu bluten. »Sie brauchen sich nicht so eifrig entschuldigen, Cee ... Ihr Widerstand hätte ihn nicht gerettet.«

»Sie brauchen sich überhaupt nicht zu entschuldigen«, sagte Ethan bestimmt. »Aller Wahrscheinlichkeit nach hätte ich genauso gehandelt.«

Der Mann mit dem Nervendisruptor scheuchte ihn weg und trieb Ethan und Quinn zur äußeren Wand und an ihr entlang zum anderen Ende der Ladebucht.

»Wer ist der Kerl überhaupt?« fragte Ethan Quinn mit einem Ruck seines Kopfes. »Setti?«

»Sie haben es erraten. Ich hätte ihn in den Rücken schießen sollen, als ich eine Chance hatte, und damit die andere Hälfte meiner Belohnung vom Haus Bharaputra kassieren«, erwiderte Quinn mit einem angewiderten Unterton. Nachdenklich fügte sie hinzu: »Wenn ich mich auf diesen Schläger stürze, glauben Sie, daß Sie es dann durch die Bucht bis zu einem dieser Korridore schaffen, bevor Rau Sie betäubt?«

Der höhlenartige Raum war fünfzig Meter oder mehr lang. »Nein«, sagte Ethan offen.

»Wie steht es mit einem Sprint in den Schutz dieses Verbindungsrohrs?«

»Und was dann? Soll ich ihnen Grimassen schneiden, bis sie herankommen und mich abschießen?«

»Schon gut«, sagte sie ungeduldig, »haben Sie eine bessere Idee?«

Ethans Hände zuckten in seinen Taschen und stießen auf einen kleinen, länglichen Gegenstand. »Vielleicht könnten wir damit etwas Zeit herausschinden?« sagte er und zog die Nachrichtenkapsel heraus.

»Was, zum Teufel, ist denn das?«

»Das war das Allerseltsamste. Auf meinem Weg hierher kam ein Mann zu mir auf der Promenade und drängte es mir auf – er sagte, es sei eine Nachricht für Millisor. Es werde durch Millisors militärische Dienstnummer aktiviert, und ich solle es ihm geben, wenn ich ihn sähe ...«

Quinn erstarrte, ihre Hand packte seinen Arm. »Welche Farbe hatte er?«

»Wer?«

»Der Mann, der Mann!«

»Rosa. Das heißt, er hatte ein rosafarbenes Gewand an.«

»Nicht das Gewand, der Mann!«

»Interessant – eine Art Kaffeefarbe. Äußerst elegant. Ich wünschte mir, ich hätte einige dieser Hautgene für Athos bekommen können ...«

»Heh«, begann Setti und näherte sich ihnen mit einem finsteren Blick.

»Geben-Sie's-mir, geben-Sie's-mir«, brabbelte Quinn und riß Ethan die Nachrichtenkapsel aus der Hand. »Warten-Sie-mal. 672-191-, o Götter, ist es jetzt 142 oder 124?« Ihr zitternder Zeigefinger tippte an der winzigen Tastatur und zögerte dann qualvoll. »421, und laßt uns beten. Hier, Setti!« schrie Quinn und warf die Nachrichtenkapsel dem verdutzten Cetagandaner zu, dessen linke Hand mit einer leichten, schlangenartigen Bewegung die Kapsel auffing. »Runter!« brüllte Quinn in Ethans Ohr, stieß ihm die Füße unter dem Leib weg und ließ sich auf seinen Kopf fallen.

Einen Augenblick lang herrschte verwirrtes Schweigen. Das zarte Summen eines Holovids, das sein Bild aufbaute, klang wie das dünne Sirren eines Insekts.

»Ooh, Mist«, stöhnte Quinn, und ihr Gewicht sackte auf Ethan zusammen. »Wieder falsch.«

Ethan beschwerte sich in ziemlich gedämpftem Ton: »Was, zum Teufel, glauben Sie wohl, wer Sie sind ...«

Die Druckwelle fegte sie beide zehn Meter über den Boden der Andockbucht, und sie landeten mit verschlungenen Armen und Beinen an der äußeren Schutzwand. Außer daß ihm die Ohren klangen, konnte Ethan zuerst nichts hören. Seine Knochen schienen zu vibrieren wie ein angeschlagener Gong, und vor den Augen wurde ihm dunkel.

»Dacht' mir's doch, daß das der Fall sein müßte«, murmelte Quinn mit zittriger Befriedigung. Sie stand auf, fiel hin, stand wieder auf und prallte von der Wand ab, blinzelte heftig und tastete mit den Händen vor sich herum.

Alarmanlagen schienen überall in der Halle wie verrückt zu schrillen. Notlichter schalteten sich mit strahlender Helligkeit ein – Ethan erkannte erleichtert, daß er nicht erblindet war – und mit fernem Dröhnen schlossen sich luftdichte Türen eine nach der anderen, wie fallende Dominosteine.

Näher, ruhiger und viel ominöser war ein Zischen,

das zu einem Pfeifen anstieg: Luft entwich um den Verschluß des nächsten Verbindungsrohrs herum, der durch die Explosion beschädigt worden war. Eisiger Nebel brodelte darum herum in einer Wolke hoch.

Selbst Ethan war so klug, sich davon zu entfernen, indem er auf Händen und Knien kroch. Die Gravitation schwankte übelkeiterregend. Ein geschmolzener Fleck auf dem Metalldeck hörte gerade auf zu blubbern. Ethan umging ihn. Von Setti gab es nirgendwo auch nur eine Spur.

»Bei Gott«, murmelte Ethan benommen, »sie ist wirklich gut darin, Leichen loszuwerden …«

Er blickte auf, schaute über eine endlose Metallwüste und sah Terrence Cee, der wie ein Hirsch rannte und dann durch einen Hechtsprung von Rau zu Boden geworfen wurde. Millisor, der hinterherstürmte, zielte, um dem Telepathen einen schnellen Tritt gegen den Kopf zu geben, besann sich dann eines besseren, hüpfte statt dessen auf den anderen Fuß und versetzte Cees weniger wertvollem Solarplexus einen Schlag. Millisor und Rau packten jeder einen Arm und schleiften Cee aus seiner Hocke zu dem aktivierten Verbindungsrohr, auf dessen anderer Seite ihr Schiff wartete.

Ethan rappelte sich hoch und lief auf sie zu. Er hatte nicht die geringste Ahnung, was er machen würde, wenn er bei ihnen ankäme. Außer, sie irgendwie aufzuhalten. Das war die einzige klare Notwendigkeit. »Gott Vater«, stöhnte er, »ich hoffe, im Himmel gibt es eine Belohnung für so was …«

Sein Vorteil war, daß seine Strecke kürzer war, Millisor und Rau wurden durch ihre zappelnde Last behindert. Ethan stellte sich mit gespreizten Beinen vor das Verbindungsrohr und blockierte den Eingang. Eine perfekte Stellung, um schnell eine Waffe zu ziehen, abgesehen von dem kleinen Haken, daß er keine Waffe hatte. *Hilfe!* dachte er. »Halt!« schrie er.

Zu seiner Überraschung blieben sie vorsichtig stehen. Rau hatte seinen Betäuber irgendwo verloren, aber Millisor zog einen tückischen, glitzernden kleinen Nadler aus seiner Jacke und zielte auf Ethans Brust. Ethan stellte sich vor, wie die winzigen Nadeln sich beim Aufprall ausdehnten und wie Rasiermesser durch seinen Unterleib wirbelten. Seine Autopsie würde zur schrecklichsten Schweinerei ausarten…

Terrence Cee riß sich von Rau los, stürmte vor und stellte sich vor Ethan, die Arme weit ausgestreckt in einer aussichtslosen Geste des Schutzes. »Nein!«

»Du meinst, ich müßte dich am Leben lassen, weil die Kulturen futsch sind, Mutant?« schrie Millisor wütend. »Tot geht es auch, bei Gott!« Er hob seine Waffe mit beiden Händen. »Was, zum…« Er taumelte, seine Füße hoben sich vom Boden, seine Arme ruderten, um das verlorene Gleichgewicht wiederzugewinnen.

Ethan packte Cee. Sein Magen schien unabhängig von seinem restlichen Körper davonzuschweben. Er schaute hysterisch um sich und entdeckte Quinn, die sich an die Wand auf der anderen Seite klammerte, nahe an einem der Korridoreingänge, wo von einer Umgebungssteuertafel neben ihr die Deckplatte gewaltsam abgerissen worden war.

Millisors Körper bewegte sich wellenförmig mitten in der Luft; damit glich er geschickt die unerwünschte Drehung aus und brachte seine Waffe wieder in ruhigen Anschlag. Quinn schrie hilflos, riß die Deckplatte vollends von ihrem Gehäuse ab und schleuderte sie auf Millisor. Die Platte wirbelte tückisch durch die Luft, aber noch bevor sie die Hälfte der Halle durchquert hatte, war schon offensichtlich, daß sie Millisor verfehlen würde. Der Cetagandaner verstärkte den Druck auf den Abzug seines Nadlers…

Millisors Körper, einen Moment lang von einem blendenden Nimbus umgeben wie ein brennender Märtyrer, krampfte sich in dem blauen, prasselnden Blitz eines Plasmaschusses zusammen. Der stechende

Gestank von verbranntem Fleisch, angesengtem Stoff und schmelzendem Plastik ließ Ethan zusammenzucken. Blinzelnd sah er rote und purpurne Nachbilder der tanzenden Silhouette des sterbenden Ghem-Lords.

Der Nadler wirbelte davon, Rau versuchte vergeblich, ihn zu erwischen, und ließ dabei den Boden los. Der cetagandanische Hauptmann ruderte verzweifelt in der Luft und versuchte mit wilden Kopfbewegungen den Ursprung dieser verheerenden neuen Attacke zu entdecken. Quinns Deckplatte prallte an der gegenüberliegenden Wand ab und sauste haarscharf an Ethans Kopf vorbei.

»Dort!« rief Cee, der in der Luft schwebend mit Ethan rang, und zeigte zu den Laufplanken und Deckenträgern hinauf. Dort bewegte sich undeutlich eine rosafarbene Gestalt und zielte mit etwas auf Rau. »Nein! Er gehört mir!« schrie Cee. Mit Berserkergebrüll stieß er sich von Ethan ab und stürzte sich auf Rau. »Ich bring dich um, du Mistkerl!«

Den einzigen Nutzen, den Ethan als Ergebnis dieses irrsinnigen Ausbruchs von Kampfgeist erkennen konnte, war, daß er, Ethan, zur äußeren Schutzwand gestoßen wurde. Es gelang ihm, einen Vorsprung der Wand zu packen, ohne sich ein Handgelenk zu brechen und seine unsinnige Bewegung zu stoppen.

»Nein, Terrence! Wenn jemand auf Cetagandaner feuert, dann muß man *aus* dem Weg gehen!« Aber diese Stimme der Vernunft wurde vom Winde verweht. Vom Wind? Das Luftleck wurde offensichtlich größer – sicher kam es jeden Moment zu einer explosionsartigen Dekompression …

Cee und Rau, die miteinander rangen, sanken auf das Deck wie ein Kieselstein, der durch Öl fällt, da Quinn stufenweise etwas Gravitation einschaltete. Ethan hörte auf, wie eine Fahne im Wind zu flattern, und er entdeckte, daß er, obwohl noch leichter als sonst, viel zu hoch über dem Deck hing. Er stieg eilends hinunter, bevor Quinn sich entschließen würde, etwas zu versuchen wie Heldas Trick mit den Vögeln.

Rau warf Cee, der kleiner und leichter war als er, über das Deck. Cee bumste und schlitterte dahin, während Rau sich umdrehte und auf das Verbindungsrohr seines Schiffes zustürmen wollte. Zwei Schritte, und er loderte auf, schmolz und verbrannte wie eine Wachsfigur, in einem strahlenden Plasmakreuzfeuer, das nicht von einer, sondern von zwei Stellen von den Deckenträgern kam. Er fiel mit einem Geräusch wie ein großer Fleischklumpen und lebte – entsetzlich! – noch einen Moment länger, zappelte und schrie lautlos aus fleischlosem schwarzem Mund. Cee, auf Hände und Knie aufgestützt, schaute mit offenem Mund zu, als wäre er selbst entsetzt über die Vollständigkeit seiner Rache, die andere vollbracht hatten.

Ethan lief über das Deck auf den Telepathen zu. Auf der Stationsseite der Andockbucht schwangen sich zwei Männer aus dem Netzwerk von Trägern und Laufplanken. Einer war der Mann in Rosa von der Promenade, der zweite war ebenfalls dunkelhäutig; er trug eine glänzende braune Jacke in einem ähnlich hochverzierten Stil. Sie näherten sich Quinn, die ihre Retter keineswegs willkommen hieß, sondern wieder die Wand hinaufklettern wollte, wie eine geschäftige Spinne.

Jeder der beiden dunkelhäutigen Männer packte sie an einem Fußknöchel und riß sie herunter, ohne darauf zu achten, woran ihr Kopf unterwegs schlug. Ein Versuch Quinns, einen Karatetritt anzubringen, wurde von dem Mann in brauner Seide vereitelt und verwandelte sich in einen Sturz, der bei höherer Gravitation scheußlich gewesen wäre, aber auch so schlimm genug aussah. Der Mann in Rosa blockierte ihre Arme von hinten, der andere erstickte ihren Kampfgeist mit einem atemlähmenden Schlag in ihren Magen.

Sie nahmen sie zwischen sich und schleiften sie über die Korridorrampe zum Notausgang fort, während aus verschiedenen anderen Eingängen Notfallkommandos der Station in die Halle strömten.

»Sie... sie haben Quinn geschnappt!« schrie Ethan Cee zu. »Wer sind die? Was für Leute sind das?« Schmerzlich verwirrt tanzte er von einem Fuß auf den anderen und zog Cee hoch.

Cee schielte hinter ihnen her. »Jackson's Whole? Bharaputra-Leute, hier? Wir müssen hinter ihr her!«

»Möglichst, solange hier noch Luft zum Atmen ist...« Sie hielten sich aneinander fest und machten sich, so schnell sie konnten, in einer Mischung aus Hüpfen und Humpeln auf den Weg, durch die Andockbucht und die Rampe hinauf.

An der Notlufttür mußten sie schreckliche Sekunden warten und bewegten ihre Kiefer, um ihre Ohren gegen die nun schnelle Abnahme des Luftdrucks zu schützen, während das Trio vor ihnen hindurchcycelte und die Personalschleuse freimachte, die die Flucht aus einem blockierten Raum gestattete. In einem panischen Rhythmus den Kontrollknopf zu drücken oder sich sogar daraufzulehnen trug nichts zur Beschleunigung des Vorgangs bei, wie Ethan herausfand; die Tür öffnete sich erst, als sie endlich bereit war.

Sie fielen hindurch und mußten erneut warten, während der Druck ausgeglichen wurde, und Quinns Angreifer gewannen einen immer größer werdenden Vorsprung. Ethan keuchte erleichtert. Er hatte eine völlig falsche Meinung über die Luft in der Station gehabt: sie schmeckte einfach großartig, besser als jede andere Luft, die er bisher geatmet hatte.

»Wie, zum Teufel«, fragte Ethan Cee keuchend, während sie warteten, »sind Millisor und Rau überhaupt aus der Quarantäne herausgekommen? Ich dachte, nicht einmal ein Virus könnte von dort abhauen.«

»Setti hat sie befreit«, erwiderte Cee ebenfalls keuchend. »Entweder kam er mit dem Sicherheitsmann hinein, der sie zu ihrem Deportationsdock bringen sollte, oder er gab sogar vor, dieser Wachmann zu sein. Ich weiß nicht, was von beiden zutrifft. Sie sind einfach durch die Tür hinausspaziert. Alle Dokumente und Ausweiskarten waren natürlich perfekt. Ich glaube, nicht einmal Quinn weiß, wie weit die Cetagandaner in der Zeit, die sie hier waren, in das Computernetz der Station eingedrungen sind.«

Endlich öffnete sich die Notfall-Luftschleuse zischend, und Ethan und Cee torkelten durch den Korridor in wilder Jagd nach dem Trio, das nicht mehr zu sehen war. Am ersten Querkorridor hielten sie an.

Mit ausgestrecktem Arm drehte sich Cee ein paarmal im Kreis, wie ein beschädigter Uhrzeiger. »In diese Richtung!« Er zeigte nach links.

»Sind Sie sicher?«

»Nein.«

Trotzdem galoppierten sie den Korridor entlang. Am nächsten Querkorridor wurden sie belohnt: von rechts ertönte lautstarker Protest einer vertrauten Altstimme. Sie folgten dem Klang und gelangten in den kahlen Vorraum eines Fracht-Liftrohrs.

Der Mann in der schokoladenbraunen Seidenjacke hatte Quinn mit dem Gesicht gegen eine Wand gedrückt und hielt sie mit hinter dem Rücken verdrehten Armen hoch. Ihre Zehen streckten sich vergeblich nach dem Boden aus.

»Los, Kommandantin«, sagte der Mann in Rosa. »Wir haben keine Zeit für solche Spielchen. Wo ist es?«

»Es würde mir nicht im Traum einfallen, Sie aufzuhalten«, erwiderte sie mit ziemlich undeutlicher Stimme, während ihr Gesicht seitwärts gegen die

Wand gequetscht wurde. »Au! Sollten Sie nicht lieber zu Ihrer Botschaft flüchten, bevor die Sicherheitsleute hierherkommen? Nach dieser Explosion werden sie hier die ganze Gegend durchsuchen.«

Als Ethan und Cee in den Vorraum schlitterten, drehte sich der Mann in Rosa blitzschnell um und hob sein Plasmagewehr. »Warten Sie«, sagte Cee und hielt Ethans Arm zurück.

»Freunde!« kreischte Quinn und zuckte hin und her. »Freunde, Freunde, nicht schießen, wir alle hier sind Freunde!«

»Sind wir das?« Außer Atem und schwindelig nahm Ethan mit Mißtrauen die überraschende Szene in sich auf.

»Söldner, die Geld nehmen für Verträge, die sie nicht erfüllen können, haben keine Freunde«, knurrte der Mann in brauner Seide. »Zumindest nicht lange.«

»Ich habe daran *gearbeitet*«, verteidigte sich Quinn. »Ihr Schläger wißt Raffinesse nicht zu schätzen. Außerdem könnt ihr die Gegend mit Leichen übersäen und dann in den Schutz des Konsuls eures Hauses wegrennen. Euch juckt es nicht, wenn ihr deportiert und für immer zur *persona non grata* auf Station Kline erklärt werdet. Ich muß nicht nur nach anderen Regeln spielen, ich möchte auch eines Tages wieder hierherkommen können. Bemühen wir uns doch um ein bißchen Finesse, oder?«

»Sie haben fast sechs Monate Zeit für Finesse gehabt. Baron Luigi möchte das Geld des Hauses zurückhaben«, sagte der Mann in Rosa. »Das ist die einzige Raffinesse, die ich zu schätzen weiß.«

Der Mann in Braun hob Quinn noch ein paar Zentimeter höher.

»Au, au, schon gut, kein Problem!« jammerte Quinn. »Euer Kreditbrief ist in der rechten Innentasche meiner Jacke. Bedient euch.«

»Und wo genau ist Ihre Jacke?«

»Millisor hat sie mir weggenommen. Sie ist drüben in der Andockbucht. Au, nein, ehrlich!«

Empörtes Schweigen trat ein. »Das *könnte* wahr sein«, überlegte der Mann in Rosa.

»Die Andockbucht wimmelt jetzt von Sicherheitsleuten«, bemerkte der Mann in Braun. »Das könnte ein Trick sein.«

»Schaut, Jungs, reden wir mal vernünftig über die Sache, oder?« sagte Quinn. »Die Abmachung mit Luigi war: die eine Hälfte im voraus, die andere Hälfte bei Lieferung. Nun, Okita habe ich schon erledigt. Das ist ein Viertel, hier an Ort und Stelle.«

»Dafür haben wir nur Ihr Wort. *Ich* habe keine Leiche gesehen«, sagte der Mann in Rosa.

»Finesse, General, Finesse.«

»Major«, korrigierte der Mann in Rosa automatisch.

»Und ich war es, die gerade eben in der Andockbucht Setti ausgeschaltet hat. Das ist die Hälfte. Mir scheint, wir sind quitt.«

»Mit unserer Bombe«, sagte der Mann in Braun.

»Wollt ihr um die Ergebnisse streiten? Kommt, wir sind doch Verbündete, oder nicht?«

»Nein«, sagte der Mann in Braun und hob sie noch ein bißchen höher.

Aus der Richtung der Andockbucht ertönten Stimmen, Stiefelschritte und das Geklirr von Waffen. Der Mann in Rosa schob seinen Plasmabogen in ein Halfter, das unter seiner bestickten Jacke versteckt war. »Die Zeit ist um.«

»Willst du das durchgehen lassen?« fragte der Mann in Braun.

Der Mann in Rosa zuckte die Achseln. »Nenne es quitt bei halber Bezahlung. Sind Sie Rechts- oder Linkshänderin, Quinn?«

»Rechtshänderin.«

»Nimm den Zins des Barons aus ihrem linken Arm, und dann gehen wir.«

Der Mann in Braun ließ Quinn ganz absichtlich fallen, erreichte damit einen Hammerlock und ließ ihren linken Ellbogen krachen. Das gedämpfte knorpelige Knacken war durchaus hörbar. Quinn gab keinen Laut von sich. Wieder hielt Cee Ethan zurück, der sich nach vorn stürzen wollte. Die beiden Bharaputraner traten taktvoll in das nächste Liftrohr und verschwanden nach unten.

»Verdammt, ich dachte schon, die würden nicht mehr gehen«, seufzte Quinn. »Das letzte, was ich gebrauchen kann, ist, daß der Sicherheitsdienst diese Burschen einholt und mit ihnen Erfahrungen austauscht.« Sie glitt zu Boden und setzte sich mit dem Rücken zur Wand, ganz grün im Gesicht. »Ich möchte wieder in den Kampfdienst versetzt werden. Ich glaube, ich mag dieses Spionagezeugs nicht so sehr, wie Admiral Naismith gemeint hat.«

Ethan räusperte sich. »Sie ... äh ... brauchen einen Doktor, Kommandantin?«

Sie grinste schwach. »Jaa. Sie auch?«

»Jaa.« Ethan ließ sich ziemlich schwerfällig neben ihr nieder. Sein Ohr tönte noch, und die Wände des Raumes schienen zu pulsieren. Er dachte über ihre Bemerkung nach. »Das ist nicht zufällig Ihr erster Spionageauftrag, oder?«

»Ja.«

»Tja, so geht's mir immer.« Der Boden lockte; noch nie hatten Isolierplatten so weich und einladend ausgesehen.

»Die Sicherheitsleute kommen«, stellte sie fest. Sie blickte zu Cee auf, der nervös und besorgt, aber hilflos vor ihnen stand. »Was halten Sie davon, wenn wir ihnen einen Gefallen tun und das Szenario für sie vereinfachen? Hauen Sie ab, Mr. Cee. Wenn Sie gehen und nicht laufen, dann kommen Sie in diesem grünen Overall an ihnen vorbei. Gehen Sie zur Arbeit oder sonstwas.«

»Ich… ich…« Terrence Cee breitete die Arme aus. »Was kann ich je tun, um mich zu revanchieren? Bei Ihnen beiden?«

Sie zwinkerte. »Keine Angst, ich werde mir etwas ausdenken. Einstweilen habe ich hier heute keine Telepathen gesehen. Und Sie, Doktor?«

»Nicht einen einzigen«, stimmte Ethan höflich zu.

Terrence Cee schüttelte frustriert den Kopf, blickte den Korridor hinauf und verschwand im Liftrohr nach oben.

Als die Sicherheitsleute endlich eintrafen, verhafteten sie Quinn.

KAPITEL 14

Ethan trat durch den Waffendetektor, ohne ein Piepsen oder Blinken auszulösen, und atmete auf. Der Haftbereich von Station Kline war kahl und einschüchternd, blitzblank und effizient; es fehlten die üblichen Versuche der Stationsbewohner, das Ambiente mit Pflanzen oder künstlerischer Ausschmückung angenehmer zu gestalten. Die Wirkung war zweifellos beabsichtigt, und sie stellte sich gewiß ein. Ethan fühlte sich schon schuldig, obwohl er nur den Minimalsicherheitsblock besuchte.

»Kommandantin Quinn befindet sich im Haftlazarett Nr. 2, Botschafter Urquhart«, informierte ihn der Wächter, der ihm als Führer zugewiesen war. »In diese Richtung, bitte.«

Einige Liftrohre hinauf, einige Korridore hinab. Das Leben auf der Station mußte einen mächtigen evolutionären Druck zur Entwicklung eines guten Orientierungssinnes ausüben, dachte Ethan. Ganz zu schweigen von der Sensibilität für subtile Statusunterschiede. Farbenblindheit könnte sich hier als tödliche Behinderung erweisen. Die Uniformen des Sicherheitsdienstes waren, wie alle anderen Arbeitsuniformen, in Farben codiert, und überdies variierten die Proportionen von Orange zu Schwarz je nach dem Rang. Der gewöhnliche Wächter trug Orange mit Schwarz abgesetzt; er hielt an und salutierte schneidig vor einem weißhaarigen Mann, dessen elegante schwarze Uniform mit sparsamer orangefarbener Paspelierung verziert war und der den Gruß lässig erwiderte. Man hätte die gesamte Hierarchie der Station in den Farbnuancen studieren können.

Captain Arata, der genau in dem Augenblick das Lazarett verließ, als Ethan und sein Führer sich näherten, trug überwiegend Schwarz mit breiten orangefarbenen Streifen am Kragen und an den Ärmeln und einer orangefarbenen Paspelierung an den Hosenbeinen. Seine Stirn war frustriert gerunzelt.

»Ah, Botschafter Urquhart.« Die Runzeln verschwanden, statt dessen erschien ein leicht ironisches Lächeln in seinem Gesicht. »Sie kommen, um unseren Stargast zu besuchen, nicht wahr? Sie brauchen sich keine Sorgen zu machen; sie wird in Kürze eine freie Frau sein. Ihre Kreditüberprüfung war positiv – erstaunlich genug –, ihre Geldstrafen sind bezahlt, und sie wartet nur noch auf ihre medizinische Entlassung.«

»Schon gut, Hauptmann – ich mache mir keine Sorgen«, sagte Ethan. »Ich möchte ihr nur eine Frage stellen.«

»Wie ich«, seufzte Arata. »Ich habe ihr einige gestellt. Ich hoffe, Sie haben mehr Glück mit den Antworten. Als ich in den letzten paar Wochen ein Rendezvous mit ihr haben wollte, da wollte sie mit mir nur unter der Hand Informationen austauschen. Jetzt möchte ich Informationen austauschen, und was bekomme ich? Ein Rendezvous.« Sein Gesicht hellte sich leicht auf. »Wir werden bestimmt fachsimpeln. Wenn ich noch mehr aus ihr herausbekomme, dann kann ich vielleicht den gemeinsamen Abend aufs Spesenkonto meiner Abteilung setzen.« Er nickte Ethan zu; ein einladendes Schweigen trat ein.

»Viel Glück«, sagte Ethan freundlich, aber nicht hilfsbereit. Er hatte sich in der Nachuntersuchung des gestrigen Vorfalls in der Andockbucht durch den Sicherheitsdienst auf seinen Status als Botschafter versteift und alle Fragen skrupellos auf die immer erfindungsreiche Quinn abgeschoben. Sie hatte Wahrheit und Lügen zusammengeflickt und eine schreckliche Märchengeschichte produziert, die trotzdem jeder Überprüfung standhielt. In ihrer Version hatten Millisor und Rau zum Beispiel versucht, sie zu entführen, um sie zu einer Doppelagentin umzuprogrammieren, die dann die Dendarii-Söldner für den Geheimdienst von Cetaganda unterwandern sollte. Die Bharaputraner wurden all der Verbrechen angeklagt, die sie tatsächlich begangen hatten, und noch einiger zusätzlicher, die sie nicht begangen hatten – wer war Okita? Der Großteil der Energien des Sicherheitsdienstes wurde jetzt auf das Konsulat abgelenkt, wo sich das Kommando der Bharaputraner noch versteckte; man verhandelte jetzt über die Bedingungen ihrer Deportation. Terrence Cee war völlig aus dem Szenario verschwunden. Ethan hätte nicht gewagt, ein Wort hinzuzufügen oder wegzunehmen.

»Wie schade«, murmelte Arata und ließ etwas Schärfe in seinen Augen aufblitzen, »daß *ich* einen Gerichtsbeschluß brauche, wenn ich Schnell-Penta einsetzen möchte.«

Ethan lächelte höflich. »Ganz recht.« Sie verabschiedeten sich mit einer Verneigung.

Der Wächter übergab Ethan an den Lazarettarzt. Abgesehen von den codierten Schlössern an der Tür hätte Quinns Zelle ein beliebiges Krankenhauszimmer sein können. Das heißt, jedes beliebige Krankenhauszimmer auf der Station. Ethan begann mit ausgehungerter Leidenschaft Fenster zu vermissen, die man öffnen konnte – auf Athos waren sie selbstverständlich.

Da er nicht mit der Tür ins Haus fallen wollte, begann Ethan das Gespräch mit diesem Gedanken.

»Was für Gefühle haben Sie eigentlich über Fenster, die man öffnen kann?« fragte er Quinn. »Auf den Planeten, meine ich.«

»Paranoide«, antwortete sie prompt. »Ich schaue mich ständig nach etwas um, womit ich sie abdichten kann. Fragen Sie mich nicht, wie es mir geht?«

»Es geht Ihnen gut«, sagte Ethan geistesabwesend, »außer dem ausgerenkten Ellbogen und den Quetschungen. Ich habe den Doktor gefragt. Orale Analgetika und ein paar Tage lang keine heftigen Bewegungen.«

Sie sah tatsächlich gut aus. Ihre Gesichtsfarbe war gut, und ihre Bewegungen – von dem ruhiggestellten linken Arm abgesehen – waren nur wenig steif. Sie saß mehr auf als in dem Bett. Sie hatte die Patientenkleidung abgelegt, die selbst eine Uniform der Krankheit war, und trug wieder ihre grau-weiße Uniform, allerdings ohne die Jacke und mit Pantoffeln anstelle der Stiefel.

»Das paßt mir.« Um ihre Augen herum erschienen Fältchen. »Und was für Gefühle haben Sie jetzt Frauen gegenüber, Dr. Urquhart?«

»Oh…«, er machte eine kurze Pause, »ich fürchte, da geht es mir etwa so wie Ihnen mit den Fenstern. Haben Sie sich je an Fenster gewöhnt oder gelernt, sie zu genießen?«

»Allerdings. Aber dafür hat man mich auch als jemanden bezeichnet, der Nervenkitzel sucht.« Ihr Grinsen wurde schief. »Ich werde nie meine erste Reise auf einen Planeten vergessen, nachdem ich bei den Dendarii-Söldnern eingetreten war – die Oserischen Söldner hießen sie damals, noch bevor Admiral Naismith sie übernommen hatte. Ich hatte mein ganzes Leben davon geträumt, ein echtes planetarisches Klima zu erleben. Gebirgsnebel, Meeresbrisen, Gewitterregen, all so was. Im Reiseführer stand, das Klima des Planeten sei ›gemäßigt‹, was ich als Synonym für mild verstand. Wir landeten zu einer Notfall-Nachschubaufnahme mitten in einem fürchterlichen Schneesturm. Es dauerte ein Jahr, bis ich mich wieder freiwillig zum Dienst auf einem Planeten meldete.«

»Das kann ich mir vorstellen.« Ethan lachte, entspannte sich ein bißchen und setzte sich.

Sie legte ihren Kopf schief. »Ja, das können Sie. Einer Ihrer überraschenderen Reize, der sich aus Ihrem Werdegang herleitet. Das heißt, Sie können Ihre Vorstellungskraft einsetzen und mit den Augen eines anderen sehen.«

Ethan zuckte verlegen die Achseln. »Es hat mir immer gefallen, neue Dinge zu lernen, herauszufinden, wie etwas funktioniert. Am besten war ich in Molekularbiologie. Allerdings gehört die Neugier nicht zu den Göttlichen Tugenden.«

»Hmm, das stimmt. Gibt es auch körperliche Tugenden?«

Dieser ungewöhnliche Gedanke verwirrte Ethan. »Ich – weiß nicht. Es scheint, als sollte es welche geben. Vielleicht werden sie nur anders genannt. Ich bin mir sicher, es gibt keine neuen Tugenden unter der Sonne – und auch keine neuen Laster.« Bevor Quinn darauf hinweisen konnte, daß sie sich unter keiner Sonne befanden – denn sicherlich konnte der ausgeglühte Stern, den Station Kline umkreiste, nicht so genannt werden –, beeilte sich Ethan fortzufahren. »Da wir von körperlichen Dingen sprechen – ich … hm … das heißt, bevor Sie zu den Dendarii-Söldnern zurückkehren, wollte ich Sie fragen, ob … hm … ich habe eine Bitte, die Ihnen sehr ungewöhnlich erscheinen mag. Falls ich Ihnen damit nicht zu nahe trete?« fragte er unsicher.

Sie war ganz Aufmerksamkeit und hob herausfordernd den Kopf; ihre Augen funkelten, auf ihren Lippen erschien ein Lächeln. »Wie kann ich Ihnen das sagen, bevor ich nicht weiß, worum es geht? Aber ich glaube, ich habe alles schon gehört, also reden Sie unbedingt weiter.«

Er war näher an der Tür als sie, außerdem war ihr sozusagen eine Hand hinter dem Rücken gebunden, und draußen stand ein Wächter, der ihn verteidigen würde. In welche Schwierigkeiten konnte er schon geraten? Er holte Luft.

»Mein Plan ist, meine Mission fortzusetzen und neue Eierstockkulturen für Athos zu sammeln. Wahrscheinlich reise ich weiter nach Kolonie Beta, wie Sie es empfohlen haben, und gehe zur Genbank der Regierung, wo die Spenden ihrer prominenten Bürger gelagert werden – ihr Samenkatalog klang sehr attraktiv.«

Sie nickte in wohlüberlegter Zustimmung; ihre Augen blickten amüsiert erwartungsvoll.

»Allerdings«, fuhr Ethan fort, »gibt es keinen Grund, warum ich nicht schon jetzt anfangen sollte. Wenn ich von prominenten oder ... hm ... außergewöhnlichen Quellen spreche. Was ich meine, ist ... hm ... würde es Ihnen etwas ausmachen, Athos einen Eierstock zu spenden, Kommandantin Quinn?«

Einen Moment lang herrschte verblüfftes Schweigen. »Ihr Götter«, sagte sie ziemlich schwach, »ich habe doch noch nicht alles gehört.«

»Die Operation ist völlig schmerzlos«, versicherte ihr Ethan ernsthaft. »Auch hat Station Kline ganz gute Einrichtungen zur Kultivierung von Geweben – ich habe den Vormittag damit verbracht, sie zu überprüfen. Die Nachfrage danach ist selten, aber es bewegt sich durchaus im Rahmen ihrer Möglichkeiten. Und Sie haben gesagt, Sie würden mir bei meiner Mission helfen, wenn ich Ihnen bei Ihrer helfe.«

»Habe ich das gesagt? Oh. Also schon ...«

Ethan kam ein ängstlicher neuer Gedanke. »Sie haben doch einen übrig, nicht wahr? Meines Wissens nach haben alle Frauen zwei Eierstöcke, analog zu den männlichen Hoden. Sie haben doch noch nicht gespendet, und Sie hatten keinen Unfall – im Kampf oder so –, ich bitte doch hoffentlich nicht um Ihren einzigen Eierstock, oder?«

»Nein, ich bin noch voll ausgestattet mit allen meinen Originalteilen.« Sie lachte; Ethan war erleichtert. »Ich war nur etwas überrascht. Das ... das war bloß nicht der Antrag, den ich erwartet hatte, das ist alles. Verzeihen Sie. Ich fürchte, ich werde unheilbar gewöhnlich.«

»Dafür können Sie nichts«, sagte Ethan tolerant, »da Sie ja eine Frau sind.«

Sie öffnete den Mund, schloß ihn wieder und schüttelte den Kopf. »Die würde man nicht einmal mit einer Feuerzange anfassen«, murmelte sie rätselhaft. »Tja«, sie holte tief Luft, »tja ...« Sie reckte ihr Kinn und blickte ihn herausfordernd an. »Und wer würde dann von meiner ... hm ... Spende Gebrauch machen?«

»Jeder, der sich dafür entscheidet«, antwortete Ethan. »Mit der Zeit würde Ihre Kultur aufgeteilt werden, und in jedes Reproduktionszentrum auf Athos käme eine Nebenkultur. Um die gleiche Zeit im nächsten Jahr könnten Sie schon hundert Söhne haben. Sobald ich meine Probleme mit meinem designierten Stellvertreter geklärt habe, hätte ich gerne – ich, hm ...« Ethan spürte, wie er unter ihrem ruhigen Blick unerklärlicherweise rot wurde. »Ich hätte gerne alle meine Söhne von derselben Kultur, verstehen Sie. Ich werde dann inzwischen insgesamt vier Söhne verdient haben. Ich hatte nie einen Doppelbruder, von derselben Kultur wie ich. Diese Praxis scheint einer Familie eine gewisse attraktive Einheitlichkeit zu geben. Verschiedenheit in der Einheitlichkeit, wie es heißt ...« Er merkte, daß er zu schwätzen anfing, und verstummte.

»Hundert Söhne«, überlegte sie. »Aber keine Töchter?«

»Nein. Keine Töchter. Nicht auf Athos.« Er fügte schüchtern hinzu: »Sind Töchter für eine Frau so wichtig wie Söhne für einen Mann?«

»Der Gedanke hat – etwas Beruhigendes«, gab sie zu. »In meinem Beruf ist jedoch weder Platz für Töchter noch für Söhne.«

»Tja, da haben Sie's!«

»Tja, da hab ich's.« Der ständige amüsierte Ausdruck in ihren Augen war einem nachdenklichen Ernst gewichen. »Ich könnte sie nie sehen, oder? Meine hundert Söhne. Sie würden nie wissen, wer ich bin.«

»Nur eine Kulturnummer. EQ-1. Ich... ich könnte vielleicht meinen Status der Unbedenklichkeitsstufe A bei der Zensur vielleicht weit genug ausdehnen, um Ihnen eines Tages einen Holokubus zu schicken, falls... falls Sie das gerne möchten. Sie könnten nie nach Athos kommen oder eine Nachricht schicken – zumindest nicht unter Ihrem eigenen Namen. Sie könnten vielleicht Ihr Geschlecht fälschen und auf diese Weise eine Nachricht an der Zensur vorbeischmuggeln...« Nach der Leichtigkeit zu schließen, mit der ihm dieser antisoziale Vorschlag über die Lippen kam, war er zu lang mit Quinn und ihrer laxen Einstellung zur Autorität zusammengewesen, überlegte Ethan. Er räusperte sich.

Ihre Augen funkelten wieder amüsiert. »Was für eine durch und durch revolutionäre Idee.«

»Sie wissen, daß ich kein Revolutionär bin«, erwiderte Ethan mit einer gewissen Würde. Er machte eine Pause. »Obwohl – ich fürchte, meine Heimat wird jetzt für mich etwas anders aussehen, wenn ich zurückkehre. Und ich möchte mich nicht soweit verändern, daß ich mich dort nicht mehr einpasse.«

Sie blickte sich in dem Zimmer um, und dieser Blick umfaßte auch die gesamte Station jenseits der Wände dieses Raumes, ihre frühere Heimat. »Ihre Instinkte sind gesund, Sir, jedoch auch aussichtslos, wie ich glaube. Veränderung ist eine Funktion von Zeit und Erfahrung, und die Zeit ist unerbittlich.«

»Eine Eierstockkultur kann 200 Jahre lang die Zeit besiegen – vielleicht jetzt noch länger, wenn wir die Methoden, mit denen wir sie pflegen, verfeinern. Sie könnten noch lange nach Ihrem eigenen Tod Kinder haben.«

»Ich hätte gestern schon tot sein können. Ich könnte schließlich nächsten Monat um diese Zeit schon tot sein. Oder nächstes Jahr um diese Zeit.«

»Das trifft auf jedermann zu.«

»Jaa, aber meine Chancen stehen sechsmal schlechter als beim Durchschnitt. Meine Versicherung hat es bis zur dritten Stelle nach dem Komma ausgerechnet, wissen Sie.« Sie seufzte. »Tja. Da haben wir's also.« Sie grinste. »Und ich dachte, Tav Arata sei unverschämt. Dr. Urquhart, Sie haben alle geschlagen.«

Ethan ließ enttäuscht die Schultern sinken, als er die Schar dunkelhaariger Söhne mit strahlenden Augen, die er sich in seiner Vorstellung ausgemalt hatte, wieder in den Gefilden unerreichbarer Träume verschwinden sah. »Es tut mir leid. Ich wollte Sie nicht beleidigen. Ich werde gehen.« Er erhob sich.

»Sie geben zu leicht auf«, sagte sie, ohne ihn anzuschauen.

Er setzte sich schnell wieder hin. Er verschränkte die Hände zwischen den Knien, um zu verhindern, daß seine Finger nervös trommelten. Er suchte in seinem Kopf nach den richtigen Worten. »Für die Jungen würde ausgezeichnet gesorgt werden. Ganz gewiß für meine. Wir durchleuchten unsere Anwärter auf Vaterschaft ganz sorgfältig. Einem Mann, der seiner Verantwortung nicht gerecht wird, können die Söhne weggenommen werden, eine Schande und Schmach, die alle zu vermeiden suchen.«

»Was ist aber für mich in der Sache drin?«

Ethan dachte gründlich darüber nach. »Nichts«, mußte er schließlich ehrlich zugeben. Er hatte einen plötzlichen Impuls, ihr Geld anzubieten – schließlich war sie doch eine Söldnerin – nein. Das paßte irgendwie nicht, er konnte nicht sagen, warum. Er sank wieder zusammen.

»Nichts.« Sie schüttelte bedauernd den Kopf. »Welche Frau könnte da widerstehen? Habe ich Ihnen je erzählt, daß eines meiner anderen Hobbies war, mit dem Kopf gegen Steinmauern zu rennen?«

Er blickte überrascht auf ihre Stirn und erkannte dann, daß dies ein Scherz war.

Sie knabberte an ihrem letzten noch nicht abgebissenen Fingernagel, ohne ihn durchzubeißen. »Sind Sie sicher, daß Athos hundert kleine Quinns aushalten kann?«

»Noch mehr, mit der Zeit. Da könnte Schwung auf unseren Planeten kommen ... Vielleicht würde unser Militär dadurch besser.«

Quinn schaute wirklich nachdenklich gestimmt drein. »Was kann ich sagen? Dr. Urquhart, Sie haben's geschafft.«

Ethan strahlte vor Freude.

Ethan traf Quinn wie ausgemacht in einem Café in einer kleinen Passage nahe der Grenze zwischen dem Transitbereich und der übrigen Station. Sie war schon vor ihm angekommen, saß an einem Tisch und nippte an einem blauen Getränk in einem kleinen Glas mit langem Stil. Als er sich zwischen den anderen Tischen hindurch auf sie zuschlängelte, hob sie das Glas und toastete ihm zu.

»Wie fühlen Sie sich?« fragte er, als er sich neben ihr niedersetzte.

Sie rieb nachdenklich die rechte Seite ihres Unterleibes. »Gut. Sie hatten völlig recht, ich spürte überhaupt nichts. Immer noch nicht. Es gibt nicht einmal eine Narbe, die meine Mildtätigkeit bezeugt.« Ihr Worte klangen leicht enttäuscht.

»Der Eierstock hat die Kultivierungsbehandlung gut akzeptiert«, berichtete er ihr. »Die Zellen teilen sich schön. In 48 Stunden wird die Kultur bereit zum Einfrieren für den Transport sein. Und dann werde ich vermutlich nach Kolonie Beta starten. Wann reisen Sie ab?« Eine leise Spekulation – Hoffnung? –, daß sie möglicherweise im gleichen Schiff reisen würden, huschte ihm durch den Sinn.

»Ich reise heute abend ab. Bevor ich noch mehr Schwierigkeiten mit den Autoritäten der Station bekomme«, erwiderte sie und machte Ethans Szenario weiterer Gespräche zunichte. Er hatte nie die Zeit gehabt, sie über all die Planeten zu befragen, die sie zweifellos auf ihrer militärischen Wanderschaft gesehen hatte. »Ich möchte auch lange weg sein, bevor ein cetagandanisches Kommando auftaucht, um Millisors Tod zu untersuchen. Allerdings scheint es, daß sie jetzt wieder auf Jackson's Whole angesetzt werden – ich wünsche ihnen allen viel Freude aneinander.« Sie streckte sich und grinste, wie eine Katze, die sich nach erfolgreicher Jagd an einem Vogel den Bauch vollgeschlagen hat und sich jetzt ein paar Federn aus den Zähnen holt.

»Ich selbst würde auch gerne jede weitere Begegnung mit Cetagandanern vermeiden«, sagte Ethan. »Wenn möglich.«

»Sollte nicht zu schwierig sein. Ihrem Seelenfrieden zuliebe darf ich erwähnen, daß Ghem-Oberst Millisor vor seinem Tod noch eine Bestätigung von Heldas Zerstörung der Bharaputra-Kulturen an seine Vorgesetzten abschicken konnte. Ich bezweifle, daß die Cetagandaner noch weiteres Interesse für Athos zeigen werden. Mr. Cee ist allerdings ein anderes Thema, da derselbe Bericht auch seine Anwesenheit hier auf Station Kline bestätigt hat.

Aber ich selbst habe auch einen Stapel mit Berichten, die Admiral Naismith für Monate Stoff zum Nachdenken geben werden. Ich bin froh, daß nicht ich entscheiden muß, was mit all dem anzufangen ist. Mir fehlt nur noch etwas, um diesen Tag abzurunden – und da kommt es schon, hoffe ich.« Sie nickte an Ethans Schulter vorbei, und er drehte sich auf seinem Stuhl um.

Terrence Cee bahnte sich seinen Weg auf sie zu. Sein grüner Stationsoverall war unauffällig genug, obgleich einige ältere Frauen dem drahtigen, blonden jungen Mann nachschauten, wie Ethan bemerkte.

Er setzte sich zu ihnen, nickte Quinn zu und lächelte Ethan kurz an. »Guten Tag, Kommandantin, Doktor.«

Quinn erwiderte das Lächeln. »Guten Tag, Mr. Cee. Kann ich Ihnen etwas zu trinken kommen lassen? Burgunder, Sherry, Champagner, Bier ...«

»Tee«, sagte Cee, »einfach nur Tee.«

Quinn gab die Bestellung mit ihrer Kreditkarte am Bedienautomat ihres Tisches ein. Die Station schien nicht alle guten Dinge bloß zu importieren. Der Tee – eine angenehme, aromatische schwarze Sorte, die auf Station Kline angebaut und verarbeitet wurde – erschien prompt, dampfend in einem durchsichtigen Becher. Ethan bestellte sich auch welchen und verbarg hinter dieser Transaktion das leichte Unbehagen, das Cees Anwesenheit ihm bereitete. Der Telepath konnte jetzt auch kein Interesse mehr an Athos haben.

Cee nippte; Quinn nippte. »Nun«, sagte Quinn, »haben Sie's dabei?«

Cee nickte, nippte wieder und legte drei dünne Datendisketten und eine Isolierschachtel etwa von der Größe von Ethans halber Handfläche auf den Tisch. Alles verschwand in Quinns Jacke. Auf Ethans fragenden Blick hin zuckte Quinn die Achseln und sagte: »Es scheint, wir handeln hier alle mit Fleisch«, woraus Ethan schloß, daß die Schachtel die versprochene Gewebeprobe des Telepathen enthielt.

»Ich dachte, Terrence würde mit Ihnen zu den Dendarii-Söldnern gehen«, sagte Ethan überrascht.

»Ich habe versucht, ihn dazu zu überreden – übrigens, Mr. Cee, das Angebot bleibt bestehen.«

Terrence Cee schüttelte den Kopf. »Als mir Millisor im Nacken saß, schien es mir der einzige Ausweg zu sein. Sie haben mir ein bißchen Freiraum gegeben, um eine Wahl zu treffen, Kommandantin Quinn – dafür danke ich Ihnen.« Mit einer Fingerbewegung in Richtung der Päckchen, die in ihrer Jacke verschwunden waren, verwies er auf die greifbare Form seines Danks.

»Ich bin zu nett«, seufzte Quinn sarkastisch. »Falls Sie Ihre Meinung später noch ändern sollten, können Sie sich immer noch mit uns in Verbindung setzen, wissen Sie. Halten Sie Ausschau nach einem Haufen Durcheinander mit einem kleinen Mann obendrauf, dessen Denken sich in ungewöhnlichen Wendungen bewegt, und sagen sie ihm, daß Quinn sie geschickt hat. Er wird Sie aufnehmen.«

»Ich werde daran denken«, versprach Cee unverbindlich.

»Na ja – ich werde nicht allein reisen.« Quinn lächelte selbstzufrieden. »Ich habe einen anderen Rekruten aufgetrieben, der mir auf der Rückreise Gesellschaft leistet. Ein interessanter Bursche – ein Wanderarbeiter. Er hat sich schon überall in der Galaxis herumgetrieben. Sie sollten ihn mal kennenlernen, Mr. Cee. Er ist ungefähr so groß wie Sie – mager – auch blond.« Sie hob ihr gestieltes Glas, prostete ihm zu und kippte den Rest ihres blauen Getränks hinunter. »Auf die Verwirrung des Feindes!«

»Danke, Kommandantin«, sagte Cee aufrichtig.

»Wohin ... äh ... wollen Sie jetzt gehen, wenn nicht zu den Dendarii-Söldnern?« fragte ihn Ethan.

Cee breitete seine Hände aus. »Es gibt eine Vielzahl von Möglichkeiten. Wirklich zu viele, und alle etwa gleich bedeutungslos ... Verzeihen Sie.« Er erinnerte sich daran, gute Laune vorzutäuschen. »Irgendwo weg von Cetaganda.« Er nickte in Richtung auf Quinns linke Jackentasche. »Ich hoffe, Sie haben kein Problem, dieses Päckchen rauszuschmuggeln. Es sollte so bald wie möglich in eine richtige Gefrierbox gelegt werden. Vielleicht eine sehr kleine. Es wäre besser, wenn auf Ihrer Gepäckliste keine Gefrierbox erschiene.«

Sie lächelte bedächtig, kratzte sich an einem Zahn – ihre Fingernägel waren alle wieder sauber abgefeilt – und murmelte: »Eine sehr kleine Gefrierbox oder –

hm… Ich glaube, ich habe vielleicht eine ideale Lösung für dieses kleine Problem, Mr. Cee.«

Ethan beobachtete interessiert, wie Quinn die riesige weiße Gefriertransportbox auf den Tresen von Kaltlager-Zugang 297-C fallen ließ. Der Knall weckte die Aufmerksamkeit des Mädchens am Schalter, das vor einem Holovid-Drama dahingeträumt hatte. Die Gestalten des privaten Spiels des Mädchens lösten sich in Rauch auf, und sie zog sich schnell den Audiostöpsel aus dem Ohr.

»Ja, Madam?«

»Ich komme meine Molche abholen«, sagte Quinn. Sie langte hinüber und schob ihre mit Daumenabdruck versehene Vollmacht in den Leseschlitz des Computers am Schalter.

»O ja, ich erinnere mich an Sie«, sagte das Mädchen. »Ein Kubikmeter in Plastik. Wollen Sie es schnell-getaut haben?«

»Ich möchte es überhaupt nicht aufgetaut haben; ich verschicke sie gefroren, danke«, sagte Quinn. »Achtzig Kilo Wassermolche wären nach vier Wochen Reise in der Wärme wohl etwas eklig, fürchte ich.«

Das Mädchen rümpfte die Nase. »Meiner Meinung nach sind die bei jeder Temperatur eklig.«

»Der Wert dieser Molche, das kann ich Ihnen versichern, wächst in direktem Verhältnis zur Entfernung von ihrem Ursprungsort«, sagte Quinn mit einem Grinsen.

Die Korridortüren hinter ihnen öffneten sich zischend. Ethan und Terrence Cee traten beiseite, als eine Schwebepalette hereinkam, die ein halbes Dutzend kleiner verschlossener Kanister trug und von einem Ökotechniker in einer grün-blauen Uniform gelenkt wurde.

»Oh, oh, das hat Priorität«, sagte das Mädchen am Tresen. »Verzeihen Sie, Madam.«

Es war eine angenehme Überraschung für Ethan, als er den Ökotechniker erkannte; es handelte sich um Teki, dessen Arbeitsplatz vermutlich direkt um die Ecke lag. Teki erkannte Quinn und Ethan im selben Augenblick. Cee, den er nicht kannte, nahm der Ökotechniker nicht zur Kenntnis; der Telepath trat unauffällig in den Hintergrund.

»Ach, Teki!« sagte Quinn. »Ich hatte gerade vor, bei dir vorbeizuschauen und mich zu verabschieden. Ich hoffe, du hast dich von deinem kleinen Abenteuer von letzter Woche völlig erholt.«

Teki schnaubte. »Jaa, entführt und von einer Bande mörderischer Wahnsinniger bearbeitet zu werden, so stelle ich mir ein echtes Freizeitvergnügen vor. Danke vielmals!«

Quinn verzog spöttisch den Mund. »Hat Sara dir vergeben, daß du sie versetzt hast?«

Tekis Augen funkelten, und es gelang ihm nicht, ein affektiertes Grinsen zu unterdrücken. »Na ja – als sie endlich überzeugt war, daß ich sie nicht angeschwindelt hatte, da entwickelte sie … hm … echtes Mitgefühl.« Er versuchte wieder, streng zu wirken. »Aber, verdammt, ich wußte doch, es hatte etwas mit dem Zwerg zu tun! Du kannst es mir doch jetzt erzählen, nicht wahr, Elli?«

»Sicher. Sobald die Geheimhaltung aufgehoben ist.«

Teki stöhnte. »Das ist nicht fair! Du hast es mir versprochen!«

Sie hob hilflos die Schultern. Er runzelte zuerst grollend die Stirn, doch dann ließ er spürbar den Groll fallen. »Verabschieden? Verläßt du uns schon bald?«

»In ein paar Stunden.«

»Oh.« Teki sah echt enttäuscht aus. Er blickte Ethan an. »Guten Tag, Herr Botschafter. Hören Sie, es tut mir leid, was Helda mit Ihrem Zeug angestellt hat. Ich hoffe, Sie betrachten das nicht als repräsentativ für unsere Abteilung. Sie ist jetzt krankgeschrieben – man nennt es einen Nervenzusammenbruch. Jetzt bin ich amtierender Leiter der Assimilationsstation B«, fügte er mit etwas schüchternem Stolz hinzu. Er zeigte seinen grünen Ärmel, auf dem er jetzt zwei blaue Streifen statt dem bisherigen einen trug. »Zumindest, bis sie zurückkommt.« Als Ethan näher hinsah, bemerkte er, daß der zweite Streifen nur lose angesteckt war.

»Ganz recht«, sagte Ethan. »Nähen Sie ruhig diesen Streifen fest an – ich bin sicher, daß Helda für immer krankgeschrieben bleibt.«

»So?« Tekis Gesicht hellte sich noch mehr auf. »Lassen Sie mich schnell diesen Mist da rauswerfen ...«, er zeigte auf die kleinen Kanister auf seiner Schwebepalette, »und ich komme mit Ihnen – ihr könnt alle für ein paar Minuten auf Station B rüberkommen, nicht wahr?«

»Wirklich nur ein paar Minuten«, warnte Quinn. »Ich kann nicht lange bleiben, wenn ich mein Schiff erreichen will.«

Mit einem Winken zeigte Teki, daß er verstand. »Kommt hinter mir her«, lud er ein und manövrierte seine Schwebepalette am Tresen vorbei durch die luftdichten Türen hinter ihnen, die das Mädchen am Schalter mit einem Knopfdruck für ihn geöffnet hatte.

»Ich muß auf mein Zeug warten«, entschuldigte sich Quinn, aber Ethan folgte ihm neugierig. Cee kam hinterher, unauffällig und still, noch eine einsame Gestalt, ein fünftes Rad am Wagen. Ethan lächelte ihm über die Schulter zu und versuchte ihn in die Gruppe einzuschließen.

»Erzählen Sie mir mehr über Helda«, sagte Teki zu Ethan. »Ist es wirklich wahr, daß sie all das gestohlene Gewebe nach Athos geschickt hat?«

Ethan nickte. »Ich bin mir immer noch nicht ganz sicher, was sie damit zu erreichen hoffte. Ich glaube, sie wußte es selbst nicht einmal. Vielleicht ging es ihr nur darum, etwas in den Versandkartons zu haben, um durch eine oberflächliche Überprüfung zu kommen – das heißt, leere Boxen hätten offenkundig gezeigt, daß jemand sich daran zu schaffen gemacht hatte. Es gelang ihr fast unwillkürlich, ein Rätsel zu schaffen.«

Teki schüttelte den Kopf, als könnte er noch nicht alles glauben.

»Was ist das alles?« Ethan zeigte auf die Schwebepalette.

»Stichproben von kontaminiertem Zeug, das wir heute konfisziert und vernichtet haben – die gehen ins Kaltlager, als spätere Beweismittel im Falle von Prozessen oder von weiteren Ausbrüchen oder so was.«

Sie betraten ein frostigen weißen Raum voller Roboter mit einer Luftschleuse; eine Kammer direkt an der Außenhaut der Station, wie Ethan erkannte.

Teki tippte an einer Steuerkonsole flink Instruktionen ein, schob eine Datendiskette in den Leseschlitz, steckte den Kanister in einen Plastiksack von hoher Dehnfestigkeit, der einen codierten Aufkleber trug, und befestigte den Sack an einem Roboter. Der Roboter erhob sich und schwebte in die Luftschleuse, die sich zischend schloß und ihren Funktionszyklus begann.

Teki drückte auf einen Knopf an der Wand, ein Paneel glitt zur Seite und gab eine kleine, durchsichtige Barriere frei, ähnlich den großen im Transitbereich. Der spektakuläre Ausblick auf die Galaxis war größtenteils durch Auskragungen der Station versperrt. Ethan kam zu dem Schluß, daß es sich hier offensichtlich um das Gegenstück der Station zu einem finsteren Seitengäßchen handelte, außer, daß es hell erleuchtet war. Teki beobachtete sorgfältig, wie der Roboter die Luftschleuse verließ und durch das Vakuum schwebte, über ein langes Gitter aus Metallsäulen hinweg, die alle mit Säcken und Schachteln behängt waren.

»Das ist sozusagen der größte Wandschrank des

Universums«, sagte Teki nachdenklich. »Unser eigener privater Lagerschrank. Wir sollten eigentlich wirklich mal einen Hausputz machen und das ganze wirklich alte Zeug vernichten, das im Jahre Eins dort hinausgeworfen wurde, aber uns geht der Platz noch nicht aus. Jedoch, wenn ich der Leiter einer Assimilationsstation würde, dann könnte ich etwas organisieren ... Verantwortung ... kein Rumgespiele mehr ...«

Die Worte des Ökotechnikers wurden in Ethans Ohren zu einem summenden Geleier, während seine Aufmerksamkeit von einer Anzahl durchsichtiger Plastiksäcke angezogen wurde, die ein Stück weiter unten an dem Gitter aufgehängt waren. Jeder Sack schien einen Haufen kleiner weißer Boxen eines ihm bekannten Typs zu enthalten. Ethan hatte eine solche Box gerade an diesem Morgen gesehen, als sie in einem Biolabor der Station für Quinns Spende hergerichtet wurde. Wie viele Boxen? Schwer zu sehen, schwer zu zählen. Mehr als zwanzig sicherlich. Mehr als dreißig. Er konnte jedoch die Säcke zählen, in denen sie steckten: davon gab es neun.

»Hinausgeworfen«, flüsterte er. »*Hinaus*geworfen?«

Der Roboter erreichte das Ende einer Säule und befestigte seine Last daran. Tekis Aufmerksamkeit war ganz auf das Arbeitsgerät gerichtet; er ging weg, um es zu überwachen, als es wieder durch die Luftschleuse kam. Ethan griff nach hinten, packte Cee am Arm, zog ihn nach vorn und zeigte stumm zum Fenster hinaus.

Cee blickte zuerst verärgert drein, dann schaute er noch einmal hin. Er erstarrte, seine Lippen öffneten sich. Er starrte hinaus, als könnten seine Augen die Distanz verschlingen und ebenso die Barriere. Der Telepath begann leise zu fluchen, so leise, daß Ethan kaum die Worte verstehen konnte; er ballte die Fäuste, öffnete sie wieder und preßte die gespreizten Hände an das Glas.

Ethan faßte Cees Arm fester. »Sind sie das?« flüsterte er. »Könnten sie das sein?«

»Ich kann das Logo vom Haus Bharaputra auf den Etiketten erkennen«, keuchte Cee. »Ich habe doch gesehen, wie sie abgepackt wurden.«

»Helda muß sie selbst dort rausgehängt haben«, murmelte Ethan. »Sie hat keinen Eintrag im Computer zurückgelassen – ich wette, bei einer Suche würde dieser Mülleimer als leer aufgelistet werden. Sie hat sie *hinaus*geworfen. Sie hat sie wirklich wörtlich *hinaus*geschmissen. *Dort hinaus.*«

»Könnte es sein, daß die alle noch in Ordnung sind?« fragte Cee.

»Zu Stein gefroren – warum nicht ...?«

Sie starrten einander an, wilde Mutmaßungen im Sinn.

»Wir müssen es Quinn sagen«, begann Ethan.

Cee umklammerte Ethans Handgelenke. »Nein!« zischte er. »Sie hat die ihrigen. Janine – die gehören mir.«

»Oder Athos.«

»Nein.« Cee zitterte, ganz bleich im Gesicht. Seine Augen glühten wie blaue Feuerräder. »Sie gehören mir.«

»Beides muß sich nicht gegenseitig ausschließen«, sagte Ethan vorsichtig.

In dem bedeutungsvollen Schweigen, das darauf folgte, erstrahlte Cees Gesicht in hochgestimmter Hoffnung.

KAPITEL 15

Die Heimat! Ethan strengte seine Augen an, während er begierig durch das Fenster des Shuttles blickte. Konnte er schon den Fleckenteppich des Ackerlandes erkennen, die Städte, Flüsse und Straßen benennen? Kumuluswolken waren über die Buchten und Inseln an der Küste der Südprovinz verstreut und sprenkelten im strahlenden Morgen die Landschaft mit Schatten, so daß er sich nicht ganz sicher war, was er sah. Aber ja, da war eine halbmondförmige Insel, dort, wo die Küstenlinie eine Schleife machte, lag der silberne Faden eines kleinen Flusses.

»In der Bucht dort befindet sich die Fischfarm meines Vaters«, zeigte er Terrence Cee, der neben ihm saß. »Direkt hinter der äußeren Insel, die wie ein Halbmond aussieht.«

Cee reckte den blonden Kopf. »Ja, ich sehe die Insel.«

»Sevarin liegt im Norden, im Binnenland. Der Shuttlehafen, wo wir landen, befindet sich bei der Hauptstadt, noch einen weiteren Distrikt weiter nördlich von dort. Man kann ihn noch nicht sehen.«

Cee lehnte sich in seinem Sitz zurück; er sah nachdenklich aus. Das erste Flüstern der oberen Atmosphäre untermalte das Summen des Shuttlemotors. Für Ethans Ohren klang es wie eine Hymne.

»Wird man dich hier als Held begrüßen?« fragte Cee.

»Ach, das bezweifle ich. Meine Mission war schließlich geheim. Nicht in dem strengen militärischen Sinn, wie du ihn kennst, aber alles wurde geräuschlos in Gang gesetzt, da man keine öffentliche Panik auslösen oder eine Vertrauenskrise gegenüber den Reproduktionszentren verursachen wollte. Allerdings nehme ich an, daß einige Leute vom Bevölkerungsrat da sein werden. Ich möchte gerne, daß du Dr. Desroches kennenlernst. Und einige Männer von meiner Familie – ich habe von der Raumstation aus meinen Vater angerufen, deshalb weiß ich, daß er auf mich warten wird. Ich habe ihm erzählt, daß ich einen Freund mitbringe«, fügte Ethan an, in der Hoffnung, er könnte Cee dadurch seine offensichtliche Nervosität nehmen. »Er schien sich sehr zu freuen, als er das hörte.«

Er war selbst nervös. Welche Erklärung würde er Janos über Cee geben? Während ihrer zweimonatigen Reise seit dem Abflug von Station Kline hatte er ein paar hundertmal in seinen Gedanken durchgespielt, wie er die beiden miteinander bekannt machen würde, bis er es müde geworden war, sich Sorgen zu machen. Wenn Janos eifersüchtig oder dickköpfig würde, dann sollte er sich halt an die Arbeit machen und sich den Status eines designierten Stellvertreters verdienen. Das könnte genau der Anreiz sein, der nötig war, um ihn endlich zum Handeln zu veranlassen; in Anbetracht von Janos' eigenen privaten Neigungen war es unwahrscheinlich, daß er glauben würde, Cee habe sich als vorzüglicher Kandidat für eine der Keuschen Bruderschaften erwiesen. Ethan seufzte.

Cee betrachtete nachdenklich seine Hände und hob dann den Blick zu Ethan. »Und wird man dich am Ende als Held oder als Verräter betrachten?«

Ethan blickte sich im Shuttle um. Seine wertvolle Fracht, neun große weiße Kühlcontainer, hatte man nicht den Risiken des Frachtraumes überantwortet, sondern an den Sitzen um ihre Plätze herum festgebunden. Die einzigen anderen Passagiere, der Zensusstatistiker, sein Assistent und drei Mitglieder der Mannschaft des galaktischen Zensuskuriers, die zu einem Urlaub auf dem Planeten unterwegs waren, hockten am anderen Ende des Raums zusammen, außer Hörweite.

»Ich wünschte, ich wüßte es«, sagte Ethan. »Ich bete

jeden Tag darum. Seit ich ein Kind war, habe ich nicht mehr auf meinen Knien gebetet, aber diesmal tue ich es. Ich weiß nicht, ob es hilft.«

»Du änderst nicht im letzten Augenblick deine Meinung und tauschst wieder alles um? Die letzte Minute nähert sich schnell.«

So schnell wie der Boden unter ihnen. Sie sanken jetzt durch die Wolkenschicht, weißer Nebel setzte sich in Perlen auf dem Fenster fest und stob wieder im Flugwind davon. Ethan dachte an die andere Fracht, die er in seinem Privatgepäck verborgen hatte, komprimiert und versteckt: die 450 Eierstockkulturen, die er auf Kolonie Beta erworben hatte, um bei jeder zukünftigen Untersuchung seiner Aktivitäten die Cetagandaner – und tatsächlich auch den Bevölkerungsrat selbst – zu überzeugen, daß die ursprünglichen Bharaputra-Kulturen nicht mehr gefunden worden waren. Cee hatte ihm geholfen, den Umtausch durchzuführen, hatte Stunden um Stunden mit ihm im Frachtraum des Zensuskuriers verbracht, um Etiketten auszuwechseln und Unterlagen zu frisieren. Oder vielleicht hatte Ethan Cee geholfen. Sie steckten jetzt beide drin, bis zum Hals und noch tiefer.

Ethan schüttelte den Kopf. »Das war eine Entscheidung, die jemand zu fällen hatte. Wenn nicht ich, dann der Bevölkerungsrat. Es gibt auf lange Sicht nur zwei Alternativen, die nicht einen Rassenkrieg oder Völkermord riskieren: alles oder nichts. Ich bin überzeugt, daß du mit deiner Einschätzung der Lage recht hattest. Und das Komitee – nun, ich fürchte, das wäre von seinem Wesen her zu nichts anderem fähig als zu einem gespaltenen Beschluß. Du hast mit deiner Wahrnehmung recht gehabt – wie immer –, unsere Zukunft läßt mich zittern. Aber selbst in Furcht und Zittern bin ich bereit, es zu versuchen. Es sollte eigentlich – interessant werden.«

Falls Ethan einen Anfall von Schuldgefühl spürte,

dann lag es an der 451. Kultur, EQ-1, deren Behälter er sorgsam auf dem Schoß festhielt. Wenn er seinen Plan nicht vollenden konnte, dann würden von allen Söhnen, die auf Athos in der nächsten Generation geboren wurden, nur seine eigenen nicht die verborgenen Erbfaktoren in sich tragen, diese rezessive Telepathie-Zeitbombe. Aber seine Enkel würden sie erhalten, beruhigte er sein Gewissen. Auf lange Sicht würde sich alles ausgleichen. Wenn er doch lang genug lebte, um das zu sehen; wenn er doch lang genug lebte, um das in die Wege zu leiten.

»Aber du hast dir die Chance bewahrt, deine Meinung zu ändern«, stellte Cee fest. Ein Ruck seines Kinns in Richtung auf den Frachtraum, wo Ethans Gepäck sich befand, deutete auf den Grund seines Unbehagens hin.

»Ich fürchte, ich bin hoffnungslos sparsam«, entschuldigte sich Ethan. »Ich hätte Haushälter werden sollen, meine ich manchmal. Die betanischen Kulturen waren einfach zu gut, um sie ins Vakuum zu werfen. Aber wenn ich meine alte Stellung wieder bekomme oder, noch besser, Leiter eines Reproduktionszentrums werde, dann gibt es vielleicht eine Chance – ich würde gern versuchen, den Telepathie-Komplex in die Gene der echten betanischen Kulturen einzufügen und sie in den Genpool von Athos stecken, wenn ich das im geheimen tun kann. Auch diese hier, sobald ich Erfahrung mit dem Vorgang habe.« Er hob EQ-1 aus seinem Schoß und legte sie vorsichtig wieder hin. »Ich habe Kommandantin Quinn hundert Söhne versprochen. Und als Chef eines Reproduktionszentrums hätte ich einen Sitz im Bevölkerungsrat. Vielleicht sogar eines Tages eine Chance auf den Vorsitz.«

Trotz der strengen Geheimhaltung, die Ethans Mission umgab, erwartete sie eine kleine Menschenmenge in der Landebucht des Shuttlehafens von Athos. Die meisten, so stellte sich heraus, waren Repräsentanten der neun Distriktreproduktionszentren, die alle scharf darauf waren, ihre neuen Kulturen abzuholen. Bei dem Ansturm auf die Gefrierboxen wurde Ethan fast über den Haufen geschubst und zu Tode getrampelt. Aber es waren auch der Vorsitzende des Bevölkerungsrates und Dr. Desroches da, und – am allerschönsten – Ethans Vater.

»Hatten Sie irgendwelche Schwierigkeiten?« fragte der Vorsitzende Ethan.

»Ach …« Ethan hielt EQ-1 fest umklammert, »nichts, womit wir nicht fertigwurden.«

Desroches grinste. »Habe ich Ihnen doch gesagt«, murmelte er dem Vorgesetzten zu.

Ethan und sein Vater umarmten einander, nicht nur einmal, sondern mehrmals, als wollten sie einander von ihrer anhaltenden Vitalität überzeugen. Ethans Vater war ein großer, gebräunter Mann mit einem vom Wind gegerbten Gesicht; Ethan nahm den Geruch des Meersalzes wahr, der sogar den besten Kleidern seines Vaters anhaftete und frohe Erinnerungen in ihm wachrief.

»Du bist so bleich«, beschwerte sich Ethans Vater, hielt ihn mit ausgestreckten Armen und betrachtete ihn von oben bis unten. »Gott Vater, Junge, das ist ja, als bekäme ich dich vom Tod zurück, und das in mehr als einer Weise.« Sein Vater umarmte ihn aufs neue.

»Tja, ich bin ein Jahr lang nicht mehr draußen gewesen«, sagte Ethan mit einem Lächeln. »Station Kline hatte keine nennenswerte Sonne, auf Escobar war ich nur eine Woche, und auf Kolonie Beta gab es zuviel Sonne – niemand treibt sich dort an der Oberfläche herum, wenn er nicht gebraten werden möchte. Ich bin gesünder, als ich ausschaue, das versichere ich dir. Tatsächlich fühle ich mich großartig. Hm …« – er schaute sich ein weiteres Mal verstohlen um – »wo ist

Janos?« Als sein Vater ihn ernst anschaute, durchzuckte ihn eine plötzliche Angst.

Ethans Vater holte tief Luft. »Es tut mir leid, daß ich dir das sagen muß, mein Sohn – aber wir waren alle einer Meinung, es wäre besser, es dir als erstes zu sagen ...«

Gott Vater, dachte Ethan, *Janos ist losgezogen und hat sich mit meinem Leichtflieger zu Tode gestürzt ...*

»Janos ist nicht hier.«

»Das sehe ich.« Ethan schien das Herz in den Hals zu steigen und seine Worte abzuwürgen.

»Er ist irgendwie wild geworden, als du weg warst – niemand war mehr da, der einen mäßigenden Einfluß auf ihn hatte, sagte Spiri, obwohl ich es als die Pflicht eines Mannes erachte, sich selbst zu mäßigen, und Janos war alt genug, um die Rolle eines Mannes zu übernehmen – Spiri und ich haben uns tatsächlich ein bißchen darüber gestritten, allerdings ist jetzt alles geklärt ...«

Die Landebucht schien um Ethans Schwerpunkt direkt unterhalb seines Magens zu rotieren. »Was ist *passiert?*«

»Nun, Janos ist etwa zwei Monate nach deiner Abreise mit seinem Freund Nick in die Ödlande abgehauen. Er sagte, er wolle nicht zurückkommen – dort draußen gibt es keine Regeln und keine Restriktionen, sagte er, niemand, der einen überwacht.« Ethans Vater schnaubte. »Auch keine Zukunft, aber darum scheint er sich nicht zu kümmern. Aber gib ihm nur mal zehn Jahre, und dann findet er vielleicht, daß er genug von seiner Freiheit hat. Andern ist es schon so gegangen. Ich rechne allerdings damit, daß es bei ihm mindestens solange dauert. Er war immer der dickköpfigste von euch Jungen.«

»Oh«, sagte Ethan sehr leise. Er versuchte richtig traurig auszusehen. Er gab sich wirklich große Mühe und zog mit aller Gewalt seine Mundwinkel nach unten. »Nun ja…« – er räusperte sich –, »vielleicht ist es das Beste für ihn. Einige Männer sind einfach nicht für die Vaterschaft geschaffen. Sie sollten es lieber vorher einsehen, und nicht erst, nachdem sie die Verantwortung für einen Sohn bekommen haben.«

Er wandte sich Terrence Cee zu und konnte jetzt sein Lächeln nicht mehr zurückhalten. »Hier, Papa, möchte ich dich mit jemandem bekanntmachen – ich habe einen Einwanderer für uns mitgebracht. Nur einen einzigen, aber insgesamt eine bemerkenswerte Person. Er hat viel ertragen, um hier bei uns Asyl zu finden. Während der letzten acht Monate war er mir ein guter Reisebegleiter und ein guter Freund.«

Ethan stellte Cee in aller Form vor. Der schlanke Galaktiker und der große Mann vom Meer schüttelten sich die Hand. »Willkommen, Terrence«, sagte Ethans Vater. »Ein guter Freund meines Sohns ist wie ein Sohn für mich. Willkommen auf Athos.«

Cees gewöhnlich verschlossene kühle Haltung wich einer Emotion, einem Staunen und etwas wie Ehrfurcht. »Sie meinen wirklich, daß… Danke. Danke, Sir.«

In jener Nacht stiegen zwei der drei Monde zusammen über Athos' Östlichem Meer auf. Jenseits der Dünen murmelten die kleinen Brecher. Von der Veranda im Obergeschoß des Hauses von Ethans Vater hatte man einen schönen Blick über die vom Mondlicht übergossenen Wasser der Bucht. Die Brise kühlte Ethans Wangen, die Dunkelheit verbarg ihre Röte.

»Weißt du, Terrence«, erklärte Ethan Cee schüchtern, »der schnellste Weg, um deine Vaterrechte und Janines Sohn zu bekommen, ist, daß du deine ganze Zeit öffentlicher Arbeit widmest, bis du genügend Sozialdienstpunkte für den Status eines designierten Stellvertreters gesammelt hast. Es gibt reichlich zu tun: alles von Straßenreparatur über Parkinstandhaltung bis zur Arbeit für die Regierung – vielleicht kannst du ihr deine galaktischen Erfahrungen zur Verfügung stellen – und alle Arten von Wohltätigkeitsarbeit. Altenheime, Waisenhäuser für die Hinterbliebenen und für die, die ihren Vätern weggenommen werden mußten, Tierschutz, Katastrophenhilfsdienst – allerdings erledigt das zum größten Teil die Armee – die Auswahl ist riesengroß.«

»Aber wie verdiene ich mir in der Zwischenzeit den Lebensunterhalt?« warf Cee ein. »Oder ist der Lebensunterhalt dabei eingeschlossen?«

»Nein, du mußt dich selbst ernähren. Die Arbeit, mit der man Punkte für den Status des designierten Stellvertreters sammelt, findet außerhalb der regulären Wirtschaft statt – sie ist in Wirklichkeit eine Art Steuer, die in Form von Arbeit geleistet wird, falls du es so betrachten möchtest. Aber ich dachte – wenn du es mir erlaubst –, daß ich dich ernähren kann. Als Abteilungsleiter in einem Reproduktionszentrum verdiene ich genug für zwei – und Desroches und der Vorsitzende des Bevölkerungsrates haben angedeutet, daß ich vielleicht den Posten des Personalchefs im neuen Reproduktionszentrum für den Distrikt Roter Berg bekomme, wenn es im übernächsten Jahr errichtet wird. Wenn du fleißig bist, hast du dann schon deinen D.S.-Status. Und dann kann es wirklich schnell gehen, denn ...« – Ethan holte Luft – »als designierter stellvertretender Vater kannst du ein Primärer Ernährer meiner Söhne werden. Und Primärer Ernährer zu sein ist ausnahmslos der schnellste Weg, um Sozialdienstpunkte für die Vaterschaft zu sammeln.« Ethan stockte. »Ich gebe zu, es ist kein sehr abenteuerliches Leben im Vergleich zu dem, das du bisher geführt hast. Im Garten sitzen und eine Wiege schaukeln – das heißt, die Wiege mit dem Sohn eines anderen. Allerdings wäre das eine gute Übung für dich, und natürlich wäre ich glücklich, der designierte stellvertretende Vater deiner Söhne zu werden.«

Cee sprach aus der Dunkelheit. »Ist die Hölle ein Abenteuer, verglichen mit dem Himmel? Ich bin im Abgrund der Hölle gewesen, danke. Ich hege nicht den Wunsch, noch einmal um eines *Abenteuers* willen dort hinabzusteigen.« Sein Ton verhöhnte das Wort ›Abenteuer‹. »Dein Garten – das hört sich für mich einfach schön an.«

Er stieß einen langen Seufzer aus. Eine Pause trat ein. Dann sagte er: »Aber warte mal einen Moment. Ich habe den Eindruck, daß diese Sache mit den gegenseitigen D.S. außerhalb von Bruderschaftskommunen irgendwie verheirateten Paaren ähnelt – ist bei all dem Sex dabei?«

»Nun ...«, sagte Ethan. »Nein, nicht notwendigerweise. D.S.-Arrangements können von Brüdern, Cousins, Vätern, Großvätern eingegangen werden – von jedem, der qualifiziert und willens ist, sich wie ein Vater zu verhalten. Gemeinsame Elternschaft von Liebhabern ist nur die allgemeinste Variante. Aber du bist hier schließlich auf Athos für den Rest deines Lebens. Ich dachte mir, daß du vielleicht im Laufe der Zeit dich an unsere Lebensweise gewöhnen könntest. Nicht, daß ich dich drängen möchte oder so, aber wenn du entdeckst, daß du dich an die Idee gewöhnst, dann könntest du es mich wissen lassen ...« Ethan verstummte.

»Bei Gott dem Vater«, Cees Stimme klang amüsiert und beruhigt. Und hatte Ethan wirklich gefürchtet, er würde den Telepathen überraschen? »Das könnte ich wohl.«

Ethan hielt vor dem Badezimmerspiegel an, bevor er das Licht ausschaltete, und studierte sein Gesicht. Er dachte an Elli Quinn und EQ-1. In einer Frau sah man nicht Diagramme und Graphen und Zahlen, sondern die Gene seiner eigenen Kinder, personifiziert und zu Fleisch geworden. Also warf jede Eierstockkultur, die es auf Athos gab, über diesen Planeten den Schatten einer Frau, uneingestanden zwar, aber er war unausrottbar da.

Und wie war sie gewesen, Dr. Cynthia Jane Baruch, jetzt schon 200 Jahre tot, und wie sehr hatte sie Athos im geheimen geformt, ganz ohne Wissen der Gründerväter, die sie engagiert hatten, um Eierstockkulturen für Athos zu entwickeln? Sie, der soviel daran gelegen gewesen war, daß sie sich selbst in diesen Kulturen weitergegeben hatte? Die Leiber von Athos waren nach ihrem Bild geformt. Sein eigener Leib.

»Ich grüße dich, Mutter«, flüsterte Ethan und wandte sich zum Bett. Morgen begann die neue Welt, und die Arbeit daran.